폭염의 용제
Dragon order of FLAME
FANTASY FRONTIER SPIRIT
김재한 판타지 장편 소설

폭염의 용제 13
김재한 판타지 장편소설

초판 1쇄 찍은 날 § 2012년 2월 19일
초판 1쇄 펴낸 날 § 2012년 2월 26일

지은이 § 김재한
펴낸이 § 서경석

편집부장 § 권태완
편집책임 § 박우진

펴낸곳 § 도서출판 청어람
등록번호 § 제1081-1-89호
등록일자 § 1999. 5. 31
어람번호 § 제1-1354호

주소 § 경기도 부천시 원미구 심곡2동 163-2 서경B/D 3F (우) 420-822
전화 § 032-656-4452 팩스 § 032-656-4453
http://www.chungeoram.com
E-mail § chungeoram@chungeoram.com

ⓒ 김재한, 2011

ISBN 978-89-251-2814-6 04810
ISBN 978-89-251-2419-3 (세트)

※ 파본은 구입하신 서점에서 교환하여 드립니다.
※ 저자와 협의하여 인지를 붙이지 않습니다.
※ 이 책은 도서출판 청어람과 저작자의 계약에 의해 출판된 것이므로,
  무단 전재 및 유포·공유를 금합니다.

13
진실

폭염의 용제

김재한 판타지 장편 소설

FANTASY FRONTIER SPIRIT

Dragon order
of FLAME

Dragon order of FLAME

제56장 각성의 때   7

제57장 백작 두 번 죽다   61

제58장 빅 매치   97

제59장 운명의 교차점   211

Chapter 56
각성의 때

1

 차갑게 식은 옥좌의 방에서 동일한 외모를 가진 두 명의 청년이 서로를 바라보고 있었다.
 아니, 그들을 인간이라고 하는 것은 옳지 못한 일이다. 인간의 모습으로 지상을 활보하며 인간의 언어로 이야기하지만, 그들은 인간의 육체를 입은 다른 존재일 뿐이다.
 "로키……."
 불카누스는 자신이 겪고 있는 것이 꿈인지, 아니면 환각인지, 그게 아니면 현실인지 혼란스러워졌다. 옥좌에 팔을 걸친 채 눈을 마주하고 있는 또 하나의 그─스스로를 로키라고 칭한 이의 존재감은 너무 생생해서 그 경계가 모호하다. 당장에라도 손을 뻗어서 만져 보고 싶지만, 동시에 그 행동이 가져올 결과가 두려워 망설이게 된다.
 그러한 혼란 속에서 불카누스는 내면의 늪 저편에 깊숙이 가라앉아 있던 기억이 떠오르는 것을 느꼈다.
 "로키? 잠깐 그건… 형식 지정 명칭인가? 그래. 그런 게 있었어……."
 로키의 말을 듣는 순간 잃어버리고 있던 기억의 일부가 떠올랐다.
 볼카르 불카누스 아그니 헤스티아 로키.
 그것이 볼카르라는 드래곤에게 주어진 형식 지정 명칭이었다.
 왜 자신이 어느 날 갑자기 볼카르 대신 불카누스라는 이름으로 스스로를 지칭하기 시작했는지, 지금까지는 그 이유를 알 수 없었다. 그저 과거의 기억으로 이루어진 꿈을 보다가 볼카르가 자신과 동일한 존재라는 사실이 싫다고 여기는 순간, 불카누스라는 이름이 떠올랐을 뿐이다. 그리고 왠지 모르게 그 이름이 자신의 진짜 이름이라고 여겨져서 지금까지 사용해 왔다.
 "그렇군. 볼카르, 불카누스, 다 형식 지정 명칭의 일부였나."
 "이제야 기억났나? 인간 몇 명 분의 인생에 해당하는 기억을 보았으면서도 정작 필요한 기억들은 너무 많이 결손되어 있군. 봉인의 구조가 아주 치밀해. 하긴 …(지직)……니까."
 "뭐?"

"……(지지직) ……라고 했다. 알아들을 수 없나? ……(지직) ……는?"

그 말에 불카누스가 눈살을 찌푸렸다. 로키의 말이 특정 부분만 의미를 알아들을 수 없는 잡음으로 변해서 들리고 있었다.

로키가 피식 웃었다.

"그놈의 봉인은 정말 악랄하군. 기껏 나라는 심상에 도달하는데 성공했는데도 여전히 중요한 기억을 가져가는 것은 막는다니. 어디까지나 너 스스로 단서를 찾아서 회복한 기억만을 가져갈 수 있다는 말이군."

"마법에 대한 지식처럼?"

"그래. 마법에 대한 지식처럼."

봉인과 함께 불카누스는 마법에 대한 지식 대부분을 잃었다. 하지만 조각조각 흩어진, 수준에 관계없이 어떤 마법이나 이론을 이루는 조각들이 뇌리에 남아 있었다. 그렇기에 새로이 마법 지식을 공부하면 그 조각들이 본래의 모습을 회복하면서 종종 마법 수준이 널뛰듯이 도약하는 순간이 찾아왔다.

봉인이 앗아간 기억은, 불카누스가 거의 흡사한 경험을 하거나 결정적인 단서를 찾아내는 순간 회복된다. 그런 식으로 불카누스는 조금씩 기억을 회복해 왔고 마법 수준은 놀라울 정도로 향상되었다.

불카누스가 물었다.

"너는 나인가, 로키?"

꿈속에서 보는 볼카르와 달리 지금 눈앞에 있는 로키는 기분 나쁠 정도로 자신과 비슷한 느낌이 들었다. 자신의 인격이 볼카르와 로키 중 어디서 기인했냐고 묻는다면, 당연히 로키일 것이다.

 로키가 대답했다.

 "말했다시피 나는 과거와 미래에 너였던 것의 잔재. 하지만 나와 너는 완전히 동일한 존재는 아니다. 경험이 인격을 바꾸기 때문이지."

 "내가 기억을 잃은 채로 쌓아온 기억이 많기 때문에, 내 인격이 기억상실 전과 다른 개성을 갖게 되었단 말인가?"

 "본질적인 면은 비슷하지. 하지만 예를 들어 네가 시간을 되돌리는 마법을 개발해서 과거로 돌아간다 치자. 그리고 네가 알고 있는 역사를 바꾸었다. 그러면 전혀 다른 역사 속에서 전혀 다른 경험을 하면서 시간을 보낸 네 주변의 존재들이 과연 그 이전과 동일한 존재라고 할 수 있을까?"

 그 말은 왠지 의미심장하게 들렸다. 하지만 왜인지는 모르겠다. 듣는 순간 로키가 하고자 하는 말을 이해했는데 왜 다른 뭔가가 있는 것처럼 가슴이 답답한 것일까?

 "없겠지. 무슨 말을 하려는지 이해했다. 그럼 질문을 바꾸지. 너는 얼마 전에 내 꿈에 나타났던 그 존재인가?"

 "그렇다."

 로키는 긍정했다. 불카누스는 그것을 통해 새로운 사실을 도출해 낼 수 있었다.

"역시. 나는 너에게서 출발했으되, 지금은 별개의 인격이라고 보면 되겠나?"

"정답이다. 너는 이제는 사라진 시간 속의 잔영이 된 나를 가져야 한다. 그것이 네가 진정으로 원하는 것을 손에 넣는 유일한 방법이다."

동시에 주변의 풍경이 변하기 시작했다. 정적에 사로잡힌 왕궁 대신 주변이 탁 트인 광활한 대지가 나타난다.

그곳에는 태양 대신 거대한 섬광의 기둥이 있었다.

하늘과 땅을 잇는 빛의 선이 온 누리를 비추며, 동시에 불태운다. 생명이 살 수 없을 정도로 가혹한 열기 속에서 세상 모든 것이 불타고, 그 속에서 흐느적거리며 울부짖는 작은 존재들이 보인다.

불길 속에서 괴로워하는 실루엣들을 보는 순간, 불카누스는 숨이 턱 막히는 걸 느꼈다.

'뭐지?'

왜 이런 감정이 느껴지는 것일까?

지금까지 무엇을 소중하게 여겨보거나 안쓰럽게 여겨본 적은 한 번도 없었다. 압도적인 악의와 지배욕만이 전부였다. 그런데 저곳에서 괴로워하는 작은 것들을 보는 순간, 너무나도 마음이 아프다. 눈물이 날 것처럼 안쓰러워서 어떻게든 해주고 싶다는 생소한 감정이 그를 지배한다.

"이건 도대체……."

"여기가 바로 네가 도달해야 할 심상 여정의 종착점이다, 불카누스."

 로키는 그렇게 말하며 웃었다. 그의 시선은 태양 대신 이 세상을 불태워 밝히는 가혹하고도 아름다운 빛의 기둥을 향해 있었다.

 "지금은 여기까지 해두지. 아직 시간은 많으니까……."

 로키는 그렇게 말하며 몸을 돌렸다. 동시에 가혹한 세상의 환상이 사라지면서 로키 역시 그 속에 녹아들 듯이 자취를 감추었다.

 "헉……!"

 로키가 사라지자마자 불카누스는 헛숨을 토해내며 눈을 떴다.

 숨이 거칠고 전신이 식은땀으로 흥건해져 있었다. 손으로 이마의 땀을 닦아내던 불카누스는 문득 자신의 시야가 뿌옇게 흐려져 있다는 사실을 깨달았다.

 "눈물……?"

 그의 눈에 눈물이 맺혀 있었다. 방금 전에 느낀 감정 때문일까? 다른 누군가를 안쓰러워하며 눈물을 흘린다니, 그에게는 정말로 안 어울리는 일이다. 그런데 그것이 지극히 당연한 일이라는 생각이 드니 뭐라고 형언할 수 없을 정도로 복잡한 기분이 들었다.

 그때 문득 옥좌가 있는 알현실 바깥쪽에서 인기척이 느껴졌다. 불카누스는 불쾌한 표정으로 그를 맞이했다.

"무슨 일 있었소?"

그렇게 물은 것은 지아볼이었다. 그는 환영 마법을 이용해서 드래고니안의 육체를 인간의 모습으로 위장하고 있었다. 그러나 검은 머리칼에 붉은 눈동자를 빛내는 그 모습이야말로 그의 본모습이었다.

"이상한 꿈을 꿨다."

"이상한 꿈?"

"언제나처럼. 뭔가 의미가 있을 듯하지만 모르겠군. 태양 대신 빛의 기둥이 세상을 불태우며 밝히는 환영이었는데……."

"호오, 독특하구려."

불카누스는 로키에 대해서는 말하지 않았다.

지금까지는 무슨 꿈을 꾸든 그 내용을 지아볼에게 말하는데 거리낌이 없었다. 오히려 누군가 한 사람은 그것을 들어주고 의견을 말해주길 원했다.

그런데 이번에는 그런 기분이 들지 않는다. 그의 본능이 로키에 대해서 지아볼에게 말해서는 안 된다고 경고를 발하고 있었다.

'왜인지는 모르겠지만…….'

로키의 존재는 불카누스가 되찾아야 할 과거 그 자체다. 그것이 그 누구에게도 말하지 않고 감춰둬야 할 히든카드라면, 그러는 편이 좋으리라.

불카누스가 물었다.

"그런데 무슨 일이지?"

"드린자드 왕자 측에서 우리가 찾아서 제거해 줬으면 하는 인물이 있다는구려."

탈린 왕국의 패권을 걸고 싸우고 있는 두 세력은 왕의 사생아인 드린자드 왕자와 선대 왕의 동생이었던 아른 대공의 아들인 베사드 공작이었다. 그중 현재 왕도를 차지하고 있는 것은 드린자드 왕자다.

불카누스와 지아볼의 농간으로 인해 탈린 왕국 국내에서 왕위를 다투는 세력은 드린자드 왕자와 베사드 공작 둘밖에 남지 않았고, 이 둘은 돌이킬 수 없을 정도로 적대감이 상승해 있는 상태다. 불카누스와 지아볼은 앞으로도 지속적으로 이 둘이 서로를 물어뜯다 파멸해 가도록 부추길 계획이었다.

불카누스가 물었다.

"어떤 인물이지?"

"세 번째 왕자라고 하오. 이름은 세이람."

"제3왕자? 그런 정보는 없었지 않나?"

"신체에 장애가 있어서 왕이 존재를 숨기고 어디론가 보내 버렸다는데… 그 행방을 아는 자가 극소수인 모양이오. 왕위 계승권으로 따지자면 사생아인 드린자드 왕자 따윈 상대가 안 되는 데다가, 베사드 공작도 '왕의 적자도 아닌 사생아 따위에게 왕권을 넘겨줄 수 없다'고 말하고 있으니, 정통한 왕의 혈통이 나타나면 자기에게 위협이 될 수 있다고 생각하는 거겠지."

"인간들은 참 일을 복잡하게 만들길 즐기는군. 그래서, 단서는?"

"일단은 아랫것들에게 알아보라고 한 참이오. 드린자드 왕자 측도 최선을 다해서 정보를 수집하고 있다고 하니 결과가 나올 때까진 시간이 걸리겠지."

"흠. 시시하군."

"하지만 누구보다도 재미있어하고 있지 않소?"

"부정하진 않겠다."

불카누스와 지아볼은 서로를 보면서 미소 지었다.

2

짹짹, 짹짹짹……

영원처럼 기나긴 밤이 지나가고 아침이 왔다. 열린 창문을 통해서 들려오는, 실로 진부하기 짝이 없는 새 지저귀는 소리가 죽어 있던 정신을 일깨운다.

"으으……"

문득 지옥의 망자가 흘리는 것 같은 신음이 흘렀다.

"사, 살아 있는 건가……?"

그렇게 중얼거린 것은 실내 연무장의 차가운 돌바닥 위에 쓰러져 있던 루그였다. 루그는 죽자고 퍼마신 다음날 찾아오는 숙취보다 수백 배쯤 더 괴로운 감각 속에서 허우적거리며 가까스로 입을 열었다.

"보, 볼카르… 살아 있냐?"

〈…….〉

"볼카르……?"

〈…죽었다. 죽은 게… 틀림없다. 이런 상태가 살아 있는 것일 리가…….〉

볼카르는 완전히 망가져 버린 인형처럼 중얼거렸다. 그 목소리를 들어보면 확실히 산 자보다는 죽은 자에 가까워진 모양이다.

간밤에는 정말 굉장했다.

과연 그 간밤이 하룻밤이었는지는 아직 확신이 없지만, 사실 하루가 아니고 한 천 년쯤 지난 게 아닌지 의심스럽지만! 어쨌든 굉장했던 것만은 사실이다.

지금까지 살아온 그 어느 날보다도 환상적으로 지옥 같은 밤이었다. 밤새도록 멈추지 않고 날아드는 혼돈의 비약 맛 때문에 죽지도 살지도 못하고 괴로워하는 시간은 또 한 번 하라면 차라리 자살하는 게 낫겠다 싶을 정도의 시련이었다.

"으그그극……."

루그는 다 죽어가는 몸을 가까스로 움직였다. 그리고 그 사실에 감탄했다. 아직 자신의 몸이 멀쩡하게 존재하고, 이렇게 움직일 수 있다는 사실이 경이롭기까지 하다.

'난 살아 있구나!'

루그는 지극히 당연한 사실에 감동하면서 몸을 일으켰다. 그것만으로도 막대한 정신력을 소모해야만 했다.

흐릿한 시야 저편에 이 모든 일의 원흉이 보였다. 연무장 한가운데 퍼져 있는 청년, 아니, 겉늙어 보일 뿐이지 사실은 열여섯 살의 소년을 보는 순간 루그는 이를 빠드득 갈았다.

"마빈……!"

그 어느 때보다도 그에 대한 격렬한 증오가 끓어오른다. 고작 한 사람을 이렇게나 미워할 수 있다니, 이만큼 거대한 악의가 고작 한 인간에게 부어지기 위해 존재할 수 있다니 얼마나 놀라운 일인가?

"음냐."

하지만 그 악의의 대상인 마빈은 실로 평온한 모습으로 잠들어 있었다. 루그가 간밤에 겪은 지옥 같은 시간 따윈 전혀 모르는 것 같은 모습이다.

"이 자식……!"

루그는 주저없이 마빈을 걷어찼다. 하지만 몸에 하나도 힘이 없어서 톡 하고 건드리는 정도의 타격밖에 주지 못했다.

"……."

발길질 한 번으로 성벽도 날릴 수 있다고 자부하거늘, 고작 자고 있는 동생 하나 깨울 수 없는 상태가 되다니! 루그는 반죽음 상태가 된 자신의 몸 상태에 절망했다.

"제, 제기랄."

루그는 무력감을 느끼며 마빈을 노려보았다. 이 몸 상태로 어떻게 해야 마빈을 괴롭게 만들어줄 수 있을까?

답은 곧 나왔다. 루그는 발을 들어서 마빈의 얼굴을 지그시

밟았다.

"푸업! 뭐, 뭐야?"

잘 자다가 얼굴을 흙발로 짓밟힌 마빈이 화들짝 놀라서 주변을 두리번거렸다. 그러다가 당장에라도 쓰러질 듯 창백한 안색으로, 마주하는 것만으로도 숨이 멎어버릴 정도로 무시무시한 살기를 뿜어내고 있는 루그와 눈이 마주쳤다.

"루그? 이게 무슨 짓이야?"

마빈이 화를 냈다. 자고 있는 사람의 얼굴을 신발 신은 발로 짓밟다니 이게 무슨 무례한 짓이란 말인가?

루그가 늪 속에 가라앉은 것 같은 목소리로 말했다.

"기억 하나도 안 나냐?"

"뭐가?"

"어휴… 됐다. 보기 흉하니까 덜렁거리는 거나 좀 가려라."

"아?"

마빈은 그제야 자기가 알몸이라는 사실을 깨닫고는 몸을 돌렸다.

루그는 뭐라고 할 기력도 없어서 털썩 주저앉았다. 조금만 더 힘이 있었어도 좀 때려주고 시작했을 텐데, 그럴 수도 없다는 게 원통하다.

마빈은 영문을 모르겠다는 듯 루그를 바라보다가, 그가 정말 금방이라도 쓰러질 것 같은 상태임을 알아보고는 더 화를 내진 않기로 했다. 자기가 기절한 동안 뭔가 일이 있긴 있었던 모양이다.

"으, 끈적끈적해."

비약의 효능을 받아들이는 과정에서 온몸의 노폐물이 땀과 함께 배출되어서 그런지 전신이 끈적거렸다. 그리고 마빈 자신은 느끼지 못했지만 냄새도 아주 지독했다. 마빈은 루그가 미리 준비해 둔 찬물로 몸을 대충 씻고는 옷을 입었다.

"근데 도대체 뭐가 어떻게 된 거야?"

마빈이 바닥에 퍼져 있는 루그에게 다가가서 물었다. 하지만 루그는 초췌한 얼굴로 눈을 감고 있을 뿐 대답할 기미가 보이지 않는다.

"어이, 루그."

"아, 시끄러워. 네 몸 상태나 체크해 봐. 네 뒤치다꺼리하느라고 죽는 줄 알았거든?"

루그가 짜증을 내자 마빈은 찔끔했다. 그리고 그 말대로 스스로의 몸 상태를 체크해 보았다.

"어?"

마빈은 깜짝 놀랐다. 조금 전까지는 잠이 덜 깨서 몰랐는데, 무시무시한 힘이 넘쳐흐르고 있었다. 언뜻 봐도 이전과는 비교도 안 될 정도의 막대한 강체력이 자리 잡은 채 몸 구석구석까지 그 힘의 흐름을 이어서 순환한다. 그 힘을 자각하자 무엇이든 할 수 있을 것 같은 활력이 솟구쳤다.

"우와, 믿을 수가 없어. 어떻게 이럴 수가 있지?"

마빈은 솔직히 루그가 강체력이 두 배는 늘어날 거라고 한 말을 믿지 않았다.

그도 어려서부터 혹독하게 강체술을 연마한 데다가 비약도 어릴 때 한 번, 루그가 준 것까지 두 번이나 먹고 그 기운을 완전히 소화시켰다. 그래서 지금은 가문의 기사들을 전부 통틀어도 손꼽힐 정도로 강체력이 많았다. 이런 상황에서 아무리 좋은 비약이라도 그 정도 효과가 날 리 없지 않은가?

'내가 너무 세상을 몰랐구나!'

하지만 루그의 말은 오히려 사실을 너무 축소시킨 감이 있었다.

두 배?

거의 세 배 가까이 늘어난 것 같다. 이 정도 힘이 갑자기 자신의 몸속에 자리 잡았다는 사실이 두려울 정도였다.

'게다가 이거 아직 다 소화된 것도 아닐 거 아냐?'

비약이라는 것은 맨 처음 먹었을 때 효과가 다 끝나는 게 아니다. 흡수되지 않고 남아 있는 기운을 꾸준히 강체력을 연마함으로써 전부 자신의 것으로 만들어야 한다. 그것을 감안할 때, 마빈이 손에 넣은 힘은 정말 무시무시한 것이었다.

"도대체 어떻게 이런 약이 있을 수가 있는 거야? 정말 굉장한데? 게다가……."

문득 마빈은 자신의 감각, 정확히는 기감에 이상한 변화가 생겼다는 사실을 깨달았다.

강체술사의 기감은 주변 에너지의 흐름을 정밀하게 파악한다. 그것은 비단 강체술사가 발하는 기운만이 아니라 마법을 포함해 자연계에 존재하는 모든 에너지에 해당하는 일이다.

그런데 마빈의 기감에는 지금껏 느껴보지 못했던 이질적인 에너지가 감지되고 있었다. 그것은 다른 것과 달리 뚜렷하게 잡히지 않는다. 햇살 속에 떠다니는 먼지마냥 그 실체가 어렴풋이 잡힐 뿐이다.

'마치 실이 이어져 있는 것 같아.'

느껴진다.

루그를 중심으로 수많은 선들이 뻗어나가 거미줄처럼 얽혀 있는 것이.

그것을 선이라고 표현하는 게 올바른지는 모르겠다. 눈에 보이는 게 아니라 어렴풋이 그런 이미지가 느껴질 뿐이니까. 하지만 선 외의 다른 말로는 표현할 수 없었다.

"루그, 네 주변에 그거… 뭐야?"

"뭐?"

루그가 눈살을 찌푸리며 물었다. 마빈이 잘 표현을 못하겠다는 듯 머뭇거리며 말을 이었다.

"주변에 뭔가 거미줄 같은 선들이… 음, 뭐라고 해야 하지? 표현을 잘 못하겠는데……."

그 말에 루그가 깜짝 놀라서 눈을 떴다. 지금 그는 누운 채로 강체력을 다스려서 엉망진창이 된 몸을 활성화시키고 있었다. 그 과정에서 기격이 사방으로 뻗어나가서 내부의 힘을 외부로, 그리고 외부의 힘을 내부로 순환시키고 있었는데 설마 그것을 보았단 말인가?

'이놈 설마?'

말도 안 되는 일이다. 보통 강체술사는 그가 전개한 기격을 인지할 수 없었다. 기격을 인지할 수 있는 것은 오직……

'설마 기격을 깨우친 거야?'

기격의 경지에 오른 자뿐이다.

루그는 어이가 없었다. 혼돈의 비약을 먹은 것을 계기로 기격을 깨우친다고? 그런 일이 가능하단 말인가?

루그는 믿을 수가 없어서 마빈에게 기격을 사용해 보았다, 일부러 기격의 움직임을 늦춰서 느릿느릿하게.

그러자 놀랍게도 마빈이 거기에 반응했다. 상당히 둔화시켜서 사용했음에도, 기격이 발동해서 닿기 직전에야 반응하긴 했지만, 사전에 기격의 존재를 알아차리고 움직인 것이다.

"어? 이거 뭐야?"

마빈이 깜짝 놀라서 혀를 더듬거렸다.

"찌릿찌릿한 게 엄청 맛있는데?"

"……"

이놈은 악마다. 악마의 혀를 가진 종자가 틀림없다!

루그는 그렇게 확신했다. 시험 삼아 날린 기격은 바로 오더 시그마 비약의 맛이었다. 그것도 이전에 먹였던 기본 비약이 아니라 좀 더 끔찍한 비약의 맛을 재현했다. 그런데 마빈은 그걸 '맛있다'고 표현한 것이다.

'이 녀석 미각은 도대체 어떤 구조로 생겨먹은 거야? 설마 내 기격이 잘못 작동하는 건 아니겠지?'

루그는 울컥하며 다른 기격을 사용했다. 이번에는 마빈이 알아차리고 반응할 여지조차 주지 않는 전광석화 같은 빠르기였다.

"욱, 뭐, 뭐야 이건?"

마빈이 머리를 감싸쥐고 괴로워했다. 참고로 지금 루그가 날린 기격은 만취한 다음날 찾아온 숙취의 고통을 재현하고 있었다.

"앗뜨! 앗뜨뜨거! 아악!"

마빈이 등을 손으로 만지려고 몸을 뒤틀면서 펄쩍펄쩍 뛰었다. 루그가 등에 불이 붙었을 때의 감각을 재현했기 때문이다.

'이상 없는데도 그렇단 말이지?'

역시 마빈의 미각은 루그의 지식으로는 이해할 수 없는 심오막측한 구조로 이루어져 있는 게 틀림없다. 그렇지 않고서야 어떻게 저럴 수가 있겠는가?

어쨌든 사실 지금 중요한 건 그게 아니었다.

마빈이 화를 냈다.

"갑자기 무슨 짓이야! 기격으로 별걸 다 하네, 젠장!"

"마빈, 너 예전부터 기격을 알고 있었냐?"

"그야 당연하지. 아버지한테 당한 게 얼만데!"

"아, 그렇군."

생각해 보니 아스탈 백작이 기격을 깨우친 지 한참 지났는데 그동안 마빈에게 그것을 경험시켜 주지 않았을 리가 없다. 자신의 경험을 바탕으로 마빈도 좀 빨리 각성시켜 볼 요량으로 들들 볶아댔을 것이다.

마빈이 투덜거렸다.

"아우, 젠장. 아버지는 그냥 퍽퍽 두들겨 대거나 감각을 속이는 정도던데 넌 기격으로 이런 것까지 할 수 있는 거야?"

"자기 감각으로 맛본 거면 기격으로 전부 재현할 수 있지. 뭐, 이 정도까지 정밀하게 이것저것 재현하는 놈은 나도 우리 유파 말곤 못 보긴 했지만……."

그렇게 말하던 루그는 마빈에게 말했다.

"이건 좀 고민을 해봐야겠군. 어쨌든 마빈, 너는 일단 한동안은 강체술에 집중해서 남은 기운을 다 흡수하는 것과, 갑자기 힘이 늘어나서 어긋난 감각을 바로잡는 데 전념해라."

"음? 알겠어."

마빈은 루그가 뭘로 고민을 한다는 건지 몰라서 고개를 갸웃거렸다.

3

일단 아직 협상이 진행 중이라는 것을 들은 루그는 휴식부터 취했다. 영양 보충을 충분히 하고 쉬는 것이 가장 좋겠지만, 혼돈의 비약에 유린당한 덕분에 도저히 뭘 먹을 수 있는 상태가 아니라서 물이나 마시고 8시간 동안 뻗어 있다가 깨어났다.

"아, 진짜 죽는 줄 알았네."

〈동감이다. 저승의 강에 머리까지 푹 담갔다 나온 기분이군. 이것이 죽음인가 싶었다.〉

볼카르가 불과 몇 시간 전까지 이어지던 고통을 생각하며 부르르 떨었다.

한밤중에 깨어난 루그는 방을 나서서 부엌으로 향했다. 몸 상태가 진정되자 이제는 뭘 좀 먹어야 할 것 같았기 때문이다.

하지만 루그는 방 앞의 복도를 벗어나기도 전에 한 소녀와 마주쳤다. 곱슬기가 있는 밝은 갈색 머리칼에 파란 눈동자를 가진, 열한두 살 정도 되어 보이는 소녀였다.

"음?"

그녀를 본 루그가 의아해했다. 쟁반에 뭔가 먹을 것을 받쳐 들고 있긴 했지만, 시골 영지인 아스탈 영지에 어울리게 약간 촌티 나는 드레스를 입고 있는 것으로 보건대 성의 하녀는 아닌 것 같다. 그리고 제법 귀여운 얼굴은 어디선가 본 것 같은 기억이 있었다.

"아, 저기……."

그때 소녀 쪽이 먼저 입을 열었다.

"혹시 아이작 경이신가요?"

"맞습니다만?"

루그가 환영 마법으로 만든 아이작 그레이스의 용모는 무척 눈에 띄는 편이다. 그러다 보니 소녀도 금방 알아본 것 같았다.

소녀는 쟁반을 둔 채로 살짝 고개를 숙여 보이면서 자신을 소개했다.

"처음 뵙겠습니다. 전 마라냐 아스탈이라고 해요. 마빈 오빠가 슬슬 아이작 경께서 깨어나셨을 거라고, 먹을 것을 가져다드리라고 해서……."

"아, 아스탈 백작 영애시군요. 고마워요."

루그는 조금 당혹감을 느끼며 그녀에게 쟁반을 받아 들었다. 왜 그녀의 얼굴이 어디선가 본 듯했는지 알 수 있었다.

자신의 또 다른 배다른 동생 마라냐.

그녀에 대한 기억은 별로 없다. 시공 회귀 전에 싸운 것은 마빈과 백작부인이었지, 다른 첩들에게서 태어난 마라냐와 라딘은 아니었으니까. 루그 입장에서는 그들과 거의 볼일이 없었기 때문에 마지막으로 봤을 때의 기억조차도 희미하게 남아 있을 뿐이다.

"오빠가……."

문득 마라냐가 입을 열었다.

"네?"

"아이작 경은 정말 의리있는 친구라고 하셨어요. 아무도 우릴 도와주지 않을 때도 아이작 경만은 우릴 도와주러 왔다고, 누구보다도 믿을 수 있는 사람이라고."

"……."

"우리를 도와주셔서 감사합니다. 그럼 맛있게 드시고 쉬세요."

마라냐는 예의 바르게 고개를 숙여 보이고는, 부끄러워졌는지 얼굴을 붉히면서 후다닥 달아나 버렸다. 그 뒷모습을 멍청하니 바라보던 루그는 가슴 한구석이 간질거리는 걸 느끼며 미소 지었다.

"여동생이라. 생각했던 것보다 귀엽네."

이런 식으로 만나게 될 줄은 몰랐지만 왠지 기분이 좋다. 마라냐의 첫인상에서 호감을 느끼다 보니 라딘도 어떤 녀석인지 궁금해졌다.

4

"안녕하세요. 라딘 아스탈입니다."

루그는 마빈에게 안내를 받아서 라딘을 만나볼 수 있었다. 라딘은 마빈보다 두 살 어린 열네 살로, 아직 어리긴 해도 제법 의젓해 보였다.

예의 바르게 인사를 하는 라딘을 보는 순간, 루그는 왠지 복잡한 기분이 들었다.

'이 녀석이 마빈보다 더 아버지랑 닮았네?'

객관적으로 볼 때 아스탈 백작의 자식 중에 그와 가장 닮은 것은 루그다. 루그의 경우는 정말 백작의 젊은 시절을 그대로 옮겨놓은 것처럼 닮았다.

마빈의 경우는 별로 백작과 많이 닮지 않았다. 머리색도 칙칙한 금발이고 눈매도 험악한 편이었으니까.

라딘은 화사한 금발에 백작이나 루그, 마빈과 똑같은 청록색 눈동자를 가졌고 생김새는 루그의 어린 시절과 비슷했다. 루그만큼 백작과 닮은 건 아니지만 그래도 자라면 상당히 비슷한 인상이 될 것 같다.

마빈이 씩 웃으면서 라딘의 어깨를 감쌌다.

"이 녀석도 벌써 강체술 3단계야. 앞으로 2, 3년 지나면 강검의 경지에 도달할 수 있을걸."

"대단한데?"

루그가 감탄했다. 나이는 어려도 그 정도면 당당히 한몫을 할 수 있는 수준이었다.

게다가 라딘은 궂은일을 마다하지 않는 성격인 것 같았다. 조금 전까지도 삽을 들고 해자를 좀 더 깊게 파는 일을 돕고 있었던 것이다. 사르테 백작의 신병을 걸고 협상하면서 시간도 벌었고, 또 인간 마법사로 위장한 메이즈가 마법으로 도와준 덕분에 아스탈 백작성의 해자는 실전에서도 쓸모있는 깊이가 되어가고 있었다.

한동안 라딘과 대화를 나눈 루그는 마빈과 함께 그 자리를 떠났다. 마빈이 물었다.

"근데 라딘은 왜 만나보자고 했던 거야?"

"마라냐를 만난 김에 라딘은 어떤 녀석인지 궁금해져서. 배다른 형제이긴 해도, 뭐, 기왕 온 김에 봐두는 게 좋겠다 싶더라고."

"그럴 거면 본모습으로 해야지. 이상한 놈으로 변장해 놓고서는."

"이상한 놈이라니. 동생한테는 의리있는 친구니 누구보다도 믿을 수 있는 사람이니 해놓고."

"마, 마라냐가 말한 거냐?"

"그럼 말하지 않을 것 같았냐? 쯧쯧. 뭐 이렇게 틱틱거려도 네가 이 형님을 얼마나 믿고 의지하는지는 잘 알고 있단다."

"웃기지 마! 누가 너 따윌!"

마빈이 얼굴이 빨개져서 소리쳤다. 하지만 루그는 큭큭 웃으며 말했다.

"아, 그나저나 똑같이 아버지 피를 이어받았는데 라딘도 마라냐도 너하고는 정말 틀리네. 삐뚤어진 건 너 혼자인 것 같다?"

"누가 비뚤어졌다는 거야, 누가?"

"너 말고 누가 있냐?"

루그는 마빈을 끌고 연무장으로 향했다. 혼돈의 비약을 먹고 강체력이 큰 폭으로 증진된 마빈의 상태를 점검해 보기 위해서였다.

"시간도 좀 생겼겠다, 어디 그동안 실력이 얼마나 늘었는지 볼까? 강체력도 대폭 늘었으니 자신감이 충만하지? 나도 기격은 안 쓸 테니 제대로 한번 해봐."

"기격을 안 쓰면 해볼 만하지. 근데 벨가라타로 하려고?"

"왜? 오더 시그마의 기술을 쓰는 나와 붙어보고 싶냐?"

훈련용 검 두 자루를 쥐고 있던 루그가 씩 웃으며 물었다. 그 말에 마빈은 잠시 고민하더니 고개를 저었다.

"아니, 됐다. 생각해 보니 곧 또 실전을 갈 텐데 맨손으로 칼 든 놈이랑 싸우는 변태를 상대하다가 감각이 이상해지면 곤란하잖아."

 "현명한 판단이다. 적 중에 오더 시그마의 권사가 없는 지금, 맨손의 나와 붙어봤자 별 도움이 안 되지."

 대륙이 넓다 한들 맨손 격투술을 포함한 유파는 많아도 맨손 격투술 '만' 있는 유파는 오더 시그마밖에 없다. 그런 만큼 평소라면 모를까, 전투를 앞둔 지금 대 오더 시그마 훈련을 하는 것은 의미없는 일이었다.

 "자, 덤벼봐."
 "예전의 나하고는 다를걸?"
 마빈이 말과 동시에 뛰어들었다. 땅을 박차는 순간, 무시무시한 기세로 그의 몸이 쏘아져 나가 루그의 코앞까지 뛰어든다. 섬전 같은 검격이 루그의 정수리를 향해 떨어져 내렸다.
 챙! 투카!
 그야말로 섬전 같은 공격이었지만, 루그는 너무나도 여유롭게 반응했다. 우검으로 마빈의 검격을 걷어내면서 좌검으로 몸통을 때리고 지나간 것이다.
 마빈은 루그의 우검이 자기 검의 옆면을 때리는 순간, 잽싸게 몸을 틀어서 방향을 바꾸려고 했지만 그때 이미 루그는 그를 스쳐 가고 있었다. 움직임을 예측당한 탓도 있겠지만 반응 속도의 차원이 다르다. 실전이었다면 강검의 기운이 실린 루그의 검격이 마빈의 허리를 끊어놓았으리라.
 "크윽, 빠르네."
 "강체력 좀 늘어나니까 보이는 게 없구만? 너 실전에서 그런 짓 하다가는 한 방에 가버리는 수가 있다."

"쳇. 훈련이니까 그런 거라고. 다시 한 번!"

마빈은 자세를 바로하고는 재차 루그에게 달려들었다.

강체력이 큰 폭으로 증가한 덕분에 마빈의 신체 능력은 놀라울 정도로 향상되어 있었다. 근력도, 순발력도, 그리고 반응 속도도 월등해져서 이전과는 전혀 다른 기세로 공격과 방어를 펼친다.

하지만 루그는 언제나 그보다 한 박자 빠르게 움직였다. 마빈이 어떤 타이밍에 어떤 각도로 공격해 들어가도 전부 예측했다는 듯 정확하게 막아내고는 섬뜩한 카운터를 날렸다.

"크억!"

복부를 호되게 얻어맞은 마빈이 비명을 질렀다.

루그가 혀를 찼다.

"쯧쯧. 야, 힘과 속도가 올라가서 그걸 활용하겠다는 마음가짐은 좋은데… 완전히 휘둘리고 있구만. 엉망진창이야."

"그 정도로 엉망이야?"

마빈의 표정이 일그러졌다. 루그가 한심하다는 듯 설명해주었다.

"거 넌 지금 너 자신의 제어 능력보다 신체 능력이 더 높은 상태라고. 그래서 동작의 정확도가 떨어져. 힘이 넘쳐서 검끝은 흔들리고 몸의 중심도 계속 흐트러지고 있어."

"그런 거야? 하지만……."

"뭐 힘과 속도, 두 가지만으로도 어지간한 놈은 해치울 수 있지. 일반 병사들이라면 아예 반응도 못하고 쓰러질 거고. 하지만 기사들 중에 좀 실력있는 놈이 있어서 차분하게 대응한다면 네 목이 뎅겅 날아갈걸. 자기 힘을 자각하는 것과 과신하는 건 달라."

루그가 목을 치는 시늉을 하며 말했다. 그 말에 마빈이 얼굴을 붉혔다. 확실히 혼돈의 비약 때문에 상승한 강체력에 취해서 자기가 엄청나게 강해졌다고 자만했던 것 같다. 루그에게 호되게 당하면서 가르침을 들으니 그 사실을 깨달을 수 있었다.

루그가 말했다.

"자, 그럼 다시 해보지. 실전에 임할 때까지 너를 최대한 다듬어주마."

"으음. 부탁한다."

마빈은 순순히 고개를 끄덕이고는 다시 루그와의 대련에 열중했다.

"오, 잘 놀고 있구나."

한참 대련을 하고, 문제점을 지적 받는 일을 반복하다 보니 아스탈 백작이 연무장으로 들어왔다. 그는 계속 협상에 임하느라 굳은 몸을 이리저리 꺾고 있었다.

루그가 물었다.

"지겨워서 도망 나오셨어요?"

"이놈이 애비를 어떻게 보고 그런 말을. 우리 쪽 방침은 대충 다 정해져서 좀 쉬기로 한 것뿐이다. 성벽 쪽에도 얼굴을 비추고 오는 길이고."

 아스탈 백작은 협상에 대해 논의하고, 불같은 속내를 감추고 적과 대화하는 것이 성미에 맞지 않더라도 절대 태만하지 않았다. 지금도 성벽을 둘러보면서 작업 상황을 점검하고, 병력들을 격려한 후에야 하인들에게 물어서 이곳으로 온 것이다.

 루그가 속으로 혀를 내둘렀다.

 '이런 점은 참 존경스러운 분이라니까.'

 하긴 예전에도 영주로서는 존경할 만한 사람이었다. 공과 사를 분리해 놓고 볼 때, 공적인 부분은 참 좋은데 사적인 부분이 문제 있었을 뿐이다. 그리고 여기 와서 마빈을 통해 분위기를 보니 이제는 사적인 부분도 많이 좋아진 것 같다.

 백작이 물었다.

 "마빈하고는 얼마나 했길래 벌써 애가 이렇게 녹초가 됐느냐?"

 그 말대로 마빈은 완전히 녹초가 되어서 널브러져 있었다. 루그한테 덤비고 쓰러지고 자세나 전술을 교정 받는 일을 도대체 몇 번이나 반복했는지 모르겠다. 체력에는 정말 자신있다고 생각했는데, 엄청난 기세로 몰아붙이는 루그를 상대하다 보니 빠르게 지쳐 버리고 말았다.

 루그가 대답했다.

 "두 시간 정도? 뭐 할 만큼 했죠."

"근데 넌 쌩쌩하구나. 나랑 놀아줄 여력이 남았느냐?"

백작이 몸이 근질거리는 기색으로 물었다. 그 말에 루그가 피식 웃었다.

"그런 거라면야 얼마든지 환영이죠. 그렇잖아도 마빈을 훈련시키는 걸로는 제 훈련은 안 되거든요."

"큭……."

마빈이 울컥했다. 그만큼 열심히 달려들었는데 훈련도 안 된다는 소리를 들었으니 그럴 수밖에. 하지만 일어날 기운도 없어서 그저 가운뎃손가락을 정중하게 들어 보였을 뿐이었다.

백작이 보호구를 걸치며 말했다.

"마빈이 뻗어 있는 꼴을 보니 확실히 실력이 굉장히 늘었나 보구나. 하긴 강체력은 부족해도 그때 이미 기격의 경지에 오른 너였으니 그럴 만도 하지. 우리는 기격도 사용해서 붙어보면 어떻겠느냐?"

"저도 아버지의 기격이 어떤지 기대하고 있던 참이었으니 잘 됐군요."

루그가 어깨를 으쓱했다. 그러자 백작이 씩 웃었다.

파칫!

두 사람 사이에서 기격과 기격이 충돌하면서 투명한 스파크가 튀었다. 그 직후 수십 발의 기격이 전개되었다.

파바바바밧!

고요했던 연무장의 공기가 뒤흔들리며 광풍이 휘몰아치는 가운데 루그와 아스탈 백작이 서로 달려들었다. 아까 전, 마빈이 달려들던 것보다도 한 차원 빠른 기세로 서로 간격을 좁힌 다음 질풍처럼 검격을 교환한다.

채채채채채챙!

검과 검이 어지럽게 충돌하며 파찰음이 울려 퍼졌다. 날이 세워져 있지 않고, 강검의 기운조차 두르지 않았지만 일격 일격이 인간의 육체를 부수기에 충분한 검격이다.

한 자루의 검을 양손으로 쥔 백작의 검은 어떤 상황에서도 확고한 중심을 잡고 그 위에서 선이 굵게 몰아친다. 검격의 수에서는 쌍검을 든 루그에게 뒤지지만 지극히 명확한 궤도로 공격과 방어를 교환하기 때문에 단 한 번의 공격도 자신의 간격에 침범하는 것을 용서하지 않는다.

그에 비해 루그는 허공에 발이 뜬 것처럼 춤을 추듯이 달리면서 쌍검을 변화무쌍하게 날린다. 왼쪽을 막았다 싶으면 오른쪽이, 그리고 오른쪽을 막았다 싶으면 중단이, 중단을 막았다 싶으면 손목에 스냅을 걸어 날리는 변칙적인 궤도의 공격이 난무하면서 실로 수백 가지 궤도와 타이밍으로 백작의 방어를 두들겨 댄다.

'완전 대조적이잖아?'

둘의 대련을 보던 마빈이 혀를 내둘렀다.

지금까지는 백작의 검술이 저돌적이고 격렬하다고 생각했다. 그만큼 백작은 항상 공격적이었고 놀랍도록 정밀한 힘의 가감을 이용한 연타를 즐기는 스타일이었다.

지금도 그 스타일에는 변함이 없다. 하지만 쌍검을 들고 벨

가라타를 펼치는 루그와 맞물려 있으니 그는 지극히 정적으로 보였다. 지금까지는 아무도 백작의 속도를 따라갈 수 없었기 때문에 격렬함 이면에 도사린 진면목을 알아차릴 수 없었을 뿐이다.

"크윽……!"

시간이 지날수록 백작의 움직임이 조금씩 어지러워지기 시작했다.

루그의 검술에 밀려서가 아니다. 기격을 터득한 자끼리의 공방은 결코 무기의 겨룸으로만 결정되지 않는다. 검투 능력이 떨어져도 기격 사용에서 압도한다면 얼마든지 승리할 수 있다.

그리고 지금 그런 상황이 루그와 백작 사이에서 벌어지고 있었다.

파창!

루그의 좌검이 아슬아슬하게 백작의 팔 보호구 위를 스치고 지나갔다. 백작은 즉시 반격하려다가 왠지 전혀 공격이 가해지지 않는 상단을 막는다. 그러다가 움찔하면서 아래쪽을 막으려고 했지만, 반 박자 늦었다. 루그의 우검을 아슬아슬하게 비껴내긴 했지만 그 대가로 방어가 흐트러지며 큰 빈틈이 노출되었다.

"하앗!"

이대로 있다간 패배한다는 사실을 직감한 백작이 비장의 한 수를 선보였다.

갑자기 그의 움직임이 무섭게 가속하더니, 흐트러진 자세라고는 믿을 수 없을 정도로 격한 변화를 보였다. 루그가 허점을 찌르고 들어오는 순간, 검을 튕겨 올리듯이 휘둘러서 그것을 쳐내고 그대로 궤도를 비틀어 내려치기를 시전한다. 한 호흡에 이루어지는 이 변칙 공격에 오히려 루그가 허를 찔렸다.
 백작에게는 그렇게 보였다.
 후웅!
 회심의 일격이 허공을 치자 백작의 눈이 크게 떠졌다. 그 순간 루그는 백작의 옆으로 돌아가면서 쌍검 교차 찌르기를 날리고 있었다.
 "크윽!"
 이번에는 피할 수도 막을 수도 없다. 그렇게 판단한 백작은 검으로 대응하기를 포기하고 기격을 폭발시켰다. 투명한 기운이 순식간에 응축되었다가 폭발, 루그를 향해 날아들었다.
 순간 루그가 피식 웃었다. 그리고 성인 장정을 날려 버리기에 충분한 위력의 기격을 향해 고속으로 돌진한다. 검을 휘두르지도 않았는데 몸 앞에 둘러친 기격이 백작의 기격을 갈라 버리고, 루그의 몸은 아무렇지도 않게 백작에게 쇄도했다.
 파악!
 루그의 쌍검이 백작의 몸통을 정통으로 후려치고 지나갔다.
 백작이 분통을 터뜨렸다.
 "젠장! 당했군!"
 "후훗, 제가 한판 땄습니다, 아버지."

루그가 우쭐거렸다. 이것은 변명의 여지가 없는 완벽한 패배였다. 루그의 실력으로 보건대 실전이었다면 백작의 몸이 두 동강 났을 것이다.

"검술은 어설픈 주제에 기격은 대단하구나."

"졌다고 그렇게 변명하시면 별로 보기 안 좋은데요? 뭐 제 검술이 별로인 건 사실이지만."

루그가 피식 웃었지만, 백작의 지적을 부정하진 않았다. 그러자 마빈이 납득할 수 없다는 듯 끼어들었다.

"아니, 아버지. 당하셔 놓고 그런 말을 해요? 저놈 검술이 어디가 별로란 거예요? 괴물이구만."

"별로 맞아. 아버지랑 비교하면 기술 숙련도 면에서나 운용 면에서나 비교가 안 되지. 애당초 검술은 내 전공도 아니고 훈련 시간도 그리 길지 않은데 평생 검술에 매진하신 아버지랑 비교가 되겠냐? 객관적으로 검술 그 자체의 질만 따로 떼어놓고 보면 너하고도 큰 차이는 없을걸?"

"말도 안 되는 소릴……."

"루그 말이 맞다."

백작이 혀를 찼다. 루그한테 당한 게 분해서인지 아니면 핵심을 파악하지 못하는 마빈의 둔감함이 안쓰러워서인지 모르겠다.

"맨손 격투술이면 모를까, 검술은 어설프기 짝이 없어. 순전히 예측과 반응속도 두 가지를 앞세우고 있는 거다."

"예측과 반응속도?"

"맨손으로 싸우다가 검을 든다고 해서 상대방의 움직임을 예측하는 기술이 떨어질 리는 없지 않느냐? 특히 맨손으로 온갖 무기를 든 자들과 싸워왔을 테니 그러한 통찰력은 뛰어나겠지. 그렇게 상대방의 움직임을 예측하고, 그 다음에는 상대보다 월등한 반응속도를 이용해서 기술의 부족함을 메우는 거다. 이 애비가 맨손으로 싸우거나, 혹은 도끼나 해머를 든다면 루그와 비슷한 방식으로 싸우게 되겠지."

"어, 그건 알겠는데 그럼 왜 아버지가 밀리신 건데요? 루그는 예측 능력과 반응속도만으로 아버지를 압도할 정도로 뛰어나서? 그런 거… 으윽!"

거기까지 말하던 마빈이 비명을 질렀다. 백작이 다가가서 알밤을 때리는 대신 기격으로 그의 정수리를 한 대 쳤기 때문이었다.

"이놈이 애비를 뭘로 보고! 내가 밀린 것은 어디까지나 기격 공방 때문이었다!"

"기격 공방?"

그 말대로 백작이 루그에게 밀린 것은 기격 때문이다.

백작은 기격을 깨우친 후 혼자서 훈련해서 그 완성도를 높여왔다. 하지만 그후 다른 기격 사용자와 만나서 겨뤄본 경험이 없었다.

그러다 보니 다른 이에게 기격을 거는 것에는 능숙하지만, 기격 사용자들끼리의 기격 공방전에는 미숙했다.

루그의 경우는 기격에 대한 경험이 풍부했다. 시공 회귀 전에 기격을 깨닫지 못했을 때부터 그레이슨에게 기격을 수도 없이 맞아가면서 그 감각을 익혔고, 기격 사용자가 된 후에는 요르드와 만나 그와 함께 훈련해서 기격 공방의 수준을 끌어올릴 수 있었다. 시공 회귀 후에는 그레이슨과 기격 사용자로서 훈련하면서 그 수준이 더욱 높아진 것은 물론이다.

하지만 백작에겐 그런 상대가 없었고 그 격차가 이 대련을 통해서 드러났다. 기격을 다루는 기술 면에서 루그는 아스탈 백작을 완전히 압도하여 그의 감각을 유린한 것이다.

백작이 말했다.

"네 주변에는 다른 기격 사용자가 있었던 게로구나."

"뭐, 스승님이 계셨으니까요."

"돌아가셨다는 분 말이냐?"

"아뇨. 동문의 새로운 스승님입니다."

"너를 가르칠 만한 실력자가 또 있었다니, 오더 시그마라는 유파는 괴상하면서도 대단하군."

쓴웃음을 지은 백작이 표정을 바꾸며 말했다.

"그럼 어디 한 번 더 해보자꾸나. 이 기회에 아들놈한테 기격 사용법이나 좀 배워볼까?"

"저도 요즘 변변찮은 대련 상대가 없었으니 환영입니다. 그리고 아버지한테 보여 드리고 싶은 것도 있고요."

"보여주고 싶은 거라니?"

화르르르륵!

백작이 의아해하는 것과 동시에 루그의 몸을 감싸고 화염이 타오르기 시작했다. 그것을 본 백작이 물었다.

"속성력 말이냐? 그거야 전에 헤어질 때 봤었……."

거기까지 말하던 백작의 눈이 휘둥그레졌다. 루그를 휘감은 불꽃의 정체를 깨달았기 때문이었다.

"제6단계?!"

마력의 흔적조차도 느껴지지 않는, 순수하게 강체력만을 에너지원으로 삼은 불꽃.

그것은 강체술 제6단계에 도달한 자들만이 통제할 수 있다는 자연의 힘이었다.

"말도 안 돼! 어떻게 그 나이에 6단계에……!"

눈으로 보는 것뿐만 아니라 오감 전부가, 그리고 기감마저도 루그가 보여주고 있는 불꽃이 강체술 6단계의 경지에서 비롯되었음을 알려준다. 그런데도 백작은 도저히 믿을 수가 없었다.

7단계에 도달하는 자는 역사에 이름을 남길 정도로 드물기에 6단계는 현실적으로는 강체술의 최고경지로 일컬어진다. 그런데 자신의 아들이 고작 열여덟 살의 나이에 그 경지에 올랐단 말인가?

경악한 백작 앞에서 루그가 씩 웃으며 주먹을 들었다.

"어떻게 도달했는지는 지금부터 실감하게 해드리죠."

"……."

백작의 이마에서 식은땀이 흘러내렸다.

5

사르테 백작의 신병 협상은 닷새에 걸쳐 진행되었다.

그동안 루그는 두 가지 일에 몰두했다. 그것은 바로 아스탈 백작과 마빈을 훈련시키는 일이었다.

"젠장! 새파랗게 어린 아들놈이 6단계라니! 내 아들놈이 천재라니 이게 무슨 소리야!"

'천재는 아버지죠.'

루그가 속으로 한숨을 쉬었다.

단 며칠 동안 루그와 함께 훈련했을 뿐인데도 백작의 실력은 무섭도록 늘어가고 있었다. 그는 혼자 기격을 터득했으면서도 상당히 세련된 경지에 이르러 있었기에 루그가 기격으로 대련을 해주면서 운용 방법을 보여주는 것만으로도 수준이 눈에 띄게 향상되었던 것이다.

루그가 6단계의 강체술사라는 것을 안 백작은 훈련 시간마다 미친 듯이 달라붙었다. 협상 문제 때문에 하루 종일 훈련할 수 없다는 사실을 아쉬워하는 그의 열정에 마빈이 혀를 내둘렀을 정도였다.

백작에게는 오랫동안 스승이라고 할 수 있는 사람이 없었다. 선대 백작이 죽은 이후 그는 언제나 아스탈 영지의 최강자였다. 언제나 혼자서 문제점을 찾아내고 답을 구해왔던 그에게 있어 아들에게 새로운 것을 배우는 시간은 즐겁기 그지없었다.

"이 나이 먹고 내 아들에게 배우는 처지가 될 줄이야. 정말 상상도 못할 일이군."

백작은 쓴웃음을 지었다. 자신을 뛰어넘어 경이로운 성장을 보여주는 아들이 대견하기도 하고, 아직 젊은 나이에 아들에게 추월당해 버렸다는 사실이 씁쓸하기도 하다.

하지만 지금 이 순간만큼은 순수한 열정이 다른 감정을 압도했다. 강체술사라면 모두가 전율하고 갈구할 경지에 오른 루그에게 아스탈 백작은 하나라도 더 배우기 위해 전심전력으로 훈련에 임했다.

그런 그를 통해 루그는 시공 회귀 전에도, 그리고 후에도 느낄 수 없었던 감정을 경험했다. 강체술사로서 순수한 열정을 불태우는 시간이 아버지와 아들의 거리를 가깝게 해주는 것 같은 기분이 들었다.

백작이 일 때문에 물러가고 나면 그때는 마빈 차례였다. 루그가 마빈을 가르치는 방식은 백작을 가르칠 때와는 전혀 달랐다.

백작에게는 자신의 기술을 보여주고, 기격의 경지에 오른 자들끼리의 싸움이 어떤 것인지 대련을 통해 체험시켜 주는 것만으로도 충분했다. 하지만 마빈의 경우는 좀 더 구체적인 지도가 필요했다.

"다시! 이번엔 너무 위축됐잖아! 힘이 넘친다고 마구 뿌려대면서 거기에 딸려가도 안 되지만, 그렇다고 힘을 제어해야겠다는 강박관념에 사로잡혀서 발휘하지 못해도 안 돼!"

"너무 어렵다고!"

"거 수십 년을 고생해야 얻을 수 있는 힘을 하루 만에 홀랑 먹었으면서 그 정도 고생도 못하겠다 이거냐?"

"으윽……."

루그가 눈을 치켜뜨면서 한마디 하자 마빈은 할 말이 없어졌다.

혼돈의 비약을 마시고 극적으로 강체력이 향상된 후, 마빈은 넘치는 힘을 주체하지 못하고 있었다. 십수 년간 정밀하게 연마되었던 검술의 폼이 흐트러지고, 과도하게 빨라진 반응속도 때문에 상대의 공격에 성급하게 대응해 버리게 되었다.

힘의 제어 능력이라는 것은 무술을 터득할 때 자연히 따라오는 부산물이다. 육체적인 성장과 기술적인 성장이 맞물리면서 두 가지의 균형이 맞아떨어지는 것이다. 그렇기 때문에 정상적인 방식으로 무술을 연마한 자라면 당연히 일정 수준의 제어 능력을 갖게 된다.

그러나 지금의 마빈은 그야말로 하룻밤 만에 극적으로 힘이 늘어났다. 강체력의 상승은 육체 능력도 대폭 향상시켰고 그 결과 그동안 연마해 온 감각과 실제 감각이 크게 어긋나고 만 것이다.

루그는 그것을 바로잡아주기 위해 마빈을 몰아치고 있었다.

이 문제는 단 며칠 만에 수정하기는 불가능할지도 모른다.

마빈 스스로가 꾸준히 단련해서 자신만의 감각을 찾아가야 할 문제였다.

'무술 그 자체에 대한 문제라 전이법으로 해결할 수도 없고······.'

시간이 별로 없는데 정공법 말고는 해결책이 없다는 사실이 안타까웠다. 전이법으로 해결하기에는 마빈은 오랫동안 가문의 강체술을 연마하며 오더 시그마의 권사인 루그와는 감각의 차이가 너무 컸다. 몽상 세계를 동원한다 한들 마빈의 감각을 이해하기도 어려웠고, 루그가 이해해서 보정한 감각을 전달한다 한들 그것이 독으로 작용할 가능성이 더 컸다.

"그건 알겠는데 이 기격 고문에는 도대체 무슨 의미가 있는 거야!"

마빈이 비명을 질렀다.

루그는 마빈을 몰아치면서 속사포처럼 기격을 난사해 대고 있었다. 그럴 때마다 마빈은 세상에 존재하는 온갖 고통, 그것도 콧구멍이 미친 듯이 간지럽다거나 방광이 터질 것 같아서 당장에라도 바지를 까고 싶어진다거나, 뒤쪽에 묵직한 뭔가가 터져 나올 것 같아서 화장실로 달려가고 싶어진다거나, 지독한 숙취로 머리가 깨질 것 같다거나 하는 참으로 인간적이고 쩨쩨한 고통에 시달려야만 했다.

루그가 단언했다.

"이게 다 너를 위한 거다."

"도대체 어디가 어떻게?"

마빈이 항의했지만 루그는 설명해 주는 대신 새로운 고통을 기격으로 재생시켜 주었다. 마빈은 엉덩이에 불화살이 꽂혀 타오르는 고통에 방방 뛰어야만 했다.

'점점 민감해지는 것 같긴 한데…….'

그 광경을 보면서 루그는 미친 듯이 웃고 싶은 것을 참고 있었다.

기격으로 두들겨 대는 행위가 마빈을 위해서인 것은 사실이다. 물론 마빈을 괴롭히면서 즐거워하고 있는 것도 부정할 수는 없었지만!

놀랍게도 마빈은 현재 기격의 기초에 눈을 떴다. 기감이 보다 예민한 단계로 발전하여 루그가 사용하는 기격의 실체를 어렴풋이나마 감지할 수 있게 된 것이다.

루그는 어째서 마빈에게 이런 일이 일어났는지를 분석해 본 결과, 혼돈의 비약을 섭취하는 과정 때문이었다는 결론에 도달했다.

'진짜 어처구니없는 놈.'

마빈은 루그나 요르드와는 달리 혼돈의 비약을 섭취하고도 의식이 끊어지지 않았다. 그 상태에서 루그와 기격으로 연결되었고, 오히려 자신의 심상을 루그의 기격을 통로로 삼아서 흘려보내는 엽기적인 짓을 저질렀다.

그렇게 루그가 자신의 심상을 그에게 밀어 넣고, 또 그의 심상을 떠맡기도 하는 주거니 받거니 현상(?)을 하룻밤 내내 겪다 보니 자연스럽게 기격의 감각을 알게 된 것이다. 지금은 아직 어렴풋이 느낄 뿐이지만, 보다 많은 기격을 경험하게 되면 점점 더 발전하게 될 것이다. 루그는 그것을 기대하고 마빈을 괴롭히면서 즐거워하고 있었다.

"뭐 기격은 기격이고, 진짜 중요한 것은 어긋난 감각을 최적화시키는 것이지. 이건 그냥 빡세게 구르는 수밖에 없다!"

"추, 충분히 빡세게 구르고 있는 것 같은데?"

마빈이 다 죽어가는 목소리로 항의했다. 하지만 루그는 듣지 않았다.

"실전에서 죽어나갈 게 걱정스럽다면 그 전에 실전을 겪으면 되지! 싸우는 거다, 마빈!"

"그게 대체 무슨 소리야?"

도무지 뜻을 알 수 없는 말에 마빈은 어리둥절해졌다. 하지만 곧 그는 그 말의 무시무시한 참뜻을 알 수 있었다.

모든 것은 루그가 이상한 마법진을 그리더니 그 안에 앉아서 심호흡을 하라는 것부터 시작되었다. 시키는 대로 했더니 자기도 모르는 새 잠시 동안 의식이 끊어졌고, 이상한 진동을 느끼며 눈을 떴을 때는 생전 처음 보는 평원에서 거구의 오우거 한 마리가 자신을 향해 달려들고 있었다.

그리고 당황하면서도 격전 끝에 오우거를 격파! 자신의 실력에 뿌듯해하고 있는데 이번에는 본 적도 없는 마물들이 무리지어 등장했다. 상반신은 인간 여성이고 팔이 있어야 할 곳에는 날개가 있으며 하반신은 새의 그것인 기괴한 마물들이었다.

"이것들은 뭐야?"

"그건 하피다."

"하피? 아니, 잠깐! 루그? 이게 어떻게 된……!"

키이이이익!

마빈은 말을 끝까지 잇지 못했다. 하피들이 흉폭하게 울부짖으며 공격해 왔기 때문이다.

"우와아아아악!"

마빈도 백작을 따라다니면서 제법 다양한 마물들과 싸운 경험이 있었지만, 허공을 날아다니는 적들과의 전투는 낯설었다. 열 마리 이상의 하피가 주변을 에워싼 채 다양한 각도에서 공격해 오니 대응하기가 까다로워서 몇 군데 부상을 입은 후에야 겨우 전멸시킬 수 있었다.

"헉헉, 야, 루그! 어디에 있는 거야?"

"여기야."

마빈이 목소리가 들려온 곳을 바라보니 루그가 오른쪽 암벽 위에 앉아 있었다. 씩씩거리며 그를 본 마빈의 눈이 휘둥그레졌다.

"그건 뭐야?"

루그의 머리 위에는 붉은 드레키의 모습을 한 볼카르가 앉아 있었다. 볼록한 배 위에 짧은 팔로 애써 팔짱을 끼고 있는 모습이 참으로 귀여워 보였다.

루그가 못마땅한 표정으로 말했다.

"신경 쓰지 마."

"신경을 안 쓸 수가… 아니, 그보다 이건 도대체 뭐가 어떻게 된 거야? 내가 왜 이런 데 와 있지? 방금 전의 마물들은 또 뭐고?"

"여긴 네 훈련을 위해 특별히 설정한 가상현실이야."

"가상현실?"

마빈의 눈이 휘둥그레졌다.

루그가 말했다.

"뭐, 개념을 다 설명하자면 길고 복잡하니까 생략하고… 대충 아주 생생한 꿈이라고 생각하면 된다."

"꿈을 꾸고 있는 거라고? 이게?"

마빈이 믿을 수 없다는 듯 물었다. 그 말을 듣고 신체 상태를 체크해 보니 모든 기관이 정상 작동하고 있었다. 감각 역시 아주 예리하게 활성화되어 있어서 주변을 기어다니는 벌레들의 움직임조차 파악할 수 있을 정도다.

그런데 이게 꿈이라고?

루그가 말했다.

"마법이야. 인간이 꿈을 꾸는 능력을 이용해서 가상의 세계를 구축하고, 그 안에서 벌어지는 일들을 현실과 똑같이 느끼게 하는 거지. 이 안에서 네가 할 일은 아주 간단해."

"설마……."

"바로 그 설마지. 실전처럼 내가 내보내는 적들과 싸우면 된다. 그러다 보면 적절한 힘 조절은 자연히 터득하게 되겠지!"

"부, 부족한 훈련량을 실전에서 채우면 된다는 말도 안 되는 발상은 어디의 누가 한 거야? 지금이 훈련 개념도 없던 고대인 줄 알아?"

"오, 마빈. 제법 그럴싸한 반박인데? 생각보다 박식하네. 하지만 이건 실전이 아니다."

"그럼?"

"세상에서 가장 실전 같은 연습이지! 고로 닥치고 싸워라. 죽도록 아파도 죽진 않는다. 죽은 것 같아도 다시 눈을 떴을 때는 되살아나 있을 거야. 싸우고 싸우고 또 싸우다 보면 어떻게든 될 거다. 그럼 다시 시작!"

루그는 무시무시한 소리를 하면서 손가락을 튕겼다. 그러자 루그의 머리 위에 앉아 있던 볼카르가 눈을 한 번 깜빡였다. 동시에 마빈의 상황이 격변했다.

흐으으으으……

태양이 사라지고 짙은 어둠이 내리깔렸다.

구름 때문에 뿌옇게 흐려 보이는 달빛 아래, 산 자라면 본능적으로 움츠러들 수밖에 없는 으스스한 기운이 몰려오면서 그 사이로 사람을 닮은 형체들이 일어났다.

철크럭…… 철크럭…….

불길한 쇳소리와 함께 걸어오는 것은 갑옷을 입은 기사들이었다. 아니, 정확히는 기사의 갑옷들이었다.

"이건 또 뭐야?"

마빈은 기겁했다.

속이 텅 빈 갑옷들이 살아 있는 것처럼 걸어오고 있었다. 그 안에는 뿌연 어둠이 들어차 있고 헬멧 속에서 흉흉한 붉은 빛이 눈동자를 대신해서 빛난다.

"리빙 아머라고 부르는 마물이지. 기사의 사념이 깃든 갑옷이 음기(陰氣)가 지나치게 결집되거나, 아니면 흑마법으로 움직이는 경우라더라."

"이게 마물이라고?"

"언데드지. 너도 좀비나 스켈레톤 정도는 상대해 봤지?"

"그, 그 정도야 상대해 보긴 했지만 이건……."

"기사들의 사념이 깃들어서 제법 실력이 괜찮지. 아, 그놈들 사이에 비상하게 강력한 놈도 두엇 정도 섞여 있으니 주의하고."

"야, 그렇게 막연하게 말해주면 내가 뭘 어찌……."

마빈은 투덜거림을 끝까지 말하지 못했다. 일정 거리까지 접근해 온 리빙 아머가 먹이를 덮치는 맹수 같은 기세로 달려들었기 때문이다.

하나하나가 기사에 필적하는 능력을 발휘하는 리빙 아머들과 격전을 벌이게 된 마빈은 얼마 버티지 못했다. 일반 리빙 아머들은 그럭저럭 무찔렀는데 루그가 말한 대로 비상하게 강력한 놈들이 문제였다. 다른 놈들보다 두 배는 더 빠르고 강한 데다가 검술도 정밀했던 것이다. 결국 마빈은 등 뒤에서 칼을 맞고 자세가 무너진 틈에 팔다리가 잘려 나가고 심장을 꿰뚫리는 끔찍한 부상을 입었다.

"커어어억……!"

마빈은 피를 토하며 자신의 가슴을 관통한 칼날을 바라보았다.

'이, 이렇게 죽는 건가?'

지금까지 살면서 실전을 여러 번 겪었고, 목숨이 위험한 순간은 셀 수 없이 경험했다. 언제나 죽음이라는 것을 곁에 두고 극복해야 할 대상으로 보고 있었지만, 이렇게 죽게 될 줄이야.

마빈은 눈앞이 캄캄해지는 것을 느끼며 쓰러졌다.

그리고 눈 한 번 감았다 뜨니 다시 되살아났다.

"……."

마빈은 검을 든 채 멍청하니 서 있었다.

도대체 무슨 일이 벌어진 건지 모르겠다. 분명히 리빙 아머들과 싸우다가 사방에서 날아든 칼을 맞고 죽었던 것 같은데?

철크럭… 철크럭…….

뿌연 달빛이 비추는 어슴푸레한 세상 저편에서 불길한 쇳소리가 들려오면서 인간을 닮은 그림자들이 접근해 온다. 사방을 포위한 채 접근해 오는 그것들을 보면서 마빈은 섬뜩한 기시감(旣視感)을 느꼈다.

"설마 조금 전 건 꿈? 아니면 이것도 꿈인가? 악몽이야, 이거?"

"잠꼬대는 자면서나 하고. 조금 전에 실패했으니 다시 하는 거지."

루그의 목소리가 들려왔다. 마빈은 깜짝 놀라서 암벽 위를 바라보았다. 루그는 옆으로 누워서 팔로 머리를 받친 채 느긋하게 마빈의 위기를 관찰하고 있었다. 그 옆에 붉은 드레키가 마치 자신을 비웃는 듯한 표정을 짓고 있는 게 심히 거슬린다.

"뭐? 그럼 그게 현실이었단 말야?"

"현실은 아니고 가상현실. 걱정 마라. 여기선 몇 번이고 죽어도 돼. 물론 죽을 때마다 죽도록 아플 테니까 되도록이면 죽지 마라."

"그건 어디의 지옥이야? 농담하는 거지?"

"농담으로 들리면 직접 몸으로 확인해 보든지. 아, 리빙 아머들 슬슬 공격권 들어갔다."

"자, 잠깐……!"

마빈의 애타는 목소리는 헛되이 흩어지고 또다시 리빙 아머들이 달려들기 시작했다. 정신없이 리빙 아머들과 검투를 벌이기 시작한 마빈에게 루그의 히죽거리는 목소리가 날아들었다.

"실전에서 겪을 죽음이 두렵다면 그 전에 실전에서 죽어보면 되는 거지. 미리 겪어보면 다 해결돼. 싸워라, 마빈!"

"그게 도대체 무슨 개소리야아아아!"

인간과 드레키의 형상을 한 악마들의 시선 아래서 마빈의 비명이 길게 메아리쳤다.

6

사르테 백작의 신병은 협상 닷새째에 몸값과 교환으로 적들에게 인도되었다.

그 사이 아스탈 백작군은 지원군을 맞이하여 크게 불어나 있었다. 아스탈 백작이 이야기했던 킬란 자작과 발트 남작이 지원군을 이끌고 왔던 것이다. 비록 둘이 합쳐 200명 정도의 적은 병력이긴 했지만, 지금의 아스탈 백작령에는 천군만마와도 같은 아군이었다.

"끝까지 저울질하다가 온 거겠지만, 뭐, 그래도 와준 걸 감사해야겠지?"

성벽에 선 루그가 킬란 자작군과 발트 남작군을 보며 피식 웃었다. 그러자 인간 여성 마법사로 위장하고 있는 메이즈가 대답했다.

"사르테 백작을 붙잡고 신병 협상을 하고 있다는 사실이 저울추를 기울게 했을 거야. 객관적으로 보면 수적인 차이가 너무 나니까 함부로 개입했다가 자기들도 몰살당하는 것이 두려웠을 텐데 이렇게 와준 것만으로도 감사해야지."

"그건 그렇지. 친척이라고는 해도 다들 자기 영지 건사해야 할 사람들이니."

객관적으로 볼 때 루그가 오기 전까지 아스탈 백작령에는 승산이 거의 없었다.

사르테 백작군의 병력은 아스탈 백작령을 압도했고, 인간끼리의 전투 경험에 있어서도 훨씬 우위에 있었다. 아무리 아스탈 백작이 기격의 경지에 올랐고 휘하 기사들이 강건하다고 해도 그 격차는 도저히 메울 수 없는 것이었다.

그런 상황에서 지원군을 보내는 것은 미친 짓이다. 서로서로 딸들을 시집보내 가면서 친척관계가 되었다고 해도 아스탈 백작령과 주변 영지는 그렇게 돈독한 사이는 아니었다. 아스탈 백작이 척박한 영지를 관리하느라 바빠서 주변에 별로 신경을 못 쓴 탓이기도 했다.

하지만 루그가 사르테 백작을 납치하고 협상에 들어감으로써 그런 인상이 단숨에 뒤집혔다. 아무런 피해 없이 적의 수장을 사로잡을 정도라면 한 번쯤 해볼 만하겠다는 인상을 주는 데 성공한 것이다.

루그가 물었다.

"혹시 마빈네 외할아버지에 대해서는 들은 거 있어?"

"지원군을 보내겠다고 했대. 하지만 빨라도 이틀 이상은 더 걸릴 거야."

"협상을 좀 더 질질 끌 수 있었으면 좋았을 텐데… 어쩔 수 없군. 당초 작전대로 가는 수밖에 없나?"

루그가 혀를 찼다. 마빈의 외할아버지, 가우트 자작은 아스탈 백작령이 기대할 수 있는 가장 큰 우군이었다. 가우트 자작령은 아스탈 백작령보다 영지는 작아도 훨씬 부유하고 병력도 많은 영지였으니까.

메이즈가 쓴웃음을 지었다.

"모든 일이 뜻대로 되진 않는 법이잖아?"

"그건 그렇지만. 개전은 내일 해가 뜨는 것과 동시에 하는 걸로 협약됐다고 했지? 그럼 그때부터는 방어만 전담하고, 공격에서는 빠져 있어."

"하지만 주인님, 그래도 괜찮겠어? 이 영지에는 마법사가 한 명뿐이고, 그나마 수준도 별로 높지 않아. 저쪽의 마법사들이 전원 다 수준이 그보다 높은 데다가 수도 다섯이나 되는데……."

인간끼리의 전투에서 마법사의 존재는 크나큰 변수로 작용한다. 용족에는 도저히 미치지 못하지만 원하는 곳에 원하는 때에 화력을 집중시킬 수 있는 그들은 공성병기보다도 무서운 존재이기 때문이다.

불이나 벼락을 부르기 때문에 무서운 것이 아니다. 예를 들면 백 명 단위의 적은 병력끼리 싸우는데 방어의 일각에 잠을 부르는 마법을 불어넣어서 열 명 정도를 재운다고 치자. 그것은 명백한 틈이 될 것이고 팽팽하게 대치하는 상황에서는 치명적으로 작용할 수도 있다.

마법을 막을 수 있는 것은 마법뿐이다. 불이나 벼락처럼 명확한 파괴 현상을 일으킨다면 모를까, 그 외의 마법은 강체술사는 스스로 극복할 수는 있어도 다른 이들까지 보호해 줄 수는 없다.

"너는 영지민들만 보호해 줘. 마법사들은 내가 속전속결로 해치울 거야."

아이작 그레이스로 위장하고 있는 동안에는 마법을 쓸 수 없다. 하지만 그렇다고 해서 마법사를 상대할 수 없는 것은 아니다. 지금의 루그에게는 제한된 능력만 발휘해도 인간 마법사들을 원거리에서 해치우는 것은 쉬운 일이다.
"그럼 마빈이나 보러가야겠군."
그렇게 전투 전의 밤이 깊어갔다.

Chapter 57
백작 두 번 죽다

폭염의 용제

1

뿌우우우우……!

동이 터오는 것과 동시에 사르테 백작군에서 개전을 알리는 뿔나팔 소리가 울려 퍼졌다.

오와 열을 맞추어 정렬한 사르테 백작군 사이에서 기병 하나가 나오더니 양피지를 펼쳤다. 그리고 쩌렁쩌렁한 목소리로 거기에 적힌 전투의 명분을 읊어대기 시작했다. 왕위가 비어 왕국이 혼돈에 빠진 지금, 정명한 왕의 그릇인 베사드 공작에게 협력하는 것을 거부하고 일신의 안위만을 꾀한 아스탈 백작은 처벌받아 마땅하는 것이 그들의 억지주장이었다.

본래는 적의 명분을 들은 다음 거기에 반박하는 것이 절차지만, 인간끼리의 전투에 익숙하지 않은 아스탈 백작은 콧방

귀를 꿰며 명령했다.

"궁병들, 한 방 날려줘라!"

피피피피핑!

동시에 미리 대기하고 있던 궁병들의 화살이 하늘 위로 날아올랐다. 사르테 백작이 신경질을 냈다.

"전장의 예의범절도 모르는 것들!"

물론 그의 목소리는 아스탈 백작에게는 닿지 않았다. 루그에게 납치당해서 한 번 쓴맛을 본 그는 자신의 진영 깊숙한 곳에 틀어박혀 있었던 것이다.

곧 사르테 백작군이 함성을 지르며 성벽을 향해 돌진해 왔다. 백 명의 궁병이 화살을 쏘아대도 그걸 맞고 쓰러지는 병력은 지극히 소수다. 허리 높이까지 물이 채워진 해자를 건너온 그들이 성벽에 갈고리를 던져 걸고, 사다리를 세우려고 하는 것을 성벽 위의 병력이 필사적으로 저지하는 진흙탕 싸움이 개시되었다.

―아버지.

익숙하지 않은 형태의 전장에서 조금 당황하고 있던 아스탈 백작에게 루그의 트랜스 메시지가 날아들었다.

―제가 알려주는 곳을 투창으로 치세요. 마법사부터 잡겠습니다.

전날 루그는 백작과 마빈에게 이번 전투에서 최우선적으로 잡아야 할 상대가 마법사임을 주지시키고, 그것을 위한 방안을 준비해 두었다. 그래서 지금 백작의 발밑에는 투척용으로 만들어진 창 스무 자루가 놓여 있었다.

콰아아앙!

그때 성벽 한쪽에서 폭음이 울려 퍼졌다. 말하기가 무섭게 적의 마법사가 발동시킨 화염 폭발의 마법이 작렬한 것이다. 그 자리에 있던 병사들이 비명을 지르면서 나가떨어지고, 그 공백을 틈타서 밑에 있던 적들이 갈고리를 걸었다.

그 직후 적들이 성벽 앞 30미터 지점에서 발사한 발리스타의 화살이 날아들었다. 화살이라기보다는 창이라고 표현해야 할 크기다. 맞으면 돌벽조차 무너뜨리는 그 화살이 성벽 위로 날아가는 순간, 루그가 성벽을 박차고 그 앞으로 뛰어들었다.

콰직!

쌍검이 질주하면서 발리스타의 화살을 꺾어버렸다. 그 광경을 본 적들이 경악했다.

"저놈은 뭐야?!"

"설마 아이작 그레이스란 놈인가?"

단신으로 1,600명 사이에 침입해서 사르테 백작을 납치하고, 추격대를 추풍낙엽처럼 쓰러뜨렸던 아이작 그레이스의 존재는 이미 그들에게 깊숙이 각인되어 있었다. 루그는 그들의 반응을 보면서 허공에서 몸을 회전시켰다.

"돌려주지! 절반뿐이지만!"

좌검으로 부러진 발리스타 화살의 아래쪽을 받친 다음 허공으로 튕겨 올린다. 발리스타 화살이 핑글핑글 돌면서 기울어져 원하는 각도로 향하는 순간, 루그가 그 뒤쪽을 발차기로 후려갈겼다.

콰아아아앙!

다음 순간, 무시무시한 기세로 날아간 발리스타 화살이 발리스타에 작렬했다. 울려 퍼지는 폭음 속에서 적 병사들이 비명을 지르며 나가떨어졌다.

그대로 허공을 박차고 다시 성벽 위로 돌아가는 루그를 보는 사르테 백작군의 눈에 공포가 떠올랐다. 기사들이 초인적인 능력을 발휘하는 거야 어제오늘 일도 아니지만, 저런 괴물은 처음이다!

―아버지!

"알겠다!"

루그가 기격으로 전달한 정보를 받은 백작이 창을 들고 적들 사이로 집어 던졌다. 성벽 위에서 비스듬한 각도로 던져진 창이 무시무시한 기세로 공간을 관통했다.

콰콰콰콰콰콰!

60여 미터를 날아간 창이 공격 지점에 있던 보병 두 명을 일거에 꿰뚫고, 그 뒤에 있던 기병까지 관통해 날려 버렸다. 공성 병기가 무색해지는 위력에 다들 경악했다.

"마, 말도 안 돼!"

게다가 하필이면 창에 맞고 사망한 것은 여섯 명의 마법사 중 하나였다. 마법사들이 표적이 되지 않도록 기병으로 위장시켜 두었는데 아스탈 백작이 정확히 그를 노리고 공격했던 것이다. 물론 루그가 그들의 정체를 파악하고 알려준 덕분이었지만, 그런 사실을 알지 못하는 사르테 백작군 입장에서는 그저 불운하다고 생각할 뿐이었다.

"이 투창술은 정말 쓸 만하군!"

백작이 발끝으로 새로운 창을 차올려서 잡으며 중얼거렸다.

그가 기격의 경지에 오른 강체술사라고 하나, 검술과 마상 창술이라면 모를까 투창은 전공이 아니었다. 그렇기에 루그는 백작과 마빈에게 자신이 즐겨 쓰는 투창술을 전수했다. 마빈은 결국 원하는 수준에 도달하지 못했지만 백작은 기격까지 더해서 공성병기를 능가하는 위력을 낼 수 있었다.

"다음은 너다!"

백작은 또다시 루그가 기격으로 전달해 준 정보를 따라서 창을 집어 던졌다. 그 순간 사르테 백작군 사이에서 다섯 개의 방어막이 구현되었다. 지레 겁먹은 마법사들이 급박하게 방어 마법을 사용한 것이다.

콰직!

기격이 실린 투창이 마법사의 방어막과 충돌했다. 완전히 꿰뚫지는 못하고 반쯤 박힌 상태로 궤도가 틀어져서 빗나가고 말았다.

백작이 눈살을 찌푸렸다.

"젠장! 고작 저 정도에 빗나가다니!"

백작은 마법사의 몸통을 꿰뚫고 그 뒤에 있던 보병들까지 한꺼번에 보내 버릴 생각이었다. 그런데 방어막에 가로막힌 것이다.

"뭐 거리도 있고 마법사의 방어막도 얕잡아볼 게 아니니……."

루그가 쓴웃음을 지으며 자신도 창을 집어 들었다. 그리고 방금 전 백작의 투창을 막은 마법사를 향해 집어 던졌다.

콰콰콰콰콰콰!

그것은 이미 마법보다 더한 재앙이었다. 위력은 발리스타보다 더 강력하면서 정확성을 갖춘 투창이라니, 기사도 마법사도 그 앞에서는 속수무책이다. 그 일격으로 마법사와 그 주변 다섯 명의 병사가 날아가 버렸다.

"이제 네 명."

그때 적들 사이에서 강력한 마력 파동이 퍼져 나갔다. 그것을 본 루그는 섬전 같은 기세로 검을 휘둘렀다. 그러자 검격의 궤도를 따라서 무시무시한 힘의 파랑이 일어나면서 성벽 앞쪽으로 날아들던 뇌격과 충돌했다.

쫘르르릉!

"뇌격을 검으로 요격했어?"

사르테 백작군의 마법사들이 경악했다. 뇌격은 원소계 공격 마법 중에서도 가장 원거리에 정확하게 적중시키기가 어려운 마법이다. 그러나 일단 발동하고 나면 인간은 반응할 수 없는 찰나에 작렬하게 된다.

방금 전의 뇌격은 사르테 백작군의 마법사 두 명이 힘을 합쳐서 날린 공격이었다. 한 명은 뇌격을 일으키고, 한 명은 공격 지점까지의 궤도를 제어하는 방식으로 사용했는데 루그는 그들의 마법 운용을 사전에 꿰뚫어보고 강검의 힘으로 요격해 버렸다. 그런 사정을 모르는 마법사들 입장에서는 실로 말도 안 되는 짓거리였다.

"거기구나!"

그 직후 백작의 투창이 날아들어서 마법사 하나를 관통했다. 뇌격 마법을 쓴 직후라 무방비 상태였던 마법사와 그 뒤에 있던 세 명이 한 번에 꿰뚫려서 날아가 버렸다.

"저, 저런 괴물들이 있다니!"

후방에서 그 광경을 본 사르테 백작이 경악했다. 그도 이번 내전 속에서 여러 전투를 겪었지만 이런 경우는 처음이다. 압도적인 무력으로 아군을 유린하던 이는 있을지언정, 공성병기를 능가하는 투창으로 마법사를 요격하는 놈은 없었다.

"이게 어떻게 된 건가? 설마 저놈들은 우리 마법사의 위치를 아는 건가?"

"그런 것 같습니다."

사르테 백작의 부관도 당황하고 있었다.

여섯 명의 마법사는 그들의 주요전력이다. 그런데 그런 이들이 이렇게 어이없이 전사할 줄이야?

콰콰콰콰콰!

그들이 당황하는 동안 남은 세 명의 마법사도 루그와 백작의 투창에 맞고 차례차례 전사했다.

전투가 시작된 지 채 15분도 되지 않았는데 압도적이었던 적의 마법사들이 전멸, 오히려 마법사가 단 한 명뿐인 아스탈 백작군이 마법 전력 면에서 우위를 점하는 상황이 벌어졌다. 정작 그 일을 해낸 아스탈 백작도 어처구니가 없어서 헛웃음이 나왔다.

"거 참! 이건 내가 생각해도 반칙이로군."

"적들이 공성전을 좀 쉽게 해보겠다고 마법사들을 사정거리 안에 둬준 덕분이죠."

루그가 어깨를 으쓱했다.

마법사의 마법에도 사정거리가 있으니 성벽 위를 공격하기 위해서는 충분히 가까이 와 있어야 한다. 괜찮은 수준의 인간 마법사를 기준으로 생각하면 그 거리는 아무리 멀어봤자 5, 60미터 이내. 그 정도면 루그나 백작에게는 투창으로 충분히 정밀타격이 가능했다.

두 사람이 그런 말도 안 되는 일을 해준 덕분에 아군의 사기는 하늘을 찔렀고, 적들의 사기는 바닥까지 떨어졌다.

객관적으로 보면 여전히 사르테 백작군이 압도적으로 유리하다. 이쪽은 킬란 자작과 발트 남작의 병력까지 합쳐도 기사 86명, 총병력 600명 이하였고 사르테 백작군은 기사만 140명에 총병력이 1,600명에 달하니까. 공성전 시 수성하는 쪽이 세 배 이상의 병력을 감당할 수 있다는 이론을 감안해도 중과부적이다.

하지만 루그와 백작은 전술적 국면을 바꿀 수 있는 와일드카드였다.

"마빈! 네 차례다!"

루그가 외쳤다. 그러자 한창 성벽에서 사다리와 갈고리를 쳐내고 있던 마빈이 창을 집어 들었다. 비록 마법사를 저격하기에는 수준이 떨어졌지만, 그의 투창도 이 전장에서 충분히 한몫을 할 정도는 되었다.

"하앗!"

기합과 함께 창이 가파른 각도로 던져졌다. 그리고……!

콰하핫!

아래쪽에서 병사들을 독려하고 있던 적의 기사를 관통해서 낙마시켰다.

"좋았어!"

마빈이 주먹을 불끈 쥐었다.

이 투창술은 기술 자체의 완성도도 문제지만, 강체력이 어느 정도 받쳐 줘야 위력이 나온다. 루그가 백작과 마빈에게만 투창술을 연습시킨 것은 그런 이유에서였다. 마빈도 혼돈의 비약 덕분에 강체력이 비약적으로 상승해서 일반 기사들을 초월하는 투창 공격을 할 수 있었다.

"자, 그럼 계속 간다!"

마빈은 의기충천하여 계속 창을 던져서 적들을 쓰러뜨리기 시작했다.

2

사기가 떨어졌어도 수적으로 우세하고, 공성용 장비를 충실하게 갖춘 사르테 백작군의 공세는 무서웠다. 특히 아스탈 백작군은 활과 화살도 충분하지 않은 데다가 이런 전투 자체가 익숙하지 않아서 점심 무렵, 사르테 백작군이 일단 병력을 한번 물릴 때쯤에는 50명이 넘는 전사자가 발생했다.

그중에서 20여 명 정도는 초반에 마법사들의 마법에 사망한 숫자였다. 15분 만에 모든 마법사를 정리했는데도 이 정도의 피해가 발생할 정도니 마법사가 얼마나 무서운 존재인지 알 수 있으리라.

물론 사르테 백작군은 그 네 배도 넘는 전사자가 발생한 상황이었다. 하지만 양쪽의 병력 격차를 생각하면 아스탈 백작군의 손실이 더 아프다고 할 수 있다.

그리고 한 차례 재정비를 한 사르테 백작군이 다시 매섭게 몰아치기 시작했다. 발리스타와 투석기, 탑차를 풀가동하고 궁병들이 마구 화살을 쏘아대기 시작하니 아스탈 백작군의 방어가 흔들렸다.

"이놈들!"

아스탈 백작이 궁병들을 지휘하는 기사를 향해 투창을 날렸다. 하지만 그 기사는 말등을 박차고 뛰어오르더니 그대로 검격으로 투창을 후려갈겼다.

콰직!

맹렬하게 날아가던 창이 꺾여서 떨어져 버렸다. 아스탈 백작이 혀를 찼다.

"젠장! 슬슬 익숙해졌다 이건가?"

적 기사들 중에도 실력이 출중한 자들이 있어서 백작의 투창을 막아내고 있었다. 처음에야 당황해서 속수무책으로 당했지만, 일단 멀리서 날아드니 충분히 보고 대응할 시간이 있고 창이 커서 화살에 비해 맞추기도 쉽다. 그리고 위력 면에서도 강검의 경지에 오른 자라면 측면을 쳐서 꺾는 것 정도는 가능한 수준이었다.

하지만 그건 백작의 투창 이야기고, 루그의 투창은 또 이야기가 달랐다.

"흐읍!"

위력도 위력이었지만, 루그의 투창은 실로 타이밍이 절묘했다. 두 번째 마법사를 날려 버렸을 때도 그랬지만, 백작의 투창을 막아내고 방어가 흐트러진 상태를 노리기 때문에 막을 수가 없었다. 조금 전에 백작의 투창을 막아낸 기사가 루그의 투창에 관통당하고, 그 뒤에 있던 궁병 세 명까지 일거에 휩쓸렸다.

"쯧."

그것을 본 백작이 못마땅한 표정을 지었다.

루그는 투창술 자체도 백작보다 훨씬 뛰어나고, 6단계의 강체술사라 기격을 활용하는 능력도 압도적이다. 게다가 강체력 자체도 백작의 두 배 이상이라 적들 입장에서는 절대로 방어할 수 없는 마창(魔槍)이나 마찬가지였다.

―아버지, 그럼 전 빠지겠습니다! 성벽은 맡겨두죠!

"조심해라."

루그의 말에 백작이 고개를 끄덕였다. 루그는 씩 웃으면서 성벽에서 내려왔다. 그 뒤로 마빈이 따라붙었다.

"정말 갈 생각이야?"

"상황이 좀 더 잘 풀렸으면 이러지 않으려고 했는데… 어쩔 수 없지. 역시 전쟁이라는 게 만만하진 않군."

루그가 쓴웃음을 지었다.

그의 빼어난 활약에도 불구하고 전황은 불리했다. 아무래도 머릿수와 장비, 그리고 경험의 차이가 너무 컸다. 이대로 가면 사르테 백작군에게 큰 피해를 줄 수야 있겠지만 그 대가로 아스탈 백작군도 조금씩 말라죽는 꼴이 될 것이다.

물론 루그가 가진 능력을 전부 발휘한다면 상황을 단번에 역전시키는 것도 가능하다. 6단계의 강체술과 인간을 초월한 마법이라면 단신으로도 저들을 전멸시킬 수 있으리라.

"하지만 그럴 수가 없지. 안타깝게도."

루그는 한숨을 쉬고는 성벽 한쪽으로 향했다. 어젯밤, 그는 성벽에 개구멍 하나를 만들어두었다. 언뜻 보면 그냥 벽으로 보이지만 정해진 주문을 말하면 성벽의 일부가 깨끗하게 잘려서 문처럼 열리고, 해자를 건널 수 있는 마법의 다리가 생겨나게 되어 있었다.

그 앞에 루그와 마빈을 포함해서 스무 명의 기사가 모여 있었다.

"작전은 이미 설명한 대로입니다. 작전이라고 하기도 뭐하긴 하지만."

"확실히 이런 건 작전이라고 하기도 창피해, 주인님."

그들 사이에서 인간 마법사로 위장한 메이즈가 한숨을 쉬었다. 그녀는 전투 자체에는 개입하지 않았지만, 이번 작전에만큼은 도움을 주기로 했다.

기사들이 만반의 준비를 갖추고 말에 올라타자 메이즈가 마법을 걸었다. 투명화와 소리 차단 마법이었다. 이걸로 이들은 적의 지척까지 접근해도 발각되지 않을 것이다.

"허공질주까지 걸어주고 싶지만… 인간 마법사라면 여기까지겠지."

메이즈가 루그에게만 들리도록 말했다.

메이즈가 본 실력을 발휘하면 이 정도 숫자의 기병이 전력질주를 해도 전혀 알아차리지 못하게 만들 수도 있다. 하지만 인간 마법사로 위장하고 있는 만큼 적절한 수준에서 자제한 것이다.

"이 정도면 충분해. 그럼 간다."

"조심해."

루그는 고개를 끄덕이고는 개구멍을 통해서 밖으로 나갔다. 마빈이 물었다.

"근데 이거 진짜 괜찮은 거야?"

"메이즈의 실력을 알면서도 불안해?"

"아니, 하지만 우리끼리는 보이니까……."

투명화 마법과 소리 차단의 마법이 걸리긴 했지만, 정작 그 수혜를 입는 작전인원들끼리는 서로가 보이고 소리도 다 들린다. 그러다 보니 자기들이 정말 안 보인다는 확신이 들지 않는 것이다.

루그가 피식 웃었다.

"문제없어. 조용히만 이동하면 된다."

아무리 마법으로 모습과 소리를 감췄다고 해도 흙먼지까지 완전히 지울 수는 없다. 메이즈가 건 마법은 작전인원들이 뭉쳐서 이동하는 것을 전제로 일정 범위에 작용하도록 한 것이라서 한계가 있는 것이다.

마빈이 물었다.

"그것도 그렇고 너만 말을 안 타고 있는데 이게 잘 될까?"

"전에도 말했다시피 난 마상전투는 전공이 아니라서, 그냥 내려서 싸우는 게 편해. 괜히 말 끌고 가봤자 말 한 마리를 버리게 될 뿐이지."

다들 말을 타고 가는데 앞장서는 루그 혼자서만 두 발로 뛰고 있으니 심히 불균형한 느낌이다. 하지만 루그는 전혀 개의치 않았다.

그들은 사람이 가볍게 달리는 것과 비슷한 속도로 이동해서 사르테 백작군의 측면으로 돌아갔다. 그들은 성벽을 공략하는 데 정신이 팔려서 옆쪽을 경계할 생각은 전혀 안 하고 있었다.

"저기다."

루그는 후방에 있는 사르테 백작을 가리켰다. 주변에 기사들과 병사들이 포진해 있긴 했지만, 그들의 존재를 전혀 인식하지 못하는 지금이라면 완벽한 기습으로 뚫을 수 있다.

적들의 포진 가장자리 10미터 앞쪽까지 접근하는 순간, 루그가 외쳤다.
"간다!"
동시에 루그를 따라서 20명의 기사가 말을 전력질주시켰다. 말보다 빠르게 달리는 루그가 선행, 그 뒤를 기사들이 따르니 흙먼지가 자욱하게 일어나며 그들의 존재를 적에게 알렸다.
"뭐지?"
"아무것도 없는데?"
사르테 백작군은 당황했다. 루그 일행이 전력질주하기 시작했어도 여전히 메이즈의 마법이 건재했기 때문이다. 흙먼지가 일어났을 뿐, 그들의 모습은 여전히 은폐되어 있었고 소리도 거의 나지 않았다.
그렇게 당황하는 그들 앞에 루그가 쇄도했다.

3

첫 일격은 아예 적들이 인식하지도 못하는 순간에 이루어졌다. 루그는 강검의 힘이 실린 쌍검을 좌우로 날개를 펼치듯이 뿌려냈다.
파하하학!
그 일격으로 반경 5미터 안에 있던 적들이 일거에 쓸려 나갔다. 인간의 몸이 비현실적일 정도로 쉽게 두 동강 나면서 거기서 피분수가 솟구친다. 솟구치는 핏방울들이 시야를 자욱하게 가리면서 그 속에서 생명이 끊어진 육체들이 무너져 내렸다.
 "뭐냐?!"
 사르테 백작군이 경악했다. 그런 그들 앞에 피분수를 뚫고 나온 루그가 모습을 드러냈다.
 "아이작 그레이스?!"
 "말도 안 돼! 어떻게 여기에 나타났지?"
 동시에 메이즈의 마법이 풀리면서 마빈과 다른 기사들의 모습도 드러났다. 그들은 완전히 허를 찔려 당황한 적 진영으로 파고들며 걸리적거리는 것은 모조리 베어버리기 시작했다.
 "크악!"
 "도, 도대체 어디서……!"
 기사도, 일반 병사도 대책없이 무너져갔다. 전혀 경계하지 않은 곳을, 전혀 생각지도 못한 타이밍에 찔린 사르테 백작군은 패닉에 빠져 있었다. 그들이 현실을 받아들이기도 전에 루그 일행은 이미 50미터 이상 전진했다.
 "이 자식!"
 뒤늦게 정신을 차린 사르테 백작군이 움직이기 시작했다. 전열을 정비할 여유는 없지만 기사 개개인들이 분노해서 루그를 향해 달려들었다.
 루그는 병사의 시체를 넘어 달려드는 기사가 자신에게 검을 내리치는 것을 보았다.
 '왼쪽 위, 우측 대각선, 그리고 그 뒤!'
 순식간에 쇄도해 오는 적들의 동선을 파악한 루그의 쌍검이 뻗어나갔다. 좌검으로 위에서 내려쳐지는 검을 비껴내고 우검으로 목을 벤다. 그리고 그 기세로 몸을 회전시키면서 우측 대각선에서 날아드는 창을 피하고, 그대로 발을 뻗어서 뒤차기로 상대의 가슴팍을 걷어찼다.

쾅!

갑옷을 입은 발이 기사의 흉갑을 때리는 순간, 폭음이 울려퍼졌다. 흉갑이 내장까지 파고들 정도로 우그러지면서 기사의 몸이 뒤로 날아갔다. 그리고 그 뒤에서 몸을 숨기고 달려들던 다른 기사와 충돌하더니 같이 뒤엉켜서 10미터 이상 날아가 땅에 처박혔다.

"괴물이다……!"

그 광경을 본 사르테 백작군은 압도당했다. 인간이 맨몸으로 저런 파괴력을 발휘할 수 있단 말인가?

루그는 그 반동으로 솟구치면서 합공을 가해오는 기사들을 뛰어넘었다. 그리고 몸을 거꾸로 틀어서 위쪽 허공을 박차며 낙하, 질풍 같은 검격으로 그들을 베어 넘겼다.

푸화아아아악!

루그가 땅에 내려서는 것과 동시에 사정거리에 있던 네 명의 기사가 피를 뿜으며 쓰러졌다. 그때였다.

"아악!"

마빈의 비명이 들려왔다. 깜짝 놀란 루그가 뒤를 돌아보니 마빈의 말이 무릎이 꺾여서 쓰러지고, 마빈이 낙마하고 있었다.

"마빈!"

다행히 마빈은 지면과 충돌하기 전에 땅을 손으로 짚고 안전하게 착지했다. 강체술로 인해 증폭된 육체 능력이 있으면 갑옷을 입고도 이런 곡예가 가능한 것이다.

"내 걱정 하지 말고 계속 가!"

순식간에 뒤쳐진 마빈이 달리기 시작하면서 외쳤다. 다행히 루그와 다른 기사들이 한번 휩쓸고 지나가서 근처에는 병력 공백이 발생해 있었다.

그러나 그것도 잠시, 기사들의 독려에 힘입은 병사들이 마빈을 향해 창을 들이댔다. 마빈은 훌쩍 뛰어서 옆으로 물러나는 동시에 그중 하나를 붙잡았다.

"어어어어?"

창병이 당황했다. 마빈은 창두 바로 아래를 붙잡더니 뒤로 슬쩍 당긴 다음 그대로 들어 올리는 게 아닌가? 무시무시한 괴력이 발휘되면서 창병의 몸이 허공에 붕 떠버렸다.

"하앗!"

마빈은 창병을 반대쪽 끝에 매단 채로 크게 휘둘렀다. 그러자 졸지에 살아 있는 무게추가 되어버린 창병이 동료들에게 충돌, 대여섯 명의 병사가 우수수 쓰러졌다.

"어린놈이 괴력을 가졌군!"

그렇게 병사들을 돌파해서 달리는 마빈의 앞을 적 기사들이 가로막았다. 마빈은 그 말에 답하는 대신 한차례 가속, 그의 앞으로 쇄도하며 검을 휘둘렀다.

파아아아앙!

검과 검이 맞부딪치는 순간, 공기가 폭발하며 주변이 뒤흔들렸다. 마빈의 검을 받은 기사는 팔이 마비되는 것을 느끼며 경직되었고, 그 틈에 자세를 바로잡은 마빈이 그를 베고 지나갔다.

파창!

강철갑옷이 종잇장처럼 찢어지면서 가슴이 깊숙이 베어진 기사가 쓰러졌다. 마빈은 쓰러지는 그를 한 손으로 받쳐 들더니 그대로 빙글 돌아서 그와 자신의 자리를 바꿨다.

"이, 이런!"

마빈의 측면에서 달려들던 기사가 멈칫했다. 완벽하게 허점을 잡았다고 생각했는데 동료의 시체를 방패로 들이댈 줄이야?

그리고 마빈은 그 틈을 놓치지 않았다.

파학!

기사의 시체를 밀어붙인 뒤 둘을 한꺼번에 베어버린다. 갑옷 입은 사람 하나를 베는 것만으로도 대단하지만, 혼돈의 비약 때문에 강체력이 폭증한 데다가 마검의 힘까지 더해지니 마치 푸딩을 베듯이 둘을 한꺼번에 벨 수 있었다.

'인정하고 싶진 않지만, 루그 녀석이 아니었으면 당했을지도 모르겠군, 칫!'

솟구치는 피분수를 돌파한 마빈이 인상을 찌푸렸다. 솔직히 인간과의 난전은 익숙하지 않다. 인간을 죽인 경험이 없는 것은 아니었지만, 그것만으로는 이런 식으로 냉혹할 정도로 합리적인 대응을 할 수 없었을 것이다.

그런 것을 우려한 루그는 지난 며칠간 가상현실을 통해 마빈을 철저하게 단련시켰다. 이미 마빈은 이 비슷한 상황도 가상현실에서 몇 번이나 경험하고, 몇 번이나 죽어본 끝에 극복해 봤다. 그래서인지 스스로도 신기할 정도로 냉정하게 실력을 발휘할 수 있었다.

푸화아아악!

마빈은 앞을 가로막는 병사들을 연달아 베어 넘기면서 일행을 따라잡았다. 그 실력은 마빈을 잘 아는 영지의 기사들조차 경탄할 정도로 압도적인 수준이었다.

"크악!"

그때 아스탈 영지의 기사 중 하나가 적의 창을 맞고 낙마했다. 지금까지는 압도적인 기세로 적을 돌파했지만 마침내 측면에서 따라잡은 적들에 의한 희생자가 나온 것이다.

"코리온 경!"

마빈은 나가떨어지는 그를 보며 비명을 질렀다. 하지만 멈출 수는 없었다. 애당초 소수정예로 적의 본진을 뚫고 지휘관을 잡는다는 무모한 계획에 참여할 때부터 희생은 각오한 바다. 감상에 젖을 여유는 없다. 하지만……

"제기랄!"

마빈은 적들 사이에 파묻혀서 난도질당하는 그를 보며 이를 갈았다.

그 사이 그는 다른 기사들을 앞질러서 루그 옆까지 따라붙었다. 루그가 좌검과 우검으로 두 명의 기사를 막아낸 것을 보고는 곧바로 그 안쪽으로 뛰어들며 검격을 날린다. 루그에게 검이 묶여 있던 기사 하나가 어이없을 정도로 쉽게 쓰러지고, 다음 순간 자유로워진 루그의 우검이 좌측의 기사를 베어 넘겼다.

루그가 말했다.

"한눈팔지 마!"

"알고 있어! 젠장!"

루그와 마빈이 시간차로 앞으로 나아가면서 거침없이 적들을 베어 넘겼다. 기사조차도 막아내기 어려운 위력을 자랑하는 마빈의 검격과, 광풍에 휘날리는 꽃잎처럼 빠르고 변화무쌍한 루그의 검격이 더해지자 적들이 우수수 쓰러져 나갔다.

"이럴 수가, 이건… 이건 악몽이야!"

노도처럼 쇄도해 오는 적들을 본 사르테 백작이 창백하게 질려 버렸다. 본진 한복판에서 루그에게 납치당하기까지 했던 그의 입장에서는 피보라를 일으키며 다가오는 루그가 사신처럼 보였다.

"누가, 누구든 좋으니까 저놈을 막아! 저놈을 잡으면 금화 백 개를 주겠다!"

하지만 소용없었다. 누구도 루그 앞에서 3초 이상 버티질 못했다.

보다 못한 사르테 백작의 호위기사들이 부하들에게 지시

했다.

"여긴 우리가 막겠다! 백작님을 모시고 이동해!"

"알겠습니다!"

지휘관인 백작이 적에게 잡혀 버리면 이 전투는 패배로 끝난다. 물론 적진 깊숙이 들어온 적들을 사로잡는 방법도 있지만, 여기까지 고작 스무 기로 엄청난 피해를 발생시키며 뚫고 온 놈들이다. 게다가 루그의 경우에는 1,600명이 진을 치고 있는 곳에 단신으로 들어와서 백작을 납치해 가기까지 했다. 도저히 잡을 수 있다는 생각이 들지 않았다.

"어딜 도망가!"

루그가 노성을 지르며 땅을 박찼다. 앞을 가로막는 적들을 일일이 베어 넘기는 대신 허공으로 도약, 바로 앞에 있던 병사의 어깨를 강렬하게 밟으면서 7미터 이상 솟구쳤다.

"크아악!"

루그의 디딤대가 된 병사가 어깨와 다리가 부러져서 쓰러졌다. 루그는 그대로 허공을 질주하여 사르테 백작에게 쇄도했다. 허공을 날듯이 달려오는 루그를 본 호위기사들이 기겁했다.

"막아!"

하지만 그들 중에는 루그만큼 높이 뛰어오를 수 있는 이가 없었다. 무주공산을 휘젓듯이 허공을 달리는 루그에게 기사들이 창을 집어 던졌다.

파바바바밧!

"큭!"

투창을 막아낸 루그의 기세가 주춤하더니 추락했다. 그런 그를 향해 창병들이 창을 찌른다. 하지만 루그는 눈을 부릅뜨며 발로 땅을 굴렸다.

쿠아아아아앙!

발구름을 중심으로 땅이 들썩이면서 충격이 원형으로 퍼져 나갔다. 강체술 응용 기술인 어스웨이브였다. 반경 10미터 안에 있던 이들이 그 충격을 이기지 못하고 우수수 쓰러지고, 루그는 그 틈에 쏘아진 화살처럼 적들 사이를 돌파해서 사르테 백작 앞에 섰다.

"이제 포기하시지?"

"오, 오지 마! 오지 말란 말이다! 이놈을 붙잡아!"

사르테 백작이 겁에 질려서 외쳤다. 여러 전투를 경험한 그였지만 전신에 피를 뒤집어쓴 채 다가오는 루그의 위압감은 도저히 견딜 수가 없었다.

"백작님한테서 떨어져라!"

뒤늦게 루그를 쫓아온 호위기사 하나가 달려들었다. 하지만 루그는 뒤도 돌아보지 않고 기격을 날려 그의 감각을 비틀었다. 루그가 옆으로 피했다고 여긴 그가 엉뚱한 곳을 공격하고, 그 직후 루그의 발차기가 그에게 작렬했다.

쾅!

폭음이 울리며 몸통뼈가 박살 난 호위기사가 나가떨어졌다. 그리고 동시에 루그의 쌍검이 사르테 백작 옆에 있던 병사들을 베어 넘기고, 발로 그의 배를 차올렸다. 별로 힘을 안 쓴 것 같은 일격인데도 충격이 사르테 백작의 전신으로 퍼져 나가면서 그의 몸이 허공으로 2미터 가까이 떠올랐다.

"커억!"

루그는 코웃음을 치며 좌검을 검집에 집어넣고 왼팔로 사르테 백작을 들쳐 업었다. 놀랍게도 사르테 백작은 발차기를 맞고 2미터나 떠올랐는데도 별 부상 없이 마비되기만 했다.

"간다!"

루그는 그대로 다시 땅을 박차고 허공으로 뛰어올랐다. 한 번 허공을 밟을 때마다 2, 3미터씩 죽죽 위로 솟구치는 그를 본 적들은 다들 손쓸 생각조차 못하고 멍청하니 바라보는 수밖에 없었다.

순식간에 아군 사이로 돌아온 루그가 사르테 백작을 기사들 중 하나에게 넘겼다.

"자! 다들 말을 돌려! 이대로 탈출한다!"

"알겠소!"

루그가 앞장서서 달려 나가자 아스탈 백작령의 기사들은 즉시 말을 돌려 그 뒤를 따르기 시작했다. 또다시 피보라가 일어나면서 사르테 백작군의 진영이 갈라져 갔다.

4

"이건… 이건 말도 안 돼!"

정신을 차린 사르테 백작이 비명을 질렀다. 자신이 아스탈 백작성의 성벽에 묶여 있다는 사실을 깨달은 그는 악몽을 꾸는 기분이었다. 현실에서 어떻게 이런 일이 벌어질 수 있단 말인가?

"잘했다, 루… 아니, 아이작 경, 마빈."

아스탈 백작이 지친 기색으로 두 아들을 치하했다. 익숙지 않은 수성전을 벌이느라 그도 많이 지쳐 있었다. 병력도, 장비도, 물량도, 경험마저도 적들이 모조리 압도했기 때문에 아스탈 백작군의 피해는 상당히 컸다. 전사자만 80명이 넘었고 부상자는 그 두 배에 가까웠다.

"이 방법밖에 없다는 건 알고 있었지만… 그래도 이 정도 희생만 치르고 해내다니, 놀랍구나."

사르테 백작을 붙잡는 과정에서 기사 한 명이, 그리고 빠져나오는 과정에서 세 명이 전사했다. 아무리 루그가 압도적인 무력으로 앞을 돌파한다고 해도 백작을 되찾기 위해 필사적으로 달려드는 적을 다 막아줄 수는 없었던 것이다.

'나 혼자였다면 차라리 나았을 것을.'

하지만 아무리 루그라도 아이작 그레이스로 위장한 상태로는 혼자 이 일을 해낼 수 없었다. 게다가 이것은 영지의 후계자인 마빈의 위상을 키우고, 적에게 압도적인 공포를 심어주기 위한 퍼포먼스이기도 했다.

루그가 사르테 백작의 앞에 섰다. 서늘한 시선을 받은 사르테 백작이 흠칫 몸을 떨었다.

"백작, 당신은 무인으로서는 두 번 죽었다. 그 사실은 잘 알고 있겠지?"

"크윽……."

루그가 마음만 먹었다면 얼마든지 사르테 백작의 목숨을 끊고 적들을 혼란에 빠뜨릴 수도 있었다. 하지만 루그는 굳이 그를 사로잡는 쪽을 선택했다. 최고지휘관을 잃은 적들이 물러나는 대신 원수를 갚겠다고 달려들면 손해를 보는 쪽은 아스탈 백작령이었기 때문이다.

루그와 아스탈 백작, 그리고 마빈의 두드러진 활약으로 적의 사기를 꺾고, 국지적으로 큰 피해를 주긴 했지만 적의 규모는 아스탈 백작군을 압도했다. 소모전에서 조금씩 이득을 봐서 그들을 전부 해치운다 한들 아군의 피해가 커진다면 그 승리가 얼마나 공허하겠는가?

그래서 루그는 사르테 백작을 또다시 납치해 왔다.

"아스탈 백작령이 당신들이 본보기로 밟아줘야겠다고 만만하게 여길 만한 곳이 아니라는 건 잘 알았으리라 본다. 당신이 수치를 안다면 이만 영원히 꺼져 버리겠다고 맹세하는 게 좋을 거야! 아, 물론 배상금은 두둑하게 내놓으셔야겠지만. 그리고……."

루그는 사르테 백작의 머리를 붙잡고 숨결이 닿는 거리에서 눈을 똑바로 들여다보았다. 동시에 기격이 뻗어나가서 그의 정신과 육체를 압박했다. 심장이 멈추고, 영혼이 짓눌려 버릴 것 같은 공포에 휩싸여 덜덜 뜨는 사르테 백작에게 루그가 경고했다.

"당신이 얻는 기회는 이번까지야. 다음번에는 용서하지 않겠어. 아스탈 백작령을 상대로 당신이 군사를 일으켰다, 아니… 다른 놈의 군사행동에 동조를 했다, 혹은 아주 손톱만큼이라도 지원을 했다는 게 밝혀지기라도 하면 그날이 당신의 운명이 끝나는 날이야. 당신은 물론이고 당신이 물려받은 것들, 이룩한 것들… 당신과 연관된 모든 것을 세상에서 지워주지. 알겠나? 굳건한 성벽 속에 숨어 있어도, 무수한 인간으로 주변을 겹겹이 둘러싸서 그 속에 틀어박혀도 소용없어. 나는 원하면 언제든지 당신을 파멸시킬 수 있으니까."

"으으, 으으으으으……."

사르테 백작은 숨이 넘어갈 것처럼 헐떡거렸다. 루그는 그를 놓아주고는 코웃음을 쳤다.

"그럼 뒤는 맡기죠. 전 이만 내려가 보겠습니다."

"수고했다. 정말로……."

"뭘요. 당연한 일을 했을 뿐이에요."

루그는 어깨를 으쓱해 보고는 성벽에서 내려갔다. 그 뒤를 마빈이 따라왔다.

루그가 물었다.

"어디 다친 데는 없어?"

"뭐 여기저기 긁힌 상처가 난 것 말고는 없어. 적들 한가운데에 떨어졌을 때는 여기서 죽는 건가 싶었는데……."

마빈이 적진 한복판에서 낙마했을 때는 루그도 가슴이 철렁

했다. 하지만 요 며칠간 단련해 놓은 성과가 있어서 그런 상황을 스스로 돌파하는 모습을 보며 대견함을 느꼈다. 하나부터 열까지 챙겨줘야 할, 물가에 내놓은 어린애를 보는 듯했는데 어느새 어엿하게 한 사람 몫을 하게 되었다니.

"도련님, 아이작 경, 정말 수고하셨습니다."

루그와 마빈이 성벽 아래로 내려오자 사람들이 알아보고 인사를 했다.

하지만 승전 직후인데도 별로 들뜬 분위기는 아니었다. 왜냐하면 전사자들의 시체를 수습하고 있는 중이었기 때문이다.

"……."

대승을 거두기는 했지만 아스탈 백작령의 피해는 컸다. 이겼다고 마냥 좋아할 수 있는 상황이 아니다. 80명이라는 전사자는 인원이 적은 아스탈 백작령에 있어서는 너무나도 큰 비중이었다.

"오늘밤은 마셔야겠군."

시체를 수습하는 걸 보고 있던 루그가 그 자리를 떠나며 말했다. 마빈이 어리둥절해했다.

"뭐?"

"승전 축하를 해야지. 산 사람들을 위해서도, 죽은 사람들을 위해서도."

"아아."

마빈이 고개를 끄덕였다.

인간 군대와의 전투는 처음이지만, 마물이나 도적들을 토벌

할 때도 전사자는 나오곤 했다. 그리고 그럴 때는 성대하게 축하연을 벌인다. 살아남은 자들을 위해서, 그리고 죽은 자들을 기리며…….

5

다음날, 사르테 백작군은 패배를 인정하고, 두 번 다시 아스탈 백작령을 침범하지 않겠다는 문서에 서명했다. 메이즈는 아스탈 백작가의 집사와 의논해서 그들의 침공 때문에 영지에 입은 손실액을 계산, 그 열 배에 달하는 금액을 전쟁배상금으로 청구했고 그것을 지불하기 전까지는 사르테 백작의 신병을 붙잡고 있기로 합의했다.

"메이즈, 이번엔 정말 수고했어."

루그는 협상을 끝내고 소파에 늘어져 있는 메이즈에게 마법으로 얼린 얼음을 넣은 사과주스를 내밀었다. 메이즈는 기쁘게 그것을 받아 마시고는 몸을 부르르 떨었다.

"하아, 시원하고 달달한 걸 마시니 좀 살 것 같네. 주인님, 센스 많이 좋아졌는걸."

"너한테 배웠지."

루그는 그렇게 말하며 옆자리에 앉았다. 메이즈가 슬그머니 루그의 어깨에 기대온다. 그러자 환영 마법 때문에 육안으로는 보이지 않는 그녀의 뿔이 느껴졌다. 루그는 그 뿔을 쓰다듬으며 말했다.

"우리 영지 사람들이 워낙 아는 게 없어서 원. 너 없으면 큰일 날 뻔했어."

"아하하. 놀라울 정도로 경험이 없던데. 정상적이라면 정말 싸움을 걸 가치도 없는 그런 영지니까 그럴 만도 하지만."

"살아가는 것만으로도 힘드니까, 다들."

루그는 그녀의 머리를 끌어안은 채 허공을 바라보았다. 겉으로 보이는 것과 실제 모습이 다른 괴리감 때문에 기분이 이상하다.

하지만 너무나도 자연스럽게 손가락 사이를 빠져나가는 윤기있는 머리칼도, 생기가 넘쳐서 부드럽기 그지없고 손끝에 달라붙는 듯한 착각마저 일으키는 피부도 그녀가 루그가 아는 메이즈임을 알려준다. 이제는 겉모습 따위완 상관없이 그녀의 눈빛을 보는 것만으로도, 그리고 몸을 만져 보는 것만으로도 그녀임을 알아볼 수 있을 것 같다.

문득 메이즈의 머리가 스르르 미끄러지더니 루그의 무릎에 기대어 누웠다. 소파 위에 발을 올리고 누운 그녀가 루그를 올려다보며 물었다.

"예전에는 주인님 눈에 여기가 어떻게 보였어?"

"그때는… 갖고 싶은 곳이었지."

루그는 호기심 어린 그녀의 눈동자를 보며 쓴웃음을 지었다.

예전, 어머니와 둘이 살던 시절의 루그는 가난하기 짝이 없었다. 어머니가 죽고 혼자 아스탈 영지에 찾아왔을 때는 이 빈

곤한 영지가 세상 그 무엇보다 대단해 보였던 것 같다.

"차라리 일찌감치 포기했으면 좋았을 것을."

아스탈 백작의 업보에서 시작된 악의의 고리가 빙글빙글 돌면서 모든 것을 망쳐 놓았다. 그리고 루그 역시 그 악의의 굴레에서 빠져나오지 못하고 발버둥 치다 보니 허무함만이 남았다.

루그가 영지를 떠날 때쯤에는 모든 것이 참혹하게 망가져 있었다. 마물보다도 더 못된 암흑가의 인간들이 영지민의 삶을 피폐하게 만들었고, 그들을 보호해야 할 아스탈 백작이 쓰러지고 나니 마물의 침탈이 심해져서 모든 것이 총체적인 파멸을 향해 굴러떨어졌다.

그때 루그가 먼저 포기했으면 좋았을 것이다. 하지만 상황이 그것을 허락하지 않았다. 오랜 시간이 지난 지금에야 그랬으면 좋았겠다고 생각하지만, 루그는 부당한 핍박을 받고도 그냥 물러날 만큼 초연한 성품의 소유자가 못되었다. 그리고 자신이 잘못하지 않은 이상 먼저 포기해야 할 이유가 없다고 생각하며 끝까지 싸움을 몰고 간 결과 승리한 이는 아무도 없이 공멸하고 말았다.

"뭐, 사실 다 지나치게 사나이다우신 아버지 잘못이지. 나랑 마빈이 뭔 죄겠어?"

"어우, 뻔뻔해라."

"사실인걸?"

메이즈는 손을 들어서 루그의 볼을 꼬집더니 픽 웃어버리고 말았다.

두 사람은 잠시 동안 서로를 말없이 바라보고 있었다. 아무 생각 없이 그렇게 있자니 이상하게 가슴이 두근거린다.

"주인님……."

문득 메이즈가 루그의 얼굴을 쓰다듬었다. 루그가 그 손길을 따라 고개를 숙이자 두 사람의 얼굴이 천천히 가까워졌다.

그런데 그때였다.

"음?"

루그는 문득 이상한 감각을 느끼며 고개를 들었다. 체내에서 찌릿 하는 감각이 일어나 전신으로 퍼져 나갔다.

메이즈가 물었다.

"왜 그래, 주인님?"

"용제가……."

루그가 창밖을 보면서 중얼거렸다.

"용제가 접근 중이야."

"용제?"

메이즈가 어리둥절해하며 물었다. 그녀의 감각에는 아무것도 느껴지지 않았던 것이다. 하지만 루그는 그녀의 머리를 살며시 받쳐서 일으키고는 몸을 일으켰다.

"다르칸은?"

"아마 영지를 둘러보고 있을 거야. 혹시 쓸 만한 광맥이 없나 찾아보겠다고 했으니까……."

"불러들여! 메이즈 너도 전투 준비해!"

"설마 적이 나타난 거야?"

"몰라! 하지만 말도 안 되는 속도로 접근해 오고 있어. 적이라면 기습당할 수도 있어!"

루그가 가진 용제의 감각이 강력한 용제의 접근을 느끼고 있었다. 그것도 그 존재감이 어찌나 큰지 불카누스 이래로 이 정도로 강렬한 것은 처음이다.

'설마 불카누스인가?'

가능성이 없진 않다. 하지만 루그는 그건 아닐 거라고 생각했다. 불카누스가 발하는 용제의 힘은 루그 자신의 것과 똑같았기 때문에 이렇게 이질감이 느껴질 리는 없으니까.

그렇다면 도대체 누구란 말인가? 게다가 이 말도 안 되는 접근 속도는 어떤 수단을 쓰고 있는 것일까? 용제의 감각으로 느끼는 것이라서 거리 측정이 불분명하긴 하지만, 아무리 생각해도 이 접근 속도는 음속을 초월하고 있었다.

루그는 재빨리 성벽으로 뛰쳐나갔다. 그리고 위를 바라보았다.

"위다!"

다음 순간, 앞쪽에서 이질적인 마력 파동이 퍼져 나가며 공간이 일그러졌다. 그리고…….

"웃차!"

어디서 많이 들어본 기운찬 목소리와 함께 한 소녀가 나타났다. 머리 양옆으로 묶어 내린 백발이 허공에서 춤추고, 작은 몸집에 비해서는 압도적인 볼륨감을 자랑하는 가슴이 출렁거리면서 시선을 빼앗았다.

"어……."

루그는 한순간 말을 잊었다. 절대 여기 있어서는 안 되는 사람이 눈앞에 나타났으니 그럴 수밖에.

공간을 뛰어넘어 출현한 뒤 보라색 눈동자로 자신을 빤히 바라보고 있는 것은…….

"어라, 루그님 맞는데?"

살짝 눈살을 찌푸리며 고개를 갸웃거리는 것은 바로 에리체 메이달라였던 것이다!

"아니잖아! 왜 이런 데로 온 거야!"

…덤으로 그녀의 뒤쪽에서 신경질을 내고 있는 바리엔도 있었다.

폭염의 용제

1

 아스탈 백작성이 소란스러워졌다. 사르테 백작군과의 전투가 끝나자마자 갑자기 웬 이국인 소녀들이 난입해 왔으니 그럴 수밖에.
 "아, 고마워요."
 응접실의 테이블 앞에 앉은 에리체는 하녀가 갖다준 찻잔을 받아 들고 미소 지었다. 바리엔도 찻잔을 들고는 어색하게 인사했다.
 "아, 고… 음. 코마훠효우?"
 바리엔의 인사를 들은 하녀가 눈을 동그랗게 떴다. 대충 에리체의 말을 따라한 그녀의 발음이 워낙 엉망이라 무슨 말인지 알아들을 수 없었기 때문이다.

"바리엔, 발음 진짜 엉망이야."

"시끄러워! 이게 누구 때문인데!"

한심하다는 듯 한마디 하는 에리체에게 바리엔이 울컥했다. 그러자 에리체가 뻔뻔하게 말했다.

"그야 바리엔 네가 공부를 게을리 했기 때문이지. 나는 혹시나 이런 일이 있을까 싶어서 평소부터 외국어도 열심히 공부해 뒀지롱. 에헴!"

"……."

나샤 삼국이 독자적인 언어를 사용하듯이 대륙도 지역에 따라서 다양한 언어가 존재한다. 그러니 멀리 떨어진 이 나라의 말을 바리엔이 제대로 모른다고 구박하는 것은 너무 가혹한 일이다.

그런데 놀랍게도 에리체는 나샤 삼국어뿐만 아니라 여섯 개의 언어를 현지민 수준의 발음으로 구사할 수 있었고, 그럭저럭 뜻만 통할 정도라면 열다섯 개 언어를 사용할 수 있었다. 그 사실을 알게 된 루그가 놀라서 중얼거렸다.

"에리체 양, 의외로 엘리트……."

"어라라, 그건 제가 멍청해 보였단 뜻이에요?"

에리체가 뾰로통한 표정을 지었다. 하지만 루그가 뜨끔하자 곧 다시 배시시 웃는다.

"뭐, 다들 그렇게 말하기는 하지만요. 제가 별로 지적으로 보이진 않나 봐요."

〈강력한 용제로 각성한다는 것은 그 자체로 종족의 잠재 능력을 초월한 존재가 된다는 의미니 그녀의 성격과는 별개로 지성 자체는 높은 수준인 게 당연하다. 게다가 스포르카트가 손을 댔으니 더더욱 모든 면에서 능력이 인간의 최고치를 상회하지. 물론 용제 중에도 너 같은 예외도 있긴 하다만.〉

―잠깐. 그게 무슨 의미야?

〈말 그대로다. 잘 생각해 봐라. 루그, 네가 용제로 각성한 뒤 뭐 나아진 게 있나?〉

―어?

그러고 보니 정말 그렇다?

용제의 힘을 각성하면 모든 능력이 상승한다는 데 루그는 그런 변화가 전혀 없었다. 루그가 손에 넣은 능력들은 모두 스스로의 노력에 의해서, 그리고 볼카르에게 지옥 같은 교육(!)을 받으면서 생긴 것이지 용제의 힘에서 비롯되지 않았다.

볼카르가 투덜거렸다.

〈머리는 여전히 멍청하지, 몸은… 으음, 원래 몸만은 튼튼하니까 됐고. 마력도 전혀 안 달라졌지. 차라리 용제의 힘 덕분에 마력이라도 대폭 늘어났으면 훨씬 일하기가 편해졌을 것을.〉

―젠장.

어쨌든 지금 중요한 건 그게 아니었다. 루그가 물었다.

"에리체 양, 도대체 왜 여기 온 겁니까?"

"가출했거든요."

"……"

너무 당당해서 뭐라고 해야 할지 모르겠다. 루그가 그런 심경이 고스란히 드러나는 표정을 짓고 있자니 에리체가 혀를 쏙 내밀었다.

"하지만 아빠도 알고 계셔요. 말리지 않으시기도 했고. 지금쯤 엄마한테 한바탕 혼나고 계시겠지만……."

"뭐?"

깜짝 놀라서 물은 것은 루그가 아니었다. 바리엔이 그런 소린 처음 들었단 표정으로 에리체를 보고 있었다.

"그게 무슨 소리야?"

"말 그대로야. 우리 아빠는 나를 지지해 주셨어. 그렇지 않고서야 여행 자금을 그렇게 넉넉하게 받아왔을 리가 없잖아?"

여행하는 동안 에리체와 바리엔은 금전적 어려움을 겪은 적이 한 번도 없었다. 여자 둘이서만 여행하는 걸 보고서 음험한 마음을 품는 놈들 때문에 한바탕 한 적은 몇 번 있었지만.

그것을 바리엔은 그저 에리체가 가출하면서 비상금을 챙겨왔나 보다 하고 넘어갔었다. 그런데 사실은 메이달라 후작이 챙겨준 돈이었을 줄이야!

'후작님은 도대체 무슨 생각이야!'

딸내미가 가출을, 그것도 외국으로 남자 따라서 가겠다는데 다리몽둥이를 분질러서라도 막지는 못할지언정 돈까지 쥐어주다니! 바리엔의 부친인 라한드리가 백작도 그렇고 딸 가진 아버지란 양반들이 왜 이렇게 철이 없단 말인가?

루그도 믿을 수 없다는 듯 물었다.

"정말입니까?"

"제가 왜 거짓말을 하겠어요?"

"거짓말을 밥 먹듯이 하면서 그런 말을 하면 설득력이 없지!"

바리엔이 툭 쏘아붙였지만 에리체는 무시하고 말을 이었다.

"제가 루그님을……."

"아, 에리체 양. 부디 여기서는 저를 아이작 경이라고 불러 주시길."

루그가 일부러 나샤 삼국어로 부탁했다. 에리체는 고개를 갸웃했지만 곧 생긋 웃었다.

"네. 그런 모습을 하고 계신 걸 보니 정체를 감추셔야 하나 봐요?"

"좀 이유가 있습니다."

"그렇군요. 으음. 어쨌든 아빠가 제 가출을 허락해 주신 이유는 가문의 저주 때문이에요. 루그님은 봉인이라고 부르셨던 이거요."

에리체가 손가락을 들어서 자신의 가슴을 푹 찍어보였다. 그러자 볼륨감 있는 가슴이 흔들거리며 자연스럽게 시선을 빼앗는다.

루그는 애써 그것을 외면하고는 물었다.

"에리체 양."

"어라? 아, 아이작 경이라는 호칭이 잘 입에 안 붙네요."

금세 루그를 루그라고 불러 버린 에리체가 애교있게 웃었

빅 매치 103

다. 루그는 한숨을 쉬고는 메이즈를 바라보았다. 하지만 왠지 뾰로통한 표정을 짓고 있던 메이즈는 그의 시선을 눈치채지 못했다. 루그가 의아해하며 그녀를 불렀다.

"메이즈?"

"으, 으응?"

메이즈가 퍼뜩 정신을 차리고 루그를 바라보았다. 루그가 물었다.

"어디 아파?"

"아니… 아무렇지도 않아. 왜?"

"에리체 양 때문에."

메이즈가 한눈을 팔고 있었던 것 같아서 루그는 자신이 바라는 것을 설명했다. 메이즈는 왠지 못마땅한 표정으로 마법을 사용해서 결계를 형성, 주변을 둘러쳤다.

에리체가 눈을 동그랗게 뜨고 물었다.

"이건 무슨 마법인가요?"

"특정 단어, 이 경우는 '루그'라는 말을 '아이작'이라는 말로 변환해서 옮겨주는 결계에요. 이제 그냥 편하게 말해도 되요. 루그라고 말하면 주변 사람들에게는 아이작이라고 들릴 테니까."

물론 메이즈는 자신이 하는 이야기는 결계 바깥으로 새어 나가지 않도록 섬세하게 조작하고 있었다. 신기한 듯이 결계를 살펴보던 에리체가 말했다.

"아빠가 그러셨어요. 루그님은 이 저주를 해결하실 수 있다고. 지금은 불가능하지만, 루그님이 이루고자 하시는 일의 끝에 그 해결책이 있을 거라고."

"그렇긴 합니다만……."

"그래서 제가 온 거예요. 저는 남이 문제를 해결해 주는 것을 앉아서 기다리기만 하는 건 싫어요. 루그님의 승리가 제 미래라면, 저도 루그님을 돕겠어요."

그 말에 루그는 난감해졌다.

에리체는 메이달라 가문의 혈통에 걸린 저주를 짊어지기 위해 만들어지기 위한 희생양이다. 지독히 이기적인 이유로 탄생한, 그야말로 가련한 존재라고 할 수 있으리라.

하지만 지금 루그를 바라보는 에리체의 눈은 결연한 의지를 담고 있었다. 그것은 운명에 휘둘리는 것이 아닌, 자신의 모든 것을 다해 운명을 개척하고자 하는 자만이 보일 수 있는 눈빛이다.

루그가 말했다.

"제 싸움은 대단히 위험합니다. 에리체 양이 여자라서 이렇게 말하는 게 아니에요. 에리체 양은 분명 강하지만, 블레이즈 원은 에리체 양이 상상할 수 있는 것보다 훨씬 더 강대하고… 잔혹한 적입니다."

에리체는 강하다. 루그가 본 것으로만 판단해도 그녀의 무력은 웬만한 상위 용족을 능가할 것이다.

하지만 블레이즈 원과의 싸움은 그저 강한 것만으로는 충분하지 않다. 어떤 상황에도 대응할 수 있는 경험과 정신력, 그리고… 인격과 지성을 가진 존재를 죽일 수 있는 단호한 살의가 필요하다.

"알고 있어요."

그 모든 설명을 듣고도 에리체는 고개를 끄덕였다.

문득 그녀가 허공을 올려다보며 과거를 회상했다.

"우리 영지는 사람 살기에 그리 좋지는 않은 곳이에요."

메이달라 후작의 가족들은 왕도에 살고 있지만, 메이달라 후작령 자체는 로멜라 왕국의 변방의 경계지대에 위치해 있다. 그곳에는 마법 금속들의 매장량이 풍부해서 경제적으로는 부유하다. 그러나 경계지대에서 출몰하는 무수한 스피릿 비스트 때문에 다들 항상 목숨의 위협을 느끼며 살아가야만 했다.

"저는 종종 영지를 보러 가요. 그래서 사람들이 다른 무언가에게 살해당할지도 모른다고 생각하며 살아간다는 것이 어떤 것인지 많이 보았어요."

메이달라 후작은 자신의 자식들에게 어릴 때부터 영지의 현실을 보여주었다. 그들이 왕도에서 누리는 안전하고 윤택한 생활을 지탱해 주고 있는 것이 무엇인지, 그리고 그곳에서 살아가는 사람들이 어떤 위협과 싸우고 있는지…….

그래서 에리체는 종종 그곳에서 전투를 겪었다. 타고난 잠재 능력을 개화시켜 가문의 누구도 따라올 수 없는 무력을 손에 넣고, 작은 소녀의 몸으로 앞장서서 스피릿 비스트와 싸워왔다.

"그러니까 저는 알아요. 제가 지키고자 하는 가치를 위해 다른 무언가를 파괴해야만 하는 때가 있다는 걸."

어려서부터 그러한 경험을 쌓아왔기에 에리체는 왕도가 잿더미가 됐을 때, 혼란에 빠지지 않고 자신이 해야 할 일을 찾아냈다. 사람들을 지키고, 괴물들과 싸우는 것을 주저하지 않았다.

"후우……."

에리체의 의지를 느낀 루그는 작게 한숨을 쉬었다.

솔직히 말해서 감탄했다. 그저 엉뚱하고 철없는 소녀의 생각없는 행동인 줄만 알았더니만 이토록 강한 의지를 숨기고 있었을 줄이야.

루그의 기준으로 볼 때, 에리체는 스스로의 삶과 죽음을 결정할 수 있는 존재다. 그녀는 비록 어린 소녀이긴 해도 강대한 힘을 가졌고 전장에 임할 때 주저함이 없는 전사였으니까. 힘이 없고 가련해서 무작정 보듬어 안아야 하는 이들과는 다르다.

루그가 복잡한 표정을 짓고 있는 것을 본 에리체가 생긋 웃으며 말했다.

"그리고 집에 있다고 안전하다는 보장도 없잖아요? 왕도가 한 번 잿더미가 되기까지 했는걸. 그런 일을 보고서도 가만히 있기는 싫어요. 그때 희생된 사람들의 넋을 달래기 위해서라도 저는 싸워야 해요."

"알겠습니다."

루그는 그녀의 뜻을 받아들였다. 그러자 메이즈가 눈을 휘둥그레 뜨고 물었다.

"주인님, 진심이야?"

"응. 블레이즈 원과의 싸움에 있어서 에리체 양은 제삼자라고 할 수도 없는 입장이잖아."

"하지만……."

"한 사람 몫을 당당히 할 수 있는 사람이 싸우고자 결정했으니 하는 수 없지. 누구나 자신의 운명을 결정할 자격이 있어."

"음… 뭐, 주인님이 그렇게 생각하면 어쩔 수 없지만……."

루그가 단호한 태도를 보이자 메이즈는 못마땅한 듯 입술을 삐죽였다. 그러면서 흘끔 에리체에게 찌르는 듯한 시선을 보내는데, 에리체는 루그에게 허락을 받은 것이 기뻐서 희희낙락하느라 전혀 알아차리지 못했다.

루그가 물었다.

"그러고 보니 에리체 양."

"네?"

"어떻게 저를 알아보신 겁니까? 완벽하게 변장했다고 생각했는데……."

"그야 전 루그님에게 운명을 느끼고 있으니까요!"

"……."

전혀 대답이 되지 않는 그 말에 루그는 무슨 표정을 지어야 할지 알 수 없었다. 그러느라 옆에서 환영 마법으로 감춰둔 메이즈의 꼬리가 꼿꼿하게 세워지는 기적을 느끼지 못했다.

에리체가 귀엽게 웃으며 말했다.

"같은 용제라서 그런지도 모르겠지만… 어쨌든 전 루그님은 보기만 하면 알 수 있어요. 가까이 가기만 해도 루그님의 느낌이 나는걸요?"

―볼카르, 죄책감이 느껴지지 않냐? 도대체 무슨 짓을 한 거야!

〈어허, 난 그저 인간의 몸으로 자손을 낳았을 뿐이다. 그 자손들이 또 어떻게 맥을 이어갔는지야 알 바 아니지. 넌 자식 본 다음에 손자의 손자의 손자까지 책임질 각오로 살아가고 있나?〉

―애당초 드래곤인 네가 인간과의 사이에서 자손을 본 게 잘못이다! 하필 왜 일을 이렇게 꼬이게 만들었냐고!

〈뭐, 그거야말로 우연 혹은 운명이라고 할 만한 것 아니겠나? 뭐든지 남 탓을 하는 건 좋지 않다, 루그. 현실을 받아들여라. 인간들은 모르겠지만 원래 남녀가 만나서 첫눈에 반했느니 운명이니 하는 것은 다 그 이면에 이런 요소들이 끼어 있는 법이다.〉

―누가 봐도 네 탓이잖아!

얼굴에 철판을 깐 듯한 뻔뻔함을 보여주는 볼카르에게 루그가 악악거렸다.

에리체가 물었다.

"그런데 루그님."

"네."

"왜 이런 곳에서 그런 모습으로 변장하고 계시는 건가요?"

"아, 여긴 제 가문입니다. 이런 모습을 하고 있는 건… 뭐 가족들은 저란 걸 알고 있지만, 여러 가지 사정이 있어서 그런 거고요."

"여기가요?"

에리체가 눈을 휘둥그레 뜨고 주변을 둘러보았다. 그저 먼 나라의 시골 영지인 줄만 알았는데 여기가 루그의 가문이었을 줄이야?

지금까지 마음을 풀고 있던 에리체는 바짝 긴장했다. 몰랐으면 큰일 날 뻔한 정보였다. 여기가 루그의 가문이라면 분명 부모와 가족들이 있을 터. 그들 앞에서는 완벽하게 우아하고 아름다운 귀족 소녀로 처신해야 했다.

'실수는 용납되지 않아. 해내겠어!'

에리체는 두 주먹 불끈 쥐고 의지를 불태웠다.

그렇게 대화를 나누고 있으려니 응접실 문이 열리며 아스탈 백작과 마빈이 들어왔다. 백작은 아들과 함께 앉아 있는 세 명의 여성들—메이즈와 에리체, 그리고 바리엔을 가만히 바라보더니 말했다.

"루그, 잠시만."

"네."

루그는 에리체에게 양해를 구하고는 백작을 따라 응접실 구석으로 향했다. 백작이 입을 열기 전에 마빈이 대뜸 물었다.

"루그! 저 아가씨들은 누구야? 하늘에서 뚝 떨어졌다고 다들 놀라서 수군거리고 있어."

"어, 그게… 그러니까……."

루그는 도대체 뭐라고 설명을 해야 할지 몰라서 머뭇거렸다. 에리체와 바리엔의 출현은 그의 입장에서도 완전히 기습이었기 때문에 아직도 좀 당황하고 있는 중이었다.

"으, 뭐라고 해야 하나. 저어기 좀 먼 나라에… 얼마 전까지 머물렀던 나샤 삼국이라는 곳에서 알게 된 귀족 아가씨들이야."

"…혹시 외국의 귀족 아가씨들은 다 하늘을 붕붕 날아다녀? 우리나라 아가씨들하곤 다른 거야?"

"그, 그건 아니지만……."

"게다가 저 아가씨는 정말 굉장히 크… 아니, 귀엽다."

열린 문틈으로 에리체를 흘끔거리며 말하던 마빈은 황급히 말을 바꿨다. 누가 성장기 소년 아니랄까 봐 그는 에리체의 얼굴과 가슴만 뚫어져라 쳐다보고 있었다. 루그가 다 이해한다는 듯 고개를 끄덕였다.

"솔직하구나, 마빈."

"무, 무슨 뜻이야?"

"아니. 그냥 그렇다고. 딱히 네가 에리체 양의 특정 부위만 뚫어져라 쳐다보는 것을 지적하려는 건 아니고……."

"아니거든? 그, 그런 적 없거든?"

마빈이 얼굴이 새빨개져서 말을 더듬거렸다.

그때 백작이 물었다.

"루그, 하나 묻고 싶은 것이 있다."

"네."

"저 아가씨들 혹시… 음, 그러니까… 네 애인이냐? 장래를 약속한 사이라거나?"

"……."

순간 루그는 할 말을 잃고 입만 벙긋거렸다. 이건 또 전혀 생각하지 못한 질문이었다.

마빈이 펄쩍 뛰었다.

"그런 거였어? 세상에! 저렇게 예쁜 아가씨가 먼 나라에서 널 쫓아서 여기까지 온 거야? 진짜로?"

"아, 아니, 그건 아니야. 에리체 양과 바리엔 양은, 그러니까……."

"그게 아니고서야 먼 나라에서 여기까지 널 쫓아올 이유가 없잖아?"

"정말 아니라니까. 두 사람은 그러니까… 블레이즈 원과의 싸움 때문에……."

"저런 아가씨들이? 그게 말이 돼?"

"공간 이동으로 날아와서 하늘에서 뚝 떨어지는 거 보고서도 그런 소리 하냐?"

"마법사인 거 아냐? 그럼 그럴 수도 있지."

"…마빈, 아버지의 뒤를 이으려면 마법사가 뭘 할 수 있고 뭘 할 수 없는지 정도는 명확하게 알아두는 게 좋을 거다."

루그는 골이 지끈거리는 걸 느끼며 말했지만 마빈은 아예 안 듣고 백작과 쑥덕거리고 있었다.

"메이즈 씨도 그렇고 저 아가씨들도 그렇고, 아무리 봐도 세상이 너무 불공평한 것 같아요. 왜 저 자식한테만 저렇게 예쁜 아가씨들이 달라붙는 거죠?"

"그냥 예쁘기만 한 게 아니라 하나같이 다 특출 난 재주가 있는 아가씨들이라는 점이 더 대단하다고 본다. 하지만 마빈, 너도 너무 조급해하지 않아도 된다. 나이 먹고 세상에 나가보면 의외로 예쁜 아가씨들 많단다."

"메이즈 씨나 저 아가씨만큼 예쁜 아가씨도요?"

"그건… 음……."

백작은 말문이 막혀 버렸다. 메이즈의 미모는 엘프와 필적할 정도였고 에리체도 외모 하나만은, 얼굴만이 아니라 신체의 특정 부위 때문에 남자라면 누구나 시선이 갈 수밖에 없는 파괴력의 소유자가 아닌가? 젊은 시절부터 수많은 여성들을 보아온 백작이었지만 솔직히 이 둘과 비견될 만한 여성은…….

마빈이 흥 하고 코웃음을 쳤다.

"아버지도 어쩔 수 없군요."

"크흑……."

그럼 그렇지~ 라는 의미가 듬뿍 담긴 마빈의 표정에 백작은 깊은 패배감을 느꼈다. 곧 두 부자는 무시무시한 질투의 불길이 뿜어져 나오는 눈으로 루그를 쏘아보았다.

"아니, 그러니까 아니라고……."

루그는 어떻게든 변명하려고 했다. 그런데 그때 이쪽을 빤히 바라보고 있던 에리체가 슬그머니 일어나서 다가왔다.

"안녕하세요?"

에리체가 능숙한 이곳 말로 인사하자 백작과 마빈이 당황했다. 두 사람의 시선이 아주 자연스럽게 에리체의 가슴으로 향했다가, 황급히 시선을 떼고는 헛기침을 한다. 연습이라도 한 것처럼 똑같이 맞아떨어지는 반응에 루그가 정말 한심해서 못 봐주겠다는 눈으로 두 사람을 바라보았다.

"전 로멜라 왕국에서 온 메이달라 후작가의 에리체 메이달라고 합니다. 루그님의 곁에 있고 싶어서 왔어요. 잘 부탁드려요."

"……"

순간 루그는 쩌적, 하고 머릿속에서 뭔가 균열이 울려 퍼지는 듯한 환청을 들었다.

잠시 멍청하니 에리체를 바라보던 마빈이 루그의 멱살을 붙잡고 따졌다.

"루그, 이 자식! 아니라며! 그런 거 아니라며!"

"오, 오해다!"

루그는 해명 좀 해달라는 눈빛으로 에리체를 바라보았지만 그녀는 마빈의 반응을 이해할 수 없다는 듯 고개만 갸웃거리고 있었다. 어쩔 수 없이 루그는 메이즈에게 도움을 요청하는 눈길을 보냈다. 하지만 왠지 메이즈는 뾰로통한 표정을 지은 채 흥 하고 루그를 외면해 버렸다.

'어, 어째서?'

메이즈가 그 말을 들었다면 아마 '정말 왜 그런지 몰라?' 라고 묻고 싶어졌을 것이다.

문득 백작이 마빈의 어깨를 잡고 만류했다.

"그만해라, 마빈. 손님들 앞이지 않느냐?"

"윽."

마빈은 그제야 스스로가 이성을 잃었다는 사실을 깨닫고는 얼굴을 붉혔다. 순진한 눈으로 자신을 바라보는 에리체의 눈길을 마주하고 있자니 얼굴이 뜨거워진다. 그리고 왠지 울고 싶어진다.

'왜 루그 이 자식만!'

메이즈만 해도 질투 나서 죽겠는데 이런 아가씨가 그의 곁에 있고 싶다면서 먼 외국에서부터 쫓아오다니! 도대체 그동안 무슨 짓을 하고 다녔기에 이럴 수가 있단 말인가?

백작이 헛기침을 하더니 말했다.

"우리 성에 오신 것을 환영하오, 메이달라 후작 영애. 나는 이곳의 주인인 아스탈 백작이오. 막 전투를 치른 참이라서 대접이 부족할 수도 있겠지만, 방을 내드릴 테니 편히 쉬다 가시기 바라오."

"감사합니다, 백작님."

에리체가 생긋 웃으며 대답했다.

2

다음날 밤, 아스탈 백작성에서는 전사자들의 장례식이 열렸다.

죽은 자를 보내는 아스탈 백작령의 풍습은 화장이었다. 성 앞마당에 목재를 차곡차곡 쌓아두고 그 위에 전사자들의 시체를 올린 뒤 불을 붙인다.

문제는 한꺼번에 너무 많은 인원이 죽었다는 것이다. 아스탈 백작령에서는 이만큼 많은 이의 장례식을 한 번에 치러본 적이 없었다. 성에 비축된 목재를 다 쓰고도 장례식 준비를 할 수가 없었기 때문에 메이즈와 다르칸이 마법으로 도움을 주었다.

에리체가 신기해했다.

"여긴 유해를 태우는구나."

"그런 나라도 있다고는 들었지만, 정말 태우다니……."

시체에 불이 붙는 것을 보면서 바리엔이 몸을 부르르 떨었다.

나샤 삼국에는 시체를 화장하는 풍습이 없었다. 그들은 죽은 자를 신성시하기 때문에 모든 시체를 정중하게 염해서 관에다가 봉인한 뒤 매장한다. 두 소녀가 문화적 거리감을 느낀 것도 당연했다.

루그가 설명해 주었다.

"여긴 시체를 그대로 매장하면 언데드가 되어서 일어나는 경우가 있어서 화장이 발달한 겁니다."

"시체가 일어나요? 흑마법사가 조종하는 것도 아닌데 저절

로요?"

에리체가 눈을 휘둥그레 떴다. 루그가 고개를 끄덕였다.

"음기(陰氣)가 짙은 곳에서는 종종 그런 일이 벌어지곤 하죠. 나샤 삼국의 경우는 마력의 흐름이 묘하게 뒤틀려 있어서 스피릿 비스트가 나타날지언정 자연적으로 흑마법에 준하는 현상이 일어나는 경우는 거의 없지만……."

죽은 자를 떠나보내는 풍습이 어떤 형태로 자리 잡는 데는 여러 가지 이유가 있겠지만, 적어도 아스탈 백작령은 지극히 현실적인 문제 때문에 화장하는 풍습이 자리 잡은 것이다. 덕분에 아스탈 백작령의 사람들은 어느 날 갑자기 무덤에서 일어난 자신의 이웃이나 조상의 시체를 때려잡을 일이 별로 없었다.

장례식은 정중하게 치러졌다. 달빛 아래서 시체에 불을 붙이고 남김없이 타는 동안 모두가 그 주변을 돌면서 사자들이 올바른 장소로 가기를 기원하는 내용의 노래를 부른다. 줄을 서서 노래를 부르다 보면 어느덧 시체는 불타서 뼛가루만이 그 자리에 남는다. 그것을 겨울의 여신이자 죽음의 여신인 윈티아를 모시는 사제의 인도하에 납골함에 담아서 유족이 가져가는 것으로 장례식이 끝난다.

"희생이 컸다. 정말로……."

장례식이 끝나고 나자 아스탈 백작이 지친 얼굴로 말했다. 루그가 위로의 말을 건넸다.

"모두 영지를 지키기 위해 최선을 다했어요. 후회는 없었을 겁니다."

"그나마 네 덕분에 이 정도의 피해로 끝난 거지. 놈들에게 배상금을 받고 나면 그래도 영지민들이 올해를 지내면서 내년을 준비할 수 있겠구나."

백작은 승리에 취하는 대신 적들이 마을을 짓밟는 바람에 당장 먹고살 길이 암담해진 영지민들을 걱정하고 있었다. 아마 사르테 백작군에게 배상금을 받는다면 아낌없이 영지민들을 위해 쓸 것이다. 루그가 영주로서의 백작에게 새삼 감탄하고 있을 때, 그가 말했다.

"도와주러 와줘서 고맙다, 루그."

"뭘요. 더 많이 도와드리지 못해서 죄송해요."

백작이 자신의 어깨를 두드려 주자 루그는 쓴웃음을 지었다. 아이작 그레이스가 아니라 루그 아스탈로서 싸울 수 있었다면 훨씬 피해를 줄일 수 있었을 것이다. 어쩌면 단 한 명도 죽지 않고 끝내는 것도 가능했을 터. 블레이즈 원의 눈길이 이곳을 향할 가능성 때문에 눈앞의 피해를 막을 수 없었다는 것이 가슴 아프다.

백작이 루그의 가슴을 주먹으로 툭 치면서 말했다.

"넌 충분히… 우리에게는 기적이라고 할 수 있을 정도로 많은 도움을 줬다. 그러니 자괴감을 갖진 말아라. 그건 이곳을 지키기 위해 목숨을 던진 이들의 희생을 무시하는 일이니까."

"……"

"난 네가 와줘서 정말로 좋았다. 운명의 신이 있다면 감사하고 싶을 정도지. 너는 내가 과거에 한 일들이 과오였다고 했지만, 그게 사실일지도 모르지만… 난 한 가지만은 후회하지 않기로 했다. 리나르와 만나서 너를 얻은 것만큼은."

백작은 그렇게 말하며 루그를 끌어안았다. 어느새 자신보다도 자라 버린 아들이 정말로 듬직하고 자랑스러웠다.

'아버지.'

루그는 그의 품에 안긴 채 눈을 감았다. 비록 자신은 한 번 실패한 삶을 되돌려 이곳에 있고, 영혼의 나이는 어느덧 백작보다도 많아지고 말았지만 그래도… 이 순간 백작을 찾아와서 그의 아들로 인정받은 과거가 정말 잘한 일이었다는 생각이 들었다.

곧 백작이 루그를 놓아주고 물었다.

"…이제 또 떠나야겠구나?"

"네. 오래 머물지는 못할 거예요. 이 나라에서 무슨 일이 벌어지는지 파악하는 대로 떠나야겠죠."

루그는 탈린 왕국에 스며든 블레이즈 원의 존재를 파악해 줄 것을 아쿠아 비타에 부탁했다. 아쿠아 비타는 창설된 지 얼마 안 되었고 탈린 왕국에서는 아직 기반이 빈약하지만 최선을 다해서 정보를 수집하고 있다. 아마도 곧 실마리를 잡아서 알려줄 것이고 그러면 루그도 즉시 움직이게 되리라.

백작이 말했다.

"같이 가주지 못해서 미안하구나."

"아버지는 영지를 안정시켜 주세요. 여기가 언젠가 제가 그리워질 때 돌아올 수 있는 채로 남아준다면… 그걸로 충분해요."

루그에게 있어서 아스탈 백작령은 이곳에 존재해 주는 것만으로 충분하다. 과거로 돌아온 자신이 운명을 바꾸었다는 것을 알려주는 이정표. 앞으로도 정처없이 이곳저곳 떠돌겠지만, 언젠가 돌아와 가족을 만날 수 있다면 그것만으로도 위안을 얻을 수 있으리라.

"녀석."

백작은 대견하다는 듯 웃으며 루그의 머리를 쓰다듬어 주었다.

3

사르테 백작군과의 전투가 끝나고 나서도 루그와 메이즈, 다르칸은 바쁘게 움직였다.

제일 먼저 한 일은 아스탈 백작성에 드워프들이 개발한 실시간 통신 장비를 설치한 일이다. 백작과 마빈에게 사용자 권한을 부여하고 조작법을 가르친 뒤, 루그는 아쿠아 비타 측과 교신해서 칼리아를 호출했다.

루그에게 에리체와 바리엔이 이곳에 있음을 들은 칼리아가 한숨을 쉬었다.

"에리체가 갈 건 예상했지만 바리엔을 끌고 갈 줄은……."

"전 에리체 양이 따라올 것도 예상 못했습니다만."

"에리체는 예전부터 한번 하고자 마음먹은 것은 반드시 하고야 말았으니까요. 에리체가 진심이 되면 누구도 말릴 수 없었어요."

칼리아가 쓴웃음을 지었다.

루그는 어쩌면 그녀가 에리체의 그런 성격을 부러워하는 것인지도 모르겠다고 생각했다. 평생 동안 자신의 권한과 책임을 확인하고, 그 틀 안에서 가면을 쓴 채 살아가는 그녀 입장에서는 에리체의 자유분방함이 눈부시게 보이리라.

잠시 후, 에리체와 바리엔이 통신기 앞으로 불려왔다. 에리체가 활달하게 인사했다.

"안녕, 칼리아! 잘 지냈어?"

"에리체, 너는 정말……."

칼리아가 지긋지긋하다는 듯 이마를 짚었다. 잘못했다고 빌어야 할 상황에서 이토록 당당한 태도라니!

에리체가 방긋방긋 웃으면서 말했다.

"에이, 칼리아도 참. 내가 이런 사람인 거 잘 알면서."

"네가 집을 나간 건 그렇다고 쳐. 후작님이 자기도 허락했다고 실토하셨으니까."

"앗, 아빠가 너한테도 말씀하셨어? 지금 어쩌고 계셔?"

"글쎄, 자세하게는 모르겠지만 너희 집안 분위기가 장난이 아니라는 것만은 분명해."

"괜찮아. 결과만 좋으면 다 좋은 거니까. 내가 루그님을 도와서 가문의 저주를 싹 해결하고 가면 모두가 행복할 거야!"

"…그동안 너희 아버지는 네 어머니 앞에서 죽은 사람처럼 고개 숙이고 지내셔야 하고 말이지."

"큰일을 하는 데는 희생이 불가피한 법! 불쌍하신 아버지를 생각하면 내 용돈 멋대로 삭감하시더니 꼬시다… 가 아니라 눈물이 앞을 가리지만, 아버지의 숭고한 희생을 이 가슴에 묻고 나는 미래를 개척하겠어!"

"도대체 어디서부터 지적을 해야 할지 모르겠다……."

칼리아는 얼굴을 감싸고는 한숨을 쉬었다. 그녀의 냉정함을 무너뜨리는 대상은 손에 꼽을 정도밖에 없는데, 에리체는 그 방면으로는 가히 천재적이었다.

그녀는 에리체에게 더 뭐라고 하는 걸 포기하고 바리엔을 불렀다. 에리체와 달리 바리엔은 감히 칼리아의 눈을 똑바로 쳐다보지 못하고 우물쭈물하고 있었다.

"바리엔. 에리체가 너를 데려갈 거라고는 나도 상상 못했어."

"그, 그게… 나도 눈을 떠보니 웬 관짝에 들어가서 어딘지도 모를 곳까지 가 있어서……."

"그후에라도 에리체한테 협력하지 말고 돌아와 줬으면 좋았겠지만… 뭐, 좋아. 이번에는 네 마음가는 대로 해."

"정말 미안해… 응?"

무조건 사과하던 바리엔의 눈이 휘둥그레졌다. 칼리아가 쓴웃음을 지었다.

"대신 연락은 꼭 정기적으로 해. 안 그러면 내가 백작 부인께 면목이 안 서니까. 네가 사라진 건… 여기저기서 시끄럽게 굴긴 했지만 대충 다 해결해 두었어. 리누스님의 도움으로 폐하의 긴급 대피 루트도 새로 개발해 두었으니까, 당분간은 마음껏 돌아다니다 와도 괜찮아."

에리체가 사라진 것은 메이달라 후작가만의 문제로 끝난다. 하지만 바리엔의 실종은 그렇지가 않았다.

공간 이동 능력을 가진 바리엔, 정확히는 라한드리가 백작가에 내려오는 봉인의 조각을 계승한 자는 유사시에 국왕을 안전하게 대피시킬 책임이 있다. 그렇기에 바리엔은 원칙대로라면 왕도에서 마음대로 나가서는 안 되는 몸이었고, 봉인의 조각을 계승한 후로는 한 번도 왕도를 멀리 벗어나본 적이 없었다.

바리엔이 멋대로 자신을 끌고 온 에리체에게 협력한 것에는 그런 이유도 작용했다. 이래서는 안 된다는 것을 잘 알면서도 '어차피 이렇게 됐으니까 에리체만 데려다주고 다시 돌아오자'고 자유를 만끽하고 싶어하는 스스로를 설득했던 것이다.

"폐하께도 윤허를 받았고, 근위대하고도 내가 잘 이야기했어. 그러니까 네 의무는 신경 쓰지 않아도 돼."

"칼리아……."

바리엔은 가슴이 뭉클했다.

비록 에리체에게 납치당했다고는 하지만 그후에는 자발적으로 그녀에게 협력해서 먼 타국까지 와버린 자신을 이렇게까지 배려해 주다니. 칼리아는 간단하게 말했지만 그녀가 사라진 뒷수습을 위해 얼마나 애를 썼을지는 안 봐도 뻔하다.

눈물이 그렁그렁한 바리엔을 보며 칼리아는 조금 쓸쓸한 표정으로 말했다.

"부디 무사히 돌아와서 네가 보고 겪은 이국의 이야기를 들려줘. 기대하고 있을게."

"응. 칼리아, 고마워."

4

메이즈와 다르칸은 통신기를 이용해서 아쿠아 비타 측과 정보를 교환하는 한편, 다르칸이 영지 이곳저곳을 둘러보며 수집해 온 토지 정보를 분석하는 작업을 진행했다. 이 작업은 척박한 아스탈 백작령의 사정을 개선시키기 위한 것이었다.

두 사람이 한참 정보를 분석하며 이런저런 이야기를 나누고 있을 때, 문득 에리체와 바리엔이 문을 열고 들어왔다. 에리체의 존재를 눈치챈 메이즈가 살짝 눈살을 찌푸리며 째려본다.

'저 애는 또 왜……'

하지만 에리체는 그것을 눈치채지 못하고 다가왔다. 다르칸이 물었다.

"무슨 일이시오, 에리체 양?"

"루그님한테 물어보니까 두 분이 하시는 일에 제가 도움을 드릴 수 있을 것 같아서 왔어요."

"음?"

그 말에 다르칸이 의아해하며 물었다.

"우리가 무슨 일을 하는지 알고 하시는 말씀이오?"

"이 영지에 발견되지 않은 자원이 있는지 찾고 계시다고 들었어요. 광맥이나 보석 같은 것들……."

사람들 앞에 모습을 드러낼 수 없는 다르칸은 며칠간 아스탈 백작령 구석구석을 날아다니면서 혹시 광산을 개발할 만한 자원이 있는지 조사하고 다녔다. 어떤 자원이든 찾아내기만 한다면 아스탈 백작령의 사정은 훨씬 나아질 것이다.

다르칸이 물었다.

"실례지만 에리체 양은 마법은 안 배우시지 않았소?"

"이론만 알고 있는 정도예요. 제가 마법을 배우는 건, 정말 그것에만 매진할 게 아니라면 여러 모로 위험하다고 해서 손을 대지 않았어요."

"그런데 어떻게?"

"전 루그님이 남들에게 없는 능력을 하나 가졌거든요."

"순간 예지력이라고 들었소만."

"네."

"미안하지만 그 능력이 우리 일에 어떻게 도움이 되는지 잘 모르겠소. 설명해 주실 수 있겠소?"

빠르면 몇 초, 늦어봐야 몇십 초 앞의 일을 예지하는 능력이 땅속에 매장된 자원을 찾는 데 어떻게 도움이 된단 말인가?

다르칸이 이해할 수 없는 것도 당연했다. 에리체가 차근차근 설명했다.

"제 능력은 정확히 말하자면 인간의 정보 수집 능력과 그것을 토대로 앞을 예측하는 통찰력을 극대화한 것이에요. 정말로 확정된 미래가 있어서 그걸 보는 것은 아니지요. 그러니까 결국 일정한 영역의 정보를, 인간의 오감만으로는 도저히 다 수집할 수 없는 수준으로 한 번에 그러모은 뒤 그것을 기반으로 미래를 통찰하는 거지요. 이 중간 과정이 정확히 어떻게 되는 건지는 몰라요. 하라자드 오빠가 많은 실험을 통해서 이 능력의 작동 원리를 밝히고자 했지만, 인간의 뇌로는 도저히 한 순간에 처리할 수 없는 양의 정보를 한 번에 모으고 순식간에 그것을 분석해서 원하는 결과를 얻는다는 사실만을 알 수 있었을 뿐이거든요."

"에리체."

가만히 듣고 있던 바리엔이 놀란 표정으로 에리체를 불렀다.

"그렇게 말하는 걸 들으니까… 마치 바보가 아닌 것 같아."

"그건 무슨 의미야?"

"말 그대로의 의미지. 네가 이렇게 똑똑한 소리를 늘어놓다니 이상해!"

"너무하잖아! 바리엔은 여기 말도 못하면서! 내가 평소에는 그저 귀엽고 사랑스러울 뿐이지만 사실은 지적이고 교양있는 여자라구!"

뻔뻔하게 가슴을 펴고 말하는 에리체의 말에 바리엔이 코웃음을 쳤다.

"난 네 말이 하나부터 열까지 절망적으로 왜곡되었다는 설득력 넘치는 반박을 할 수 있지만, 그러기에는 시간이 부족하므로 참아주겠어."

"우와, 어디의 마학자가 한 소리를 표절했어! 그 마학자가 쓴 저서는 읽어보지도 않았으면서!"

"너도 안 읽어봤잖아! 교양 수업 시간에 만날 낙서하고 놀았으면서!"

둘이 악악거리는 걸 심히 난처해하며 지켜보고 있던 다르칸이 조심스럽게 끼어들었다.

"아, 저기… 두 분 말씀하시는데 죄송하오만, 에리체 양이 이야기를 계속해 주셨으면 하는데……"

"아."

두 사람은 그제야 정신을 차리고 바보 같은 설전을 그만두었다. 에리체가 흠흠 하고 헛기침을 하더니 말했다.

"아이 참. 하여튼 교양없는 바리엔 때문에 나까지 망신살 뻗치잖아."

바리엔은 발끈했지만, 난처해하는 다르칸의 얼굴을 보고는 꾹 눌러 참았다. 에리체는 승리자의 미소를 지으며 설명을 계속했다.

"그러니까… 중요한 건 제 능력이 일정 영역의 정보를 한 번에 수집하고 그중에 원하는 것을 골라낼 수 있다는 거예요. 처음에는 불특정하게 저와 관련된 미래만을 예지할 수 있었지만, 능력을 제어하기 위해 연습하는 과정에서 특정한 조건으로 이 정보 수집력을 활용할 수 있게 되었어요. 예를 들면 시선."

"시선?"

"누군가가 저를 보고 있다면, 저는 그것을 알 수 있어요. 제가 인지하지 못하는 곳에서 시선이 저를 향할 경우 저는 그 시선의 존재를 아는 것은 물론이고 그 시선 자체를 공유할 수 있지요. 원하기만 하면 지금 다르칸님 눈에 제가 어떻게 보이는지도 알 수 있는 거예요."

그 능력 덕분에 에리체는 처음 루그가 칼리아를 보기 위해 별궁에 숨어들었을 때 그의 존재를 알아차렸다. 그리고 기감으로도, 마법으로도 그 존재를 파악할 수 없었던 샤디카의 마법도구 '헌드레드 아이즈'의 위치를 간파하고 부수기도 했다.

"호오. 그런 일이 가능하단 말이오? 그럼 지금 내 시야도 공유해 볼 수 있소?"

"가능할걸요? 하라자드 오빠도 제 능력은 못 막았으니까."

에리체가 고개를 갸웃하며 말했다. 다르칸이 말했다.

"한 번 시도해봐 주겠소?"

"네."

에리체는 즉시 능력을 제어해서 다르칸의 시야를 공유했다. 그리고 조금 눈을 크게 뜨며 놀란 표정을 지었다.

"다르칸님의 눈으로 보면 제가 정말 강아지만큼이나 작게 보이네요? 그리고……."

에리체가 흘끔 바리엔을 보며 말했다.

"바리엔이 이렇게 귀여워 보일 리 없는데……."

"그건 무슨 소리야?"

"할 수 있으면 보여주고 싶어. 다르칸님 눈에는 바리엔 네가 엄— 청 작고 사랑스럽고 귀여워 보여!"

"그, 그럴 리가… 거짓말하는 거지?"

평소 콤플렉스를 가졌던 문제인지라 바리엔은 화를 내는 대신 당황하고 말았다. 다르칸이 고개를 갸웃하며 말했다.

"바리엔 양은 사랑스러운 여성이지 않소? 다른 인간 여성들과 뚜렷하게 구분되는 존재감과 매력이 있는데……."

"그, 그그그그러니까 그게…… 그게……."

인간 남자에게는 죽었다 깨어나도 못들을 것 같은 다르칸의 말에 바리엔의 얼굴이 새빨갛게 물들었다. 무섭지만 잘 보면 순진하기 짝이 없는, 거짓이라고는 모르는 듯한 다르칸의 눈이 자신을 빤히 바라보니 머릿속이 새하얘져서 아무것도 생각 안 난다. 이럴 때는 무슨 말을 해야 하는 걸까?

그때 에리체가 바리엔의 어깨를 툭툭 치면서 말했다.

"축하해, 바리엔. 인간 남자 중에는 절대 없겠지만 용족 남자 중에는 네 매력을 알아주는 사람이 있었어!"

"…난 언젠가 홧김에 너를 절벽에서 밀어버려도 후회하지 않을 거야, 에리체."

바리엔은 단숨에 머릿속 열기가 식는 것을 느끼며 으르렁거렸다. 에리체가 부끄러운 듯 머리를 긁적이며 웃었다.

"에헤헤, 바리엔도 참 겉이랑 속이랑 따로 논다니까. 나 없으면 외로워서 엉엉 울 거면서."

"내가 강아지인 줄 알아? 너 없어도 칼리아만 있어도 되거든?"

"솔직하지 못한 바리엔을 배려해서 내 여행에 동참시켜 준 나는 얼마나 관대한 사람인지. 감사하고 있는 거 다 알아, 바리엔."

"……"

부글거리던 바리엔이 폭발하기 직전, 에리체가 잽싸게 몸을 돌리며 다르칸에게 말했다.

"자, 이걸로 제 능력의 특성을 이해하셨지요? 그럼 제가 어떤 식으로 도움을 드리려는지도 아실 거라 생각해요."

"즉… 에리체 양은 정보 수집 능력을 이용해서 광맥을 찾을 수도 있다는 거구려."

"딩동댕."

"그럼 에리체 양은 어떤 금속이나 보석 등이 대량으로 매장되어 있는 것을… 그 정보 수집 능력을 이용해서 찾으실 수 있는 것이오?"

"금이나 은, 혹은 마법 금속처럼 보편적으로 '비싸다'고 여겨지는 거면 있는 곳까지만 가도 되고, 그게 아니면 힘들어요. 왜냐하면 설령 그곳의 정보를 읽어들인다고 해도 그 정보가 제가 원하는 정본지 아닌지를 분간할 수 없거든요. 제 본능, 혹은 감각이 알아서 판단해 주는 것이기 때문에 제가 잘 알고 있는 것이어야 해요."

"으음. 그렇게까지 비싼 게 있을 것 같진 않은데……."

"루그님도 밑져야 본전이라고 하셨어요. 메이즈님과 다르칸님이 후보지로 찍어주신 곳에 제가 가보는 정도라면 어떨까요? 시간도 단축되고 좋을 것 같은데……."

"그렇게 해보기로 하지."

"그럼 저도 준비하고 기다릴게요. 나가실 때 말씀해 주세요."

에리체는 기뻐하며 방을 나섰다.

그녀가 나가자 내내 한마디도 안하고 있던 메이즈가 작게 한숨을 쉬었다. 다르칸이 물었다.

"메이즈."

"응?"

"에리체 양과 바리엔 양이 불편한 건가?"

"그, 글쎄? 별로 그런 건 아닌데……."

"두 사람이 들어오고 나서부터 말도 하나도 안 하고……."

"아니라니까. 그냥 좀 생각할 게 있어서 그랬어. 진짜야."

메이즈가 허둥지둥 변명했다. 다르칸은 이상하다는 듯 그녀를 바라보았지만, 캐묻는다고 대답할 것 같지도 않아서 그만두었다.

메이즈가 화제를 돌리려는 듯 중얼거렸다.

"근데 에리체 저 애는 정말… 저렇게 전문적인 설명이 줄줄 나오니까 이미지랑 완전 안 어울리네."

"으음. 나도 솔직히 상당히 의외이긴 했다."

다르칸도 당혹스러운 기색으로 고개를 끄덕이고 말았다.

5

며칠 후, 아스탈 백작은 놀랄 만한 소식을 들었다.
"구리 광맥이라고?"
"네."
여전히 아이작 그레이스의 모습을 한 루그가 씩 웃으며 고개를 끄덕였다. 백작이 믿을 수 없다는 듯 물었다.
"우, 우리 영지에 그런 게 있었단 말이냐?"
"금이나 은이나… 하다못해 철이 아닌 건 아쉽지만요. 셋 중 하나였으면 완전 대박이었는데. 역시 우리 영지가 뭐가 없긴 없어요."
"구리 광맥도 충분히 대박이다!"
내세울 만한 특산물 하나 없고 땅도 척박해서 농경지도 그리 넓지 않은 아스탈 백작령의 입장에서 볼 때, 구리 광맥이 발견된다는 것은 하늘에서 금덩이가 떨어지는 것과 맞먹는 대박이었다. 일단 그런 광맥이 하나만 있어도 영지 살림은 극적으로 나아질 것이다.

백작이 물었다.
"그런데 그게 규모가 얼마나 되길래 여태 우리가 몰랐던 것이냐?"
"규모보다는 그게 노천광이 아니었던 게 문제죠. 겉으로 드러나지도 않은데다 땅 깊숙한 곳에 있었으니……."

루그가 쓴웃음을 지었다.

이 시대의 광물 자원은 거의 대부분 노천광을 찾아서 채굴하고 있었다. 예외는 마법사들이 찾아내기 용이한 마법 금속 정도다. 나샤 삼국의 경우는 마법 금속을 채굴하는 과정에서 기술이 발달하여 다른 금속이나 보석 등도 찾아내 채굴하기에 이르렀지만, 그 외의 다른 지역에서는 노천광으로 드러나지 않은 자원을 찾아낼 확률은 기적에 가까웠다.

"구리 광맥 말고도 몇 군데 쓸 만한 데가 있긴 한데… 그건 나중으로 미뤄두죠. 어차피 개발하고 채굴할 여력도 없으니까."

메이즈, 다르칸, 에리체가 합심해서 자원을 찾아다닌 결과 구리 광맥 두 곳, 그리고 석영 광맥 한 곳과 상당한 규모의 은 광맥까지 찾아냈다. 발견된 것들을 전부 개발한다면 아스탈 백작령은 부유해질 수 있을 것이다.

하지만 루그는 다른 것은 다 말했어도 은 광맥에 대해서는 감춰두었다. 가장 돈이 될 만한 것을 감춰둔 이유는 오늘 아침, 이 사실을 알려준 메이즈가 주의를 주었기 때문이었다.

에리체가 의아해하며 물었다.

"왜 은 광맥에 대해서는 감춰야 하는 건가요? 제일 비싸잖아요?"

아스탈 백작령 입장에서는 구리 광맥만 해도 감지덕지이긴 하다. 하지만 은 광맥을 개발한다면 구리 광맥만 캐낼 때와는 비교도 할 수 없을 정도로 부유해질 것이다.

루그가 에리체의 의문에 동조했다.

"그러게. 왜 은 광맥은 감춰야 해? 전부 개발할 여력이 없어서라면 그것부터 개발하는 게 좋지 않나?"

"주인님, 자~ 알 생각해 봐."

메이즈가 한심하다는 표정으로 루그를 보며 손가락을 흔들었다. 왠지 내민 손가락이 흔들릴 때마다 그녀의 꼬리도 같이 흔들려서 절로 눈이 거기에 따라가게 된다. 루그와 에리체, 바리엔의 눈동자가 자기 꼬리를 보고 오락가락하는 걸 본 메이즈가 뾰로통해져서 물었다.

"어딜 보는 거야?"

"어, 아니 그냥 자연스럽게……."

"잘 들어. 이 영지에 구리 광맥이 발견되어서 그걸 캐내서 조금 부유해진다, 이러면 다들 그냥 그런가 보다 해. 하지만 은광이 발견되면 전쟁이 나."

"어라?"

그 말에 루그와 에리체, 바리엔의 눈이 휘둥그레졌다.

루그가 무릎을 탁 쳤다.

"그렇구나! 은광 정도 되면 그냥 두고 볼 리가 없지. 무슨 이유를 갖다붙여서라도 시비를 걸겠군!"

"아니면 당장 힘으로 밀어붙이기보다는 차근차근 시간을 들이는 방법… 예를 들어 내부적으로 첩자를 투입시키고, 자기들 입김이 닿아 있는 범죄 조직을 끌어들이거나 질 나쁜 상인들을 이용해서 영지 상황을 악화시켜 가다가 꿀꺽하려고 할 수도 있고."

"그렇구나. 그건 생각 못했네."

루그는 등골이 오싹해졌다. 시공 회귀 전, 자신이 마빈과 가문을 두고 싸우는 과정에서 비슷한 일을 해보았기 때문에 메이즈의 말이 더욱 날카롭게 와 닿았다.

지금 아스탈 백작령이 인간들끼리의 시비에 휘말리지 않는 것은 아무도 탐낼 가치가 없는 땅이기 때문이다. 그런데 이런 땅에서 갑자기 은광이 발견된다면?

메이즈의 말대로 야욕을 드러내는 놈들이 나올 것이다. 은광 정도 되면 전쟁도 불사할 만하다고 여기는 영주들도 많을 터.

은광은 아스탈 백작령이 감당할 수 없는 보물이다. 아니, 보물이라기보다는 차라리 파멸의 문을 여는 열쇠라고 하는 편이 옳았다.

메이즈가 말했다.

"이 영지는 군사력도 약하고, 사람들도 너무 순진해. 백작님은 물론이고 측근들도 협상의 기본조차도 모르는데 외부에서 작정하고 여길 먹겠다고 들어와 봐. 금방 끝장날걸."

"저기요."

"음?"

고개를 끄덕이는 루그와 달리 에리체는 여전히 이해할 수 없다는 표정이었다. 메이즈가 의아해하며 바라보자 그녀가 순진한 눈으로 물었다.

"고작 은광이잖아요? 은광이 발견됐는데 왜 전쟁이 나요?"

"……"

순간 루그도, 메이즈도 할 말을 잃고 말았다. 에리체는 은광 그까짓 거 별로 비싸지도 않은데 왜 그딴 것 때문에 싸움이 나냐는 투로 묻고 있었던 것이다.

루그와 메이즈가 황당해서 입가를 실룩였다.

"그, 그게……"

혹시 일부러 그러는 건가 싶어서 바리엔을 보니 그녀도 똑같이 이해할 수 없다는 표정을 짓고 있다. 에리체가 조심스럽게 물었다.

"…혹시 여기선 은광이 엄청나게 비싼가요?"

로멜라 왕국은, 정확히는 나샤 삼국은 스피릿 비스트가 나타나는 대신 어마어마한 마법 금속 매장량을 자랑한다. 어느 동네에 가도 마법 금속 광산 정도는 있고 금 광산, 은 광산도 많다. 그러다 보니 자원의 가치에 대한 인식이 이국인들과는 완전히 달랐다.

루그가 설명했다.

"나샤 삼국은 대륙에서 가장 부유한 동네입니다. 이곳에서는 그쪽 영주라면 누구나 하나쯤은 가진 실바움 광맥만 하나 있어도 엄청난 부자가 될 수 있어요."

"그, 그래요?"

에리체는 당황했다.

솔직히 아스탈 백작령에 처음 왔을 때부터 그녀는 일종의 문화적 충격을 느끼고 있었다. 정말 아무것도 없다는 말이 너무나 잘 어울리는 곳이랄까? 이 성도 장식이라고는 전혀 없고, 난방도 전혀 안 되어서 싸늘한 것이 당혹스러울 정도고, 손님방이라고 내준 것도 (에리체 기준에서) 좁은 데다가 후줄근했다.

그때는 이 영지가 좀 가난하고, 또 나샤 삼국과는 문화적 차이가 있어서 그런가 보다 하고 넘어갔는데 이렇게나 자원 매장량의 격차가 컸을 줄이야? 이국의 사정에 대해서는 그야말로 겉핥기로 얕은 지식만을 가진 상태이던 그녀에게는 정말 충격이 컸다.

바리엔이 씩 웃으며 말했다.

"바보. 상식도 없기는."

"이제 와서 무슨 말을! 바리엔 너도 몰랐으면서!"

"나, 나는 처음부터 알고 있었어. 그래서 아무 말도 안 했잖아."

"거짓말하지 마! 아까 네 표정 다 봤어!"

언제나처럼 두 사람이 옥신각신하기 시작하자 메이즈가 한숨을 쉬며 말했다.

"후우. 하여튼 주인님, 알겠지? 은광에 대해서는 말하지 마. 처음부터 아예 모르는 편이 나아."

"알겠어."

…그런 이유로 루그는 은광의 존재를 감춰두었다. 지도를 펼치고 광맥들의 위치를 짚어주자 백작이 눈살을 찌푸렸다.

"으음. 이거 죄다 개발하기 까다로운 장소에 있구나. 마물들을 한번 청소하고 개간해야 되겠는데……."

"그것도 그렇지만 인력이 문제예요. 우리 영지에는 광산 노동자 따윈 없잖아요. 영지민들을 일하게 한다고 해도 기본적인 일을 가르쳐 줄 사람이 필요하죠."

"확실히 그런 인력을 구하려면 그것도 시간이 걸리겠군."

"광맥이 있는 곳까지 파내려 가는 것은 저희가 마법으로 해결해 드릴 거지만, 광산을 만들고 인력을 모집하는 건 별개니까요. 그건 제가 아는 사람을 통해서 수배해 뒀어요."

"벌써 말이냐?"

"지금 수배해도 그 인력이 바로 다음날 오는 건 아니니까요. 메이즈의 말로는 구리 광산을 개발해서 제대로 채광 활동을 하려면 적어도 반년 이상은 걸릴 거라는군요."

루그는 아쿠아 비타에 도움을 요청해서 구리 광산을 개발하기 위해 필요한 인력을 수배해 두었다. 광산 노동자는 물론, 광산에서 캐낸 구리를 외부와 거래할 수 있는 인물도 필요했다. 그 점은 아쿠아 비타의 탈린 왕국 상단 측에서 대행해 주기로 했다.

그러한 사실을 설명하자 백작이 혀를 내둘렀다.

"정말 감탄스럽구나. 허허. 이것 참. 무력만이 아니라 이런 것까지 네 도움을 받게 될 줄은……."

"뭐, 그 인력들을 관리하는 것은 아버지랑 마빈이 할 일이에요. 제가 해드릴 수 있는 건 여기까지니까… 다음번에 왔을 때는 영지살림이 좀 피어 있길 빌고 있을게요."

"뭐라고 해야 할지… 으음, 고맙다."

"뭘요."

루그는 싱긋 웃으며 백작의 손을 잡아주었다.

6

며칠 후, 연무장에서 마빈을 대련 형식으로 가르치고 있던 루그에게 에리체가 찾아왔다.

"루그님~"

"우, 우와……."

활기차게 뛰어온 그녀를 보며 마빈이 탄성을 흘렸다. 에리체가 달릴 때마다 그녀의 가슴이 출렁거리며 압도적인 시선 장악력을 발휘했기 때문이었다. 자기도 모르게 그녀의 가슴에 눈을 두고 있던 마빈은, 문득 옆에서 찌르는 듯한 시선을 느끼고 퍼뜩 정신을 차렸다.

"아, 아냐!"

"……."

"그런 게 아니라고!"

"뭐가?"

"으윽……."

지레 찔려서 변명하는 마빈에게 루그가 물었다. 마빈은 얼굴이 새빨갛게 물들어서는 시선을 피하고 말았다.

볼카르가 가소롭다는 듯 한마디 했다.

〈자기도 정신 팔려서 보고 있었으면서도 양심도 없기는.〉

―흠흠. 그래서 난 아무 말도 안 했거든?

그저 마빈을 빤히 바라보기만 했을 뿐, 추궁하는 말은 한마디도 안 했다. 루그는 그렇게 자신의 행동을 합리화하며 에리체에게 물었다.

"무슨 일인가요, 에리체 양?"

"루그님한테 연락이 왔어요."

"연락?"

"라나라고 하면 아실 거라고 그러던데요? 귀여워 보이는 애였는데."

"라나?"

그 말에 루그는 즉시 통신기가 있는 곳으로 향했다. 열심히 훈련하다가 갑자기 내버려진 마빈이 허둥지둥 뒤를 따라오며 물었다.

"무슨 일이야?"

"아, 중요한 연락이 와서."

루그는 그 말만 하고 마빈을 버려둔 채 통신기가 있는 방으로 들어섰다. 사람 몸통만 한 유리판 위로 라나의 모습이 선명한 영상으로 떠올라 있었다.

"라나, 무슨 일이에요?"

"……."

루그가 반색하며 물었지만 그녀는 대답하지 않았다. 왠지 모르지만 표정이 뾰로통한 것 같다? 루그가 의아해하며 바라보자 그녀가 물었다.

"…아까 그 사람은 누구?"

"누구요? 메이즈라면 인간으로 변장하고 있긴 한데, 설마 말 안 했……."

"메이즈 말고. 그 은발이 길고 예쁜 사람……."

"에리체 양 말이에요?"

"누구야? 그곳 사람?"

루그는 뜨끔했다. 어째 표정이 뾰로통하다 했더니, 에리체가 연락을 받아서 그랬던 건가? 하지만 도대체 왜?

'에리체가 뭐 마음에 안 드는 소리라도 했나?'

루그는 고개를 갸웃하며 말했다.

"그런 건 아니고, 제 동료예요. 라나랑 마찬가지로 봉인의 조각을 계승한 아가씨인데… 여러 가지 사정이 있어서 앞으로 우리랑 같이 다니기로 했어요."

"같이?"

"네."

"……."

라나는 눈에 띄게 기분이 나쁜 표정을 짓더니 시선을 피해 버렸다. 그런 그녀의 반응에 루그는 난감해졌다. 아니, 도대체

빅 매치 141

왜? 자기가 뭐 잘못 말하기라도 했나? 아니면 진짜 에리체가 안 좋은 소리를 하기라도?

혼란에 빠져 있는 루그에게 라나는 눈도 맞추지 않고 말했다.

"그레이슨이 손님이랑 싸운다고, 루그한테 보래."

"네?"

"난 분명히 알려줬어. 이거 코번이 옮길 거야."

라나는 그 말만 하고는 휙 돌아서 나가 버렸다. 어안이 벙벙해져 있던 루그는, 곧 화면에 얼굴을 내민 코번을 보며 물었다.

"코번."

"네."

"혹시 라나한테 뭔 일 있었어? 기분 나쁠 만한 일이라던가?"

"없었는데요. 사형한테 알려준다고 가실 때만 해도 기분 좋아 보였는데?"

"그래? 근데 왜 그러지?"

"사형이 뭔가 실수하신 거 아닌가요?"

"모르겠어. 진짜 내가 뭘 잘못 말했나?"

이유를 알 수가 없어서 끙끙거리던 루그는, 코번이 통신기를 들어 올려서 화면의 시점이 마구 흔들리며 바뀌는 것을 보고는 물었다.

"이걸 어디로 옮겨가려는 거야? 아니, 스승님이 손님이랑 싸운다는 이야긴 또 뭐고?"

"아, 그게… 사형이 알려 주셨다면서 찾아오신 분인데요?

발타르 나탈이라고……."

"그 양반이 벌써 거길 갔어?"

루그의 눈이 휘둥그레졌다.

7

하루 전 자정 가까운 시각, 라나의 숲은 간만에 시끌시끌했다. 결코 즐거운 이유에서가 아니라 오랜만에 결계의 효력을 뚫고 어둠의 혈족이 출현했기 때문이었다. 한동안 그레이슨이 내버려 뒀더니 아공간에 어둠의 혈족이 가득 차버려서 결국 공간의 왜곡점이 발생, 숲에 모습을 드러냈다.

한동안 긴장 풀고 느슨해져 있던 아룬데 백작의 호위 병력이 바쁘게 움직이기 시작했다. 결계 덕분에 어둠의 혈족은 소수만 출현했지만, 결코 방심할 수 없었다.

그런 그들보다 한발 앞서서 어둠의 혈족을 상대하는 이가 있었다.

"흡!"

거구의 남자가 호흡을 끊음과 동시에 거대한 주먹으로 적을 후려갈긴다. 어린아이 머리통보다도 더 큰, 철퇴 같은 존재감을 가진 주먹이 세 개의 머리를 가진 거대한 개의 옆구리를 후려갈겼다.

파아앙!

주먹이 몸통을 치는 순간, 무시무시한 소리가 울려 퍼지며 삼두견(三頭犬)이 나가떨어졌다. 삼두견의 모습을 한 어둠의 혈족은 그 덩치가 황소보다도 더 컸는데, 남자가 한 대 치는 순간 몸통이 옆으로 확 굽혀지면서 땅에 처박히고 말았다.

삼두견이 다시 일어나기 전에 남자가 뛰어올랐다. 산 같은 거구를 봐서는 상상할 수 없는 도약력이었다. 2미터 가까이 떠오른 그가 낙하와 동시에 체중을 실어서 발차기를 날렸다.

쫘아아앙!

폭음과 함께 삼두견의 몸통이 박살 나버렸다. 뭉게뭉게 피어오르는 흙먼지 속에서 걸어나오는 그를 보며 아룬데 백작가의 호위 병력이 감탄했다.

"이야, 저런 놈을 단 두 방에……!"

"코번 저놈도 진짜 무서워졌군. 이제 겉늙었다고 놀리지도 못하겠는데?"

남자는 바로 코번이었다. 루그와 함께 혼돈의 비약을 먹고 나서 1년여의 세월이 흐른 지금, 그는 예전과는 비교도 안 될 정도로 강해져 있었다.

하지만 강체술사로서의 성장 이상으로 무서운 것이 바로 신체의 성장이었다. 라나와 세워놓으면 아빠랑 딸 같다는 소리마저 듣지만 그는 라나와 동갑이다. 올해로 고작 열네 살에 불과한 것이다!

그런데 그의 키는 벌써 190센티에 가까웠고 터질 듯한 근육으로 가득한 몸은 커다란 바위 같았다. 아마 산에서 곰과 마주한다 한들 덩치로는 꿀리지 않을 것이다.

"하앗!"

코번은 성난 파도처럼 어둠의 혈족들을 휩쓸었다. 천부적인 자질에 혼돈의 비약으로 인한 강체력 증가, 그리고 그레이슨의 지옥훈련까지 받은 지금의 코번은 아룬데 백작가의 기사들은 감히 맞설 엄두조차 못 낼 정도의 힘을 가졌다.

"스톰 브링거!"

외침과 함께 필살의 비기, 스톰 브링거가 작렬했다. 여덟 개의 다리를 가진 새카만 황소의 머리통에 커다란 주먹이 꽂히고, 팔꿈치 뒤에 집약되었던 에너지탄이 팔의 표면을 따라서 나선궤도로 가속한다.

콰아아앙!

폭음이 울리며 황소의 머리통이 산산조각 나고, 코번은 그 반동으로 뒤로 날아가서 사뿐하게 착지한다. 그도 스톰 브링거의 기본형은 완전히 체득했고 크로스 오버 스타일도 연습에서는 완벽하게 쓸 수 있다. 하지만 실전에서 쓰기엔 아직 불안해서 아껴두고 있었다.

퍼버버버버벙!

그런 그의 주변에는 결계 곳곳에 드워프들이 설치해 둔 방어 병기들이 현란한 마법을 흩뿌리고 있었다. 불꽃이, 뇌전이, 섬광이 번뜩이면서 어둠의 혈족들을 격퇴한다. 기세등등하게 등장한 어둠의 혈족들은 압도적인 화력 속에서 빠르게 무너져 갔다.

쿵쿵쿵쿵!

문득 마법의 포화를 뚫고 집채만 한 거미의 모습을 한 어둠의 혈족이 튀어나왔다. 코번은 그것을 보며 주먹을 꽉 쥐었다. 다른 이들에게 달려들기 전에 한 방에 끝낼 생각이었다.

그런데 그때였다.

"라이징 스톰!"

천둥 같은 외침과 함께 무시무시한 강체력의 파동이 퍼져 나갔다.

콰아아아앙!

그 직후 초대형 거미의 몸이 산산조각 나면서 그 일직선상에 있던 어둠의 혈족들이 일거에 박살 났다. 그리고 그 직후 또다시 외침이 울려 퍼졌다.

"라이징 블레이드!"

콰콰콰콰콰!

날카로운 섬광이 반월형으로 퍼져 나가면서 수십의 어둠의 혈족들을 파괴했다. 그리고!

"하아아아앗!"

달빛을 등지고 한 남자가 밤하늘로 솟구쳤다. 코번과 맞먹는 덩치에 반백의 금발을 가진 중년의 남자가 허공을 박차고 한 지점을 향해 날아갔다. 그곳은 막 물질계로 튀어나온 어둠의 혈족들이 밀집되어 있는, 공간의 왜곡점이 있는 곳이었다.

"스톰 폴!"

남자가 오른발을 하늘을 향해 치켜들었다가 벼락처럼 내리찍었다. 그의 발이 공간의 왜곡점을 강타하는 순간, 눈에 보이는 모든 풍경이 지독하게 일그러지면서 뒤흔들렸다. 그리고 그것이 파문처럼 주변을 강타하자 그 궤도에 있던 모든 어둠의 혈족들이 마치 수면에 비친 그림자가 지워지듯이 깨끗하게 분해되었다.

콰콰콰콰콰!

수십이나 되는 어둠의 혈족들이 단번에 쓸어버린 공간의 일그러짐이 사그라들면서 폭풍이 휘몰아쳤다. 보고 있던 이들이 다들 비명을 지르며 몸을 가리는 가운데, 폭풍의 한가운데서 그 남자가 당당하게 걸어나왔다.

"저럴 수가……!"

그를 본 코번은 입을 쩍 벌리고 말았다. 그는 세상경험이 별로 없긴 했지만, 저 남자를 보는 순간 한눈에 알 수 있었다. 저 남자가 오더 시그마의, 그것도 알라움 계파와는 앙숙이라는 로드리고 계파의 권사라는 것을!

그리고…….

'스승님 말고도 저렇게 강한 사람이 있었다니!'

자신의 스승, 그레이슨과 필적할 정도로 강하다는 것을!

아룬데 백작가의 호위 병력을 이끄는 중년 마법사, 데아드가 입을 경악했다.

"공간의 왜곡점을 물리적 타격으로 없애 버리다니!"

불가능한 일이다! 그레이슨조차도 공간의 왜곡점을 우격다짐으로 소멸시키지는 못했다. 그것을 없애기 위해서는 드워프들이나, 혹은 데아드가 결계에 설치된 마법을 발동시켜야만

빅 매치 147

했다.

하지만 실제로 저 남자는 마법이라고는 조금도 개입되지 않은 공격으로 왜곡점을 소멸시켜 버렸다. 설마 저 남자는 강체술사이면서도 공간에 개입하는 기술이라도 가졌단 말인가?

좌중의 시선이 집중된 가운데, 그가 코번에게 다가왔다. 코번은 잔뜩 긴장해서 침을 꿀꺽 삼켰다. 그저 그가 다가오는 것만으로도 숨 막힐 듯한 압박감이 느껴졌다.

코번의 바로 앞에서 멈춰선 그가 고개를 갸웃하며 물었다.

"젊은이, 하나 묻고 싶은데."

"아, 네. 말씀하십시오."

"음?"

코번의 목소리를 들은 남자가 깜짝 놀랐다. 외모로만 보면 코번은 20대 후반, 아니, 30대로도 보인다. 그런데 코번의 목소리는 변성기도 지나지 않은 소년의 그것이었으니 놀랄 수밖에!

남자가 눈살을 찌푸리더니 조심스럽게 물었다.

"혹시나 해서 묻는 거네만… 나이가 몇인가?"

"…열네 살인데요."

"말도 안 돼! 이 얼굴에 이 덩치로? 자네 지금 나랑 농담하는 건가?"

믿을 수 없다는 듯 입을 쩍 벌리는 남자의 반응에 코번은 오랜만에 상처받았다. 코번이 입술을 삐죽이며 말했다.

"저, 정말입니다."

"세상에……."

"어디서 튀어 나온 놈이 내 제자를 희롱하는 거야?"

그때 굵직한 목소리와 함께 한 남자가 걸어왔다. 코번 이상으로 큰 키에 타는 듯한 붉은 머리칼을 뒤로 넘겨서 질끈 묶은 중년의 남자, 그레이슨이었다.

숲 반대편에 발생한 공간의 왜곡점을 쓸어버리고 온 그는 코번과 마주서 있는 남자를 보고는 눈살을 찌푸렸다. 그가 의아해하며 물었다.

"…어디서 본 듯한 얼굴인데?"

"이익, 그레이슨 이놈! 나다! 발타르 나탈이다! 네 숙적인 나를 알아보지 못하다니!"

그레이슨의 말에 남자가 발끈했다. 그 말에 그레이슨이 눈을 휘둥그레 떴다.

"발타르?"

"그래! 나다! 예전의 신세를 갚기 위해 여기까지 찾아왔다!"

그는 바로 루그가 알려준 대로 라나의 숲을 찾아온 발타르였던 것이다.

"호오, 이것 참. 여기서 네놈 얼굴을 보게 될 줄은 상상도 못했는데? 나샤 삼국인가 하는 동네에서 거들먹거린다고 들었는데 어떻게 여기까지 찾아왔나?"

"그야 네놈 제자한테 듣고 왔지. 뻔뻔스러운 면상은 여전하군!"

"그러는 네놈은… 흠, 많이 늙었군."

"늙었다니! 똑같이 나이 먹은 주제에!"

"하긴 뭐 네놈이나 나나 나이에 비해선 많이 젊어 보이는 거지. 어쨌든 오랜만에 아는 얼굴을 보니 옛날 생각나는군. 멀리서 찾아왔으니 일단 손님 대접은 해주지. 들어와라."

그레이슨은 피식 웃고는 앞장서서 걷기 시작했다.

8

발타르는 전의가 충만했지만 라나의 숲은 막 어둠의 혈족을 정리한 참이고, 또 그레이슨이 그가 먼 길을 왔으니 완벽한 컨디션으로 싸워보자고 해서 다음날로 대결을 미루게 되었다. 그리고 그레이슨은 루그에게 이 대결을 통신기를 이용해서 보여주겠다는 아이디어를 떠올리고 실행했던 것이다.

"정말 돈 주고도 못 볼 구경을 하게 되었어."

통신기 너머에서 요르드가 말했다. 그의 위치를 확인한 루그가 놀라서 물었다.

"어? 요르드, 너 지금 위치가……"

요르드는 라나의 숲에 있는 통신기를 통해 이야기하고 있는 게 아니었다. 그는 외부에서 다른 통신기를 이용해서 연락을 해왔고, 그래서 현재는 세 개의 통신기가 다중 접속 상태로 이어져 있었다.

"아, 어제 급히 떠나느라 연락을 못했어. 지금은 국경 부근이야. 갑자기 일이 닥치는 바람에……"

"무슨 일이 생긴 거야?"

"국왕 폐하께서 서거하셨어."

"뭐?"

"나도 어제 오후에나 받은 소식이야. 그래서 일단 집으로 돌아가 봐야 해. 나중에 다시 올 수 있을지는 모르겠지만……."

"국왕 서거라니… 설마 이번에도 블레이즈 원 놈들의 짓인가?"

아쿠아 비타의 정보에 의하면 현재 탈린 왕국만이 아니라 대륙 곳곳에서 환난이 일어나고 있다고 한다. 왕위 계승을 둘러싸고 피비린내 나는 혈투가 벌어지고, 내전이 벌어지고, 오랜 시간 대국에 복속되어 있던 속국이 반기를 들고 전쟁을 일으키기도 했다. 아직 자세한 정보가 입수되진 않았지만 이중 몇몇은 블레이즈 원의 손길이 닿은 것으로 파악되고 있었다.

'젠장. 그놈들이 물량 공세를 해올 줄이야. 처음부터 염두에 뒀어야 하는 문제였는데.'

블레이즈 원이 작심하고 동시다발적인 공세로 나서면 루그는 대응할 수 없다. 당장 탈린 왕국의 일만도 벅차지 않은가? 이 건은 아쿠아 비타의 활약을 믿는 수밖에.

요르드가 신중하게 말했다.

"억측은 금물이야. 국왕께서는 일흔이 넘으셨으니 노환으로 돌아가셔도 이상하지 않지."

"하긴 모든 문제가 블레이즈 원의 손길에 의한 것이라고 생각하는 것도 과민 반응인가? 하지만……."

아네르 왕국에는 크리스틴 백작 영애라는 가면을 쓴 티아나 아카라즈난이 있다. 그리고 그녀의 손길에 조종되는 란티스 펠드릭스도…….

요르드가 말했다.

"너무 걱정하지 마. 정보적인 문제는 아쿠아 비타 사람들에게 도움을 얻기로 했으니까. 나도 이제 기격의 강체술사고 하니 쉽게 당하진 않을 거야."

요르드는 루그가 자리를 비운 사이 기격을 깨우쳤다. 매일 반복되는 그레이슨과의 대련을 통해서 스스로 기격을 얻고, 그레이슨이 기격을 사용하는 방식을 관찰해서 기술을 발전시켰다. 그레이슨이 말하길 놀라울 정도로 발전이 빨라서 중간부터는 자기도 모르게 조금씩 직접적인 가르침을 내렸다고 한다.

'내 주변에는 왜 이렇게 천재라는 족속들이 많지?'

루그가 속으로 투덜거렸다. 요르드의 빠른 각성은 자신이 원하는 바이긴 했지만, 자긴 정말 오랜 시간에 걸쳐 어렵게 넘었던 벽을 단시간에 휙 넘어버리는 걸 보고 있자니 재능의 격차라는 것을 실감하게 된다.

물론 루그가 요르드의 재능을 질투하는 것은 지금에 와서는 웃기는 짓이다. 루그는 재능은 부족했을지언정 정말 특수한 환경 속에서 재능만으로는 닿을 수 없는 경지에 도달했으니까.

루그가 말했다.

"조심해. 만약 블레이즈 원이 개입되어 있다면 꼭 내게도 알리고. 이쪽 일을 해결하는 대로 바로 달려갈게."

"응."

요르드가 미소 지으며 고개를 끄덕였다.

문득 뒤에서 가만히 보고 있던 마빈이 물었다.

"루그, 저 사람은 네 친구 분이야?"

"응. 아, 소개해 줄게. 요르드, 이쪽은 내 아버지시고 이쪽은 내 동생 마빈이야."

"안녕하세요. 시레크 백작가의 장자 요르드 시레크입니다."

루그가 옆으로 비켜주며 백작과 마빈을 비추자 요르드가 정중하게 인사했다. 백작과 마빈도 당황하면서 마주 인사하고, 요르드가 뒤로 물러나자 마빈이 물었다.

"너랑 친구면 나이도 비슷하지?"

"나랑 동갑이지."

"그런데 벌써… 기격의 경지에 오른 거야?"

"저놈은 천재거든."

"…그 말만으로 끝낼 수 있는 게 아닌 것 같은데? 너도 그렇고 왜 이렇게 세상에 천재라는 족속이 많지? 재수없어."

'내가 하고 싶은 말이다, 이 자식아. 너도 천재라고.'

자기가 생각했던 거랑 똑같은 말을 하는 마빈에게 루그는 한마디 하고 싶은 것을 참았다.

혼돈의 비약을 먹은 후 마빈의 실력은 눈부시게 진보하고 있었다. 이렇게 말하기는 애매하지만, 기격을 반각성한 상태라고나 할까? 루그가 기대했던 것과 달리 며칠 내로 바로 각성으로 이어지진 않았지만, 아마도 별로 멀지 않은 미래에 완전한 기격의 경지에 이르게 될 것이다.

그 사이 코번이 들어 나른 통신기가 한 곳에 설치되었다. 그리고 리누스와 워즈니악이 마법을 써서 통신기가 그레이슨과 발타르를 쫓아다니며 영상을 기록하도록 설정했다.

그레이슨과 발타르는 대결을 위해 라나의 숲에서 나와서 인적이 없는 숲 깊숙한 곳까지 들어왔다. 자신들의 격돌이 거대한 파괴를 일으킬 것임을 예상하고 있었기 때문이었다.

"허허. 6단계의 강체술사끼리의 대결이라니……. 내 살아생전 이런 구경을 하게 될 줄은 정말 상상도 못했는데."

아스탈 백작이 흥분한 기색으로 영상을 주시했다.

참고로 아스탈 백작령 측에서는 통신기로 수신한 영상을 마법으로 변환, 다시 벽에다가 크게 쏘아주고 있었다. 덕분에 루그와 메이즈, 다르칸에 에리체, 바리엔, 아스탈 백작, 마빈까지 작은 화면을 보느라 고생할 필요는 없었다. 그야말로 완벽한 관람 환경이 갖춰진 셈이다.

벽면에 서로 마주선 그레이슨과 발타르의 모습이 비춰지자 문득 불카르가 말했다.

〈호오, 실황 중계인가? 원거리에서 벌어지는 일을 실시간으로 전송해서 볼 수 있다, 이 점에 착안해서 보면 이 기술을 좀 더 광범위하게 활용하는 것도 가능하겠군.〉

―광범위한 활용?

〈정보를 수집하고 전달하는 방식을 훨씬 효율적으로 바꿀 수 있다는 뜻이다. 이 문제는 드워프들과 이야기할 때 같이 이야기하기로 하고… 지금은 일단 이걸 좀 더 생생하게 보고 싶지 않나?〉

―보고 싶긴 한데… 뭘 어떻게?

〈통신기의 실시간 통신 마법에 동조해서 감각 자체를 저 자리로 날리는 거다.〉

볼카르는 루그에게 사용할 마법을 지시했다. 그 말대로 따라하자 순간 루그의 감각 중 일부가 육체를 떠나서 통신기 저편, 머나먼 라나의 숲으로 날아갔다.

'아.'

루그는 자신의 시각과 청각이 라나의 숲으로 왔음을 알았다. 그레이슨과 발타르가 숲속 공터에서 서로 마주보고 있었다.

9

그레이슨이 목을 꺾어서 우두둑 소리를 내면서 말했다.

"네놈하고 주먹을 겨루는 것도 오랜만이군. 한 20년 됐나?"

"더 됐지. 네놈 나이가 몇이라고 생각하는 거냐?"

"네놈하고 똑같지. 우리도 내년이면 벌써 50대인가?"

루그와 처음 만났을 때 그레이슨의 나이 47세, 2년가량이 흐른 지금은 49세다. 루그는 그 말을 듣고 시공 회귀 전의 그를 떠올렸다.

'아직도 참… 젊으시군.'

그레이슨의 경우 외모만으로 보면 40대 초반 정도로밖에 안 보인다. 하긴, 시공 회귀 전에도 나이에 비해서는 훨씬 젊어 보였다. 독에 중독된 후 죽어가는 동안 급속도로 늙어갔을 뿐.

그레이슨이 말했다.

"그럼 시작해 볼까?"

"바라는 바다."

둘은 서로의 기세를 탐색하며 움직였다. 그들은 지금까지 거의 적수를 만나보지 못한 이들이다. 하지만 지금 이 순간, 과거의 숙적이 세월 속에서 인정할 만한 성장을 이루었음을 알 수 있었다.

파칫!

곧 두 사람이 내뿜는 기세가 강해지면서 주변에서 투명한 스파크가 튀기 시작했다. 마침내 기격끼리의 충돌이 시작된 것이다.

파칫! 파치칫! 파바밧!

기격이 초당 수십 발 이상 충돌하면서 공기가 요동치기 시작했다. 그리고 두 사람이 성큼성큼 서로를 향해 걷기 시작했다.

"흡!"

선공을 취한 것은 발타르였다. 발타르는 둘의 거리가 3미터로 줄어드는 순간, 전광석화처럼 발차기를 날렸다. 궤도를 읽기 까다로운, 채찍 같이 휘어지는 발차기가 중단과 하단 사이를 스치듯이 찔러 들어온다.

퍼엉!

폭음이 울리며 두 사람의 위치가 서로 바뀌었다. 그리고 광풍이 휘몰아쳤다.

후우우우우우!

짧은 순간, 둘은 열 차례 이상의 공격을 서로 나누면서 교차했다. 일반인의 눈에는 보이지도 않을 정도로 빠르게 가속한 결과 그 여파로 대기가 울부짖는다.

한번 가속하기 시작한 둘은 멈추지 않았다. 어지러울 정도로 빠르게 위치를 바꿔가면서 초당 수십 번이나 격돌한다. 동시에 기격 공방도 점점 가속하면서 광풍이 휘몰아치기 시작했다.

콰콰콰콰콰콰!

"우왓!"

멀찍이 떨어져서 보고 있던 코번이 비명을 지르며 물러났다. 충분한 거리를 두고 보고 있었는데도 휘말려들 뻔했다. 그만큼 둘의 격돌 여파가 컸다.

"하아앗!"

코번조차 따라갈 수 없을 정도로 현란한 공방을 벌이던 두 사람의 몸이 살짝 떨어졌다 싶은 순간, 발타르가 좌우 돌려차기로 그레이슨의 하단과 중단을 후려갈겼다. 그레이슨이 스파이럴 스트림으로 막아냈지만 그 직후 쏟아지는 기격에 움직임이 잠시 묶였고, 그 틈을 타서 발타르가 허공으로 솟구치며 죽 뻗어 올렸던 발을 내리찍었다.

"스톰 폴!"

콰아아아아아!

폭음이 울리며 지축이 뒤흔들렸다. 미친 듯이 휘몰아치던 광풍이 열풍으로 화하며 풀들이 바스라져서 날아오르고, 나무들이 우수수 쓰러지면서 그 속에서 그레이슨이 뒤로 주르륵 밀려났다. 그리고 곧바로 그 뒤를 추격해 온 발타르가 몸을 내던지듯이 뛰어들면서 발차기를 날렸다.

"라이징 스톰!"

그 순간, 밀려나던 그레이슨이 몸을 회전시켰다. 공간을 통째로 꿰뚫어 버리는 듯한 발타르의 공격을 흘리면서 그 기세로 가속, 백스핀 너클을 발타르의 머리통에다 날렸다.

"토네이도 브링거!"

기격이 소용돌이치면서 백스핀 너클과 함께 작렬했다. 직선적인 지르기에 특화된 스톰 브링거와 달리 회전하면서 날릴 수 있는 근접전용 기술이었다.

"크윽!"

허를 찔린 발타르가 아슬아슬하게 몸을 숙이면서 팔을 들어 그것을 쳐냈다. 그러나 그 직후 그레이슨이 무릎차기로 발타르의 옆구리를 후려갈겼다.

"라이징 쉘!"

퐈아앙!

무릎차기를 날렸는데 천둥소리가 울려 퍼진다. 무시무시한 폭음과 함께 발타르의 몸이 허공으로 3미터 이상 떠올랐다.

"그걸 막다니 제법이군!"

놀랍게도 발타르는 그 순간에도 손을 찔러 넣어서 그레이슨의 무릎을 받아냈던 것이다. 3미터나 떠오른 것도 스스로 충격을 죽이기 위해 떠오른 것이고, 공격의 위력 대부분을 기격으로 흩어뜨려서 죽여 버렸다.

다음 순간, 둘이 약속이라도 한 듯이 몸을 회전시키며 같은 기술을 시전했다.

"라이징 블레이드!"

합창하듯 울려 퍼지는 외침과 함께 그레이슨은 수도로, 발타르는 족도로 반월형의 섬광을 뿌려냈다. 날카로운 기운이 십자로 교차하면서 망막을 태워버릴 듯한 섬광이 터졌다.

콰아아아아!

충격파가 사방을 휩쓴다. 그로부터 50미터 이상 떨어져 있던 코번까지 휩쓸릴 정도였다. 코번은 급히 스파이럴 스트림을 가속시키며 지르기로 앞쪽을 관통, 자신의 몸을 지켰다.

"큭……!"

겨우 나가떨어지지 않고 버틴 코번이 신음했다.

그리고 섬광이 걷혔을 때, 루그는 일시적으로 둘의 모습을 놓쳤다. 둘은 그 폭발 속에서도 물러나기는커녕 저돌적으로 서로를 향해 돌진, 정신없이 위치를 바꾸며 싸우고 있었던 것이다.

'위다!'

통신기를 통해 공유할 수 있는 것은 시각과 청각뿐, 기감은 제외되어 있다. 그러다 보니 루그는 한 박자 늦게 두 사람을 발견했다.

그레이슨과 발타르는 허공으로 100미터 가까이 날아올라서 치고받고 있었다. 한 번 격돌할 때마다 서로의 위치가 뒤바뀌면서 계속해서 위로 상승해 간다. 그것은 마치 두 마리의 용이 서로 다투며 승천하는 것 같았다.

"흡!"

그레이슨이 발타르의 발차기를 흘리며 주먹을 날렸다. 중간에 끊어서 짧게 연타하는 방식으로 한순간에 일곱 개 타점을 공격하는 수법이었다. 그리고 그 하나하나가 전부 바위조차 산산조각 낼 모먼트 스톰이다!

쾅!

발타르는 기격과 왼팔을 이용, 여섯 번째까진 중간에 막아냈지만 마지막 일곱 번째는 그러지 못했다. 청타는 허용하지 않았지만 방어 위에 작렬한 모먼트 스톰에 버티지 못하고 멀찍이 날아가 버렸다.

촤아아아아아!

100미터 이상 날아간 발타르가 충격을 흩어뜨리기 위해 지면 위를 미끄러졌다. 허공을 박차고 그를 추적해 온 그레이슨이 주먹을 뻗었다.

"샤이닝 블래스터!"

주먹에서 뻗어나온 굵직한 섬광이 공간을 관통했다. 발타르는 즉시 자세를 바로잡고 방어하려고 했지만, 섬광은 발타르의 바로 앞에서 수십 갈래로 찢어져서 서로 다른 지점을 노렸다.

파아아아아아!

발타르가 양팔로 몸을 감싼 채 뒤로 밀려났다. 섬광이 폭발하면서 주변이 초토화되었지만 그는 그 힘을 모조리 비껴냈다. 궁극의 방어 기술, 리버스 도메인을 전신을 휘감는 형태로 시전한 것이다.

보고 있던 루그가 혀를 내둘렀다.

'으어, 괴물들 같으니. 이게 탐색전이라니 말이 돼?'

놀랍게도 두 사람이 주변을 초토화시켜 가며 싸운 것은 워밍업 수준으로 가볍게 부딪친 것에 불과했다. 아직까지는 둘 다 6단계의 속성력도, 그리고 비장의 무기도 꺼내 보이지 않고 있는 것이다.

과연 방어를 거둔 발타르가 이글이글 타오르는 눈으로 그레이슨을 노려보며 말했다.

"워밍업은 여기까지 해야겠군!"

"확실히 꽤 실력이 늘었군. 이 정도면 루그가 애먹을 만도 했겠어. 그 녀석도 네놈 상대로 마법을 쓰진 않았을 테니까."

"흥! 제자랑 나를 동급으로 싸잡을 셈이냐?"

"그 녀석 말로는 무승부였다던데? 아닌가?"

"그, 그건 어디까지나… 아니다. 젠장. 그래, 무승부였지. 사나이 대 사나이의 좋은 승부였다."

얼굴이 새빨개져서 변명하려던 발타르는 말을 삼켰다. 오더 시그마의 권사는 입으로 실력을 설명하지 않는다. 직접 몸으로 증명할 뿐!

"어쩌다가 백 년에 한번 나올까 말까 한 천재를 주워서 키운 주제에 기고만장하기는! 아, 그러고 보니……."

발타르가 흘끔 코번을 보며 물었다.

"저놈은 또 어디서 주웠냐?"

코번은 그야말로 오더 시그마를 터득하기 위해 태어난 것 같았다. 나이는 고작 열네 살이지만 바위 같은 거구만으로도 성인을 압도하는 데다가 강체술사로서의 실력도 출중하다. 방금 전, 날아오는 충격파를 스파이럴 스트림으로 막아내고 주먹으로 돌파하는 한 수는 저 나이라고는 생각할 수 없을 정도였다.

그레이슨이 대답했다.

"코번? 여기 오니까 하인으로 일하고 있었지. 자질이 너무 아까워서 제자로 삼았다."

"빌어먹을. 루그라는 놈으로도 부족해서 저런 놈까지… 제자 복이 넘치는 놈이로군!"

질투심이 끓어올랐다. 발타르는 평생 동안 수많은 제자를 들였지만 그 중에 루그는커녕 코번만 한 자질을 가진 이도 없었다. 펠커스는 분명 뛰어난 재능의 소유자였지만 루그나 코번 앞에서는 범재에 불과했다.

그레이슨이 고개를 갸웃했다.

"글쎄다? 코번은 내 제자가 맞는데 루그는 잘 모르겠다. 그놈은 영 내가 키웠다는 느낌이 안 들어서… 뭔가 알아서 잘도 척척 크고 있다는 느낌? 오히려 그놈 덕을 내가 많이 봤지?"

'아니, 스승님이 키운 거 맞는데요. 두 번이나 키워주셨으면서 섭섭하게스리. 아직 배울 것도 산더미 같구만.'

그 말에 루그가 투덜거렸다. 시공 회귀 전에도, 후에도 그의 진정한 스승은 그레이슨뿐이었다. 그런데 그레이슨이 저렇게 생각하고 있었다니……

발타르가 벌레 씹은 표정으로 말했다.

"뭐 제자들은 어쨌든 상관없어! 네놈과 나의 관계가 과거하고는 다르다는 걸 알려주마!"

10

발타르가 으르렁거리면서 강체력을 완전히 개방했다. 그에게서 뿜어져 나오던 기격이 몇 배나 강해지면서 주변의 공기가 끓어오르기 시작했다.

그레이슨이 피식 웃었다.

"네가 할 수 있을까?"

그에 호응하듯 그레이슨의 기격 역시 몇 배나 기세가 강해졌다.

두 사람의 기격이 지배하는 권역이 겹쳐지는 곳에서 투명한 스파크가 일면서 대지가 뒤흔들린다. 서로의 영역을 지키려는 듯 밀고 밀리며 스파크를 일으키기를 몇 초, 발타르가 먼저 행동에 나섰다. 그의 몸이 허공으로 솟구치더니 그대로 양발로 대지를 강타했다.

"드래곤즈 스탬프!"

쫘아아아앙!

폭음과 함께 지면을 타고 충격이 원형으로 퍼져 나갔다. 반경 100여 미터 가까운 영역의 지면이 박살 나면서 흙먼지가 장대하게 일어 오른다. 그리고 그 속에서 발타르가 움직였다.

쏴아아아아아아!

일어 올랐던 흙먼지가 순식간에 한 지점으로 빨려 들어가는가 싶더니, 토사와 돌조각들이 그대로 흙의 해일이 되어 그레이슨을 덮쳤다. 무시무시한 기세로 날아드는 토사에 걸리는 것들은 나무든 바위든 그대로 박살 나서 그 속에 휘말려 버린다. 원형으로 주변을 포위하고 덮쳐 들어오는 토사를 보면서 그레이슨이 웃었다.

"호오! 땅의 속성력인가!"

그는 주저없이 덮쳐 오는 토사의 벽을 향해 뛰어들었다. 스파이럴 스트림을 가속시키면서 왼 주먹을 뒤로 당긴다. 왼 팔뚝을 따라서 퍼져 나간 섬광이 주먹에 수렴되어 극한까지 응축된다. 그리고 그 밀도가 최고조에 달하는 순간 그레이슨의 주먹이 벼락처럼 뻗어나갔다.

"스톰 브링거— 연격!"

주먹이 닿는 지점으로부터 광포한 섬광이 퍼져 나가서 흙의 해일을 갈가리 찢어버린다. 그리고 그것이 힘을 잃기도 전에 반대쪽 주먹이 뻗어나가 동일한 지점을 강타, 그 지점을 파괴하는 데 그쳤어야 할 에너지가 전방으로 퍼져 나간다.

콰아아아아아아!

그러나 광포한 파괴의 섬광도 발타르를 어쩌진 못했다. 발타르는 가벼운 발차기로 섬광을 찢어발기고는 발차기에 화염을 머금었다. 압도적인 열기가 스파이럴 스트림 속으로 빨려 들어가서 맹렬하게 가속한다.

그 직후, 아직 잔류하던 스톰 브링거의 기운이 뇌격으로 화해서 발타르를 덮쳤다.

콰르르르릉!

웬만한 강체술사였다면 반응조차 하지 못하고 당했을 것이다. 하지만 발타르는 그것을 리버스 도메인으로 흩어내면서 격공(隔空)으로 반격했다.

쾅!

그레이슨의 몸이 뒤로 튕겨 나갔다. 발타르의 격공을 막아 내는 순간, 그 힘이 진공파로 화해 폭발했기 때문이다.

100미터 이상 벌어진 거리에서 두 사람의 기격이 변화무쌍하게 서로를 공격했다. 땅이 요동치고, 허공의 수분이 한곳에 응집되어 출현한 물줄기가 그것을 죽이고, 휘몰아치는 바람 속에서 솟아오른 폭염이 그것을 증발시키고, 팽창했던 공기가 갑작스럽게 쪼그라들면서 극한의 한기가 덮쳐 온다.

내밀 수 있는 카드의 수는 그레이슨이 좀 더 많았다.

그레이슨의 기격은 바람에서 불로, 불에서 뇌전으로, 뇌전에서 소리로, 소리에서 냉기로, 그리고 얼음을 뚫고 일어 오르는 흙과 돌의 힘으로 변한다.

그에 비해 발타르의 기격은 흙과 돌의 힘에서 불로, 불에서 바람으로, 바람에서 냉기로 변할 뿐이다.

다룰 수 있는 속성력의 수가 많다고 해서 무조건 속성 기격전에서 유리한 것은 아니다. 그러나 그레이슨이 다루는 속성력 각각의 완성도는 결코 발타르의 속성력에 비해 뒤지지 않았다. 결국 속성 기격전에서는 발타르가 열세에 몰리기 시작했다.

화아아아악!

불꽃이 발타르의 기격 방어를 뚫고 그의 몸을 휘감았다. 그것을 스파이럴 스트림으로 흡수해서 오른발에 몰아넣으며 발타르가 이를 갈았다.

"젠장!"

설마 속성력의 종류로 밀릴 줄이야! 이건 생각도 못했다. 로멜라 왕국에서 다양한 스피릿 비스트와 싸워보면서 네 가지나 되는 속성력을 터득했거늘, 그레이슨은 도대체 어디서 무슨 경험을 했길래 여섯 가지의 속성력을 터득했단 말인가?

그것을 본 루그는 혀를 내둘렀다.

'역시 나하고는 격이 다르군.'

마법을 연마한 덕분에 루그는 둘보다 훨씬 다양한 속성력을 다룰 수 있었다. 하지만 제어의 정밀도 면에서는 그들에게 상대가 안 된다. 그나마 견줘볼 수 있는 것은 불의 속성력 정도일까? 그동안 몽상 세계까지 동원해서 꾸준히 노력했건만, 보면 볼수록 아득한 격차가 느껴질 뿐이다.

조금씩 속성 기격전으로 발타르를 눌러가던 그레이슨이 어느 순간 뇌격을 일으켜 스파이럴 스트림에 융합시켰다.

파지지지직!

소용돌이치는 뇌격을 휘감은 주먹이 허공을 향해 질주했다.

"스톰 브링거!"

그것을 본 루그는 의아함을 느꼈다. 스톰 브링거는 원거리용 기술이 아니다. 일점 집중으로 관통력을 높여봤자 고작 몇 미터의 공간을 파괴할 뿐이고, 그것은 속성력을 융합시킨다 한들 변하지 않는다. 그런데 왜 100미터 가까운 거리에서 저 기술을 사용한단 말인가?

하지만 그 직후 루그가 상상도 못한 일이 벌어졌다.

콰아아아앙!

100미터나 떨어져 있던 발타르가 뇌격의 스톰 브링거에 맞고 날아가 버리는 게 아닌가?

'말도 안 돼! 뭘 어떻게 한 거야?'

〈놀랍군! 기격이라는 건 이런 일도 가능한 건가?〉

그것을 본 볼카르가 감탄했다. 루그가 물었다.

—야, 뭐가 어떻게 된 거야?

〈기본은 네가 사용하는 격공이라는 기술과 같다. 그것을 몇 단계 발전시키면 저런 형태가 되는 것 같군.)

―격공이라고? 설마…….

루그는 벼락이라도 맞은 듯한 얼굴로 전장을 바라보았다.

그때 정신없이 밀려나던 발타르가 땅을 박차고 허공으로 솟구쳤다. 그리고 불꽃을 일으켜 발의 스파이럴 스트림에 융합시키며 외쳤다.

"이 자식! 이런 재주는 너만 부릴 줄 아는 것 같으냐!"

그가 불꽃을 휘감은 발로 허공을 걷어찼다.

"라이징 스톰!"

그의 발차기 궤도가 목표점에 도달하는 바로 그 순간, 놀라운 일이 벌어졌다. 그의 발을 감싸고 소용돌이치던 불꽃의 스파이럴 스트림이 사라진 것이다. 그리고 그 직후…….

콰아아아아앙!

100미터나 떨어져 있던 그레이슨이 있던 자리가 폭발하면서 그 부근이 통째로 날아가 버렸다.

'세상에, 어떻게 저럴 수가 있지? 물론 이론적으로야 가능하겠지만…….'

루그도 두 사람이 무슨 짓을 하고 있는 건지 알아차렸다.

6단계에 도달한 오더 시그마의 권사만이 사용할 수 있는 기술, 격공은 주변에 전혀 물리력을 갖지 않는 기격을 거미줄처럼 퍼뜨려 두었다가 원하는 순간, 원하는 지점에서 원하는 속성의 힘으로 구현시킨다. 사용자의 의념에 의해 목표 지점에서 작렬하는 힘은 '날아간다'는 과정조차 없기에 그야말로 공간의 개념을 초월하는 공격이다.

그레이슨과 발타르가 사용하는 기술은 격공의 진화형이라고 할 수 있었다.

막강한 파괴력을 자랑하는 기술을 허공을 향해 사용, 타격의 궤도가 목표점에 도달하며 파괴력이 폭발하는 바로 그 순간에 격공의 과정을 역으로 일으켰다. 즉, 기술을 통해 폭발한 힘을 전혀 물리력을 갖지 않는 기격으로 변환시킨 것이다! 그리고 100미터의 공간을 초월해서 원하는 지점에서 다시 원래의 '폭발하는 힘'으로 변환시킨다!

이것은 그야말로 공간의 개념을 초월하는 전투였다. 근접한 상태에서만 발휘할 수 있는 최고 위력의 기술을 거리에 상관없이 작렬시키다니! 마치 공격을 공간 도약시키는 셈이지 않은가?

〈물론 손실은 크다. 한 번 비물리적 기격… 이건 '정보화 상태'라고 정의하도록 하지. 정보화 상태로 변환되었다가 다시 원래대로 변환되는 과정에서 일어나는 손실은 절반 이상, 그레이슨이 57퍼센트 정도, 발타르가 60퍼센트 정도군. 하지만 사실상 공격의 시간차는 불과 0.0001초밖에 안 되는 데다가, 그저 의념만으로 에너지의 상태를 자유자재로 전환시키면서 고작 그 정도의 손실만을 일으킨다니 이건 그 자체로 기적이다!〉

마법사도 같은 일을 할 수는 있다. 하지만 이 정도 효율에 도달하려면 샤디카나 하라자드조차도 훨씬 넘어서는 실력이 필요했다.

쿠구구구구…….

서로 신나게 거리를 초월한 근접전(?)을 벌이던 두 사람이 잠시 손발을 멈추었다. 온몸이 연기로 그을리고 흙투성이가 된 그레이슨이 유쾌하게 웃었다.

"하하하하! 이거 진짜 재미있군! 이렇게 신나게 싸워보는 게 얼마 만인지 모르겠어."

강한 적과 싸운 적은 많았다. 그러나 같은 강체술사가 자신과 대등한 수준에서 고도의 기술전을 벌이는 것은 너무나도 오랜만의 일이다.

발타르도 씩 웃었다.

"네놈도 나와 마찬가지였나 보군. 그래, 우리의 적수는 우리뿐이지!"

"큭큭, 정말로 그렇군. 여기서 한쪽이 묘비를 세우게 된다고 해도, 다시 만난 것을 후회하지 않겠다."

"마찬가지다."

그레이슨과 발타르는 서로를 보며 호탕하게 웃었다.

젊은 시절, 둘은 앙숙이었다. 사사건건 대립하면서 싸우고 싸우고 또 싸웠다. 둘의 대결은 언제나 그레이슨의 승리였고 발타르는 패자의 설움만을 안아야 했지만, 서로와 결별한 후에야 그들은 알 수 있었다.

오로지 상대만이 자신의 숙적이라 할 수 있다는 것을!

그레이슨은 대륙 각지를 돌아다니며 무수한 강체술사와 싸워보았다. 그중에는 기격의 경지에 오른 자도 있었고, 심지어 6단계의 강체술사도 있었다. 하지만 그 누구도 발타르와 싸울 때처럼 가슴을 뜨겁게 해주지 못했다.

발타르가 말했다.

"나에게 네 존재를 알려준 루그 그 애송이놈에게 감사한다."

루그가 아니었다면 발타르는 그레이슨을 찾아올 수 없었을 것이다. 그렇기에 발타르는 루그에게 감사했다.

그레이슨과 결별한 후, 발타르는 잠시도 게으름 부리지 않고 정진해 왔다. 그 모든 것이 이 날을 위해서였다. 언젠가 그레이슨과 다시 만나 싸울 때 그를 꺾기 위해서!

"그리고 그 사악한 용족 놈에게도 감사해야겠군."

샤디카와의 일전이 아니었다면 발타르는 지금도 6단계에 머물러 있었을 것이다. 지금 싸워보니 그때의 자신이라면 도저히 그레이슨을 당해낼 수 없었을 것임을 알 수 있었다. 세월이 흐르면서 자신도 발전했지만, 그레이슨은 그 이상으로 발전했다. 과연 그가 평생에 걸쳐 넘어야 할 벽으로 자리한 존재다웠다.

그레이슨이 물었다.

"아직 나를 놀라게 해줄 만한 기술이 남았겠지?"

"물론이다."

둘은 아직 자신의 모든 것을 내보이지 않았다.

실력을 감추고 탐색전을 하다가 하나둘씩 진면목을 내보이는 것은 원래 그들의 스타일은 아니다. 목숨을 건 실전에서 그것은 그리 현명한 전법이 아니기 때문이다. 자신의 정보가 적에게 노출되고 분석되기 전에 허를 찔러 승리하는 것이 옳다.

하지만 지금 그들이 하는 것은 강체술사로서 갈고 닦아온 기술을 겨루는 대련이다. 20여 년의 시간을 뛰어넘어 다시 만난 그들은 서로에게 자신이 어떤 삶을 살아왔는지, 얼마나 발전해 왔는지를 아낌없이 보여주고 싶었다.

발타르가 한 발 앞으로 나섰다.

"간다."

순간 그레이슨은 발타르를 둘러싼 기격이 변화를 일으키는 것을 감지했다. 거미줄을 입체적으로 퍼뜨린 것 같은 형세를 띠고 있었던 것이 훨씬 단순한 구조로 변했다. 형태는 거의 변하지 않았지만 기격의 실이 두터워지고, 그 속을 흐르는 의념의 힘이 가속하면서 가지의 수가 절반 정도까지 줄어들었다.

"오히려 기격을 단순화하다니 무슨 심산인지 모르겠군. 뭐, 네놈이 하는 짓이니 실망스럽지는 않겠지."

그레이슨은 씩 웃으면서 땅을 박차고 발타르에게 뛰어들었다. 발타르가 어떤 기술을 꺼내 보이든 간에 물러날 생각은 없다. 무조건 전진해서 깨부술 뿐이다!

발타르는 그런 그레이슨을 저지하지 않고 맞이했다. 그레이슨이 자신의 기격 속으로 뛰어드는데도 아무런 공격도 하지 않는다.

"스톰 브링거!"

"라이징 스톰!"

서로가 가장 자신있어하는 필살의 일격이 격돌했다. 도움닫기를 통해 잔뜩 가속한 몸을 내던지는 듯한 주먹과 굳건하게 뿌리박은 듯한 부동의 자세에서 뻗어내는 발차기! 단발기의 위력은 라이징 스톰 쪽이 위지만 그레이슨은 부족한 위력을 보충하기 위해 가속을 붙여 뛰어든 상태였다.

콰아아아아아!

과연 둘의 격돌은 백중세였다. 섬광의 폭발이 주변을 휘감으면서 서로 반대편으로 물러났다.

태세를 바로잡는 것은 그레이슨 쪽이 한발 빨랐다. 그레이슨은 흩어지는 섬광 너머에 있는 발타르를 향해 재차 도약했다. 아니, 그러려고 했다.

'음?'

순간 옆에서 위협적인 기운이 느껴졌다.

"라이징 스톰!"

"으윽?"

콰콰콰콰콰!

전혀 예상치 못한 위치에서 찔러 들어오는 공격에 그레이슨은 아슬아슬하게 대응했다. 그의 상의가 길게 찢겨져 나가면서 바위 같은 가슴 근육이 드러났다.

'기격이 아니고 실체가 다가오는데 내가 몰랐다고?'

그럴 리가 없다. 서로 격돌한 직후부터 지금까지 한순간도 놓치지 않고 발타르의 존재를 포착하고 있었거늘!

당혹감을 느끼면서도 그레이슨은 반격했다. 연타로 날아드는 발타르의 발차기를 왼팔로 받아내면서 오른팔로 모먼트 스톰을 날린다. 정확히 발타르의 복부를 노리는 공격이었다.
 "아니?!"
 하지만 다음 순간, 그의 공격은 허공을 치고 말았다. 분명히 그와 맞닿아 있던 발타르가 허깨비처럼 사라졌기 때문이다. 그리고······.
 "라이징 스톰!"
 콰아아앙!
 갑자기 등 뒤에 나타난 발타르가 필살의 일격을 작렬시켰다.
 "크억!"
 그레이슨은 실 끊어진 연처럼 날아가서 숲에 처박혔다. 나무를 몇 그루나 부러뜨리면서 튕겨 날아간 그는 가까스로 균형을 잡고 멈춰 섰다.
 그런 그를 추적해 온 발타르가 발을 죽 뻗어 올렸다가 그대로 내리찍는다.
 "스톰 폴!"
 콰아아아앙!
 "이놈이!"
 정타를 먹어서 열이 머리끝까지 오른 그레이슨은 그것을 피하지 않았다. 양팔을 교차해서 막고는 그대로 뿌리치면서 도약, 무릎으로 발타르의 품을 쳐 올렸다.

"라이징 쉘!"

후웅!

하지만 완벽한 타이밍으로 날린 공격은 또다시 허공을 치고 말았다. 발타르가 꺼지듯이 모습을 감추었기 때문이다. 그리고……!

"드래곤즈 스탬프!"

"어디서 그딴 허점투성이 기술로!"

팔짱을 낀 채 양발로 떨어져 내리는 발타르를 본 그레이슨이 그대로 날아올랐다. 하지만 그때 뒤쪽에서 섬뜩한 기척이 느껴졌다.

"라이징 스톰!"

순간 그레이슨은 경악했다. 분명 위쪽에서 발타르가 땅을 찍어 부수기 위해 낙하하고 있는 상황이다. 근데 등 뒤에서 또 다른 발타르가 공격을 가해오다니?

"이, 이건 설마……!"

당황한 그가 위쪽에서 날아드는 공격을 피해내고, 등 뒤의 공격은 모먼트 스톰으로 받아치는 순간, 그레이슨은 똑똑히 보았다. 시야에 존재하던 두 명의 발타르가 녹아들듯이 사라지는 것을! 그리고!

"라이징 스톰!"

어느새 다가온 발타르가 공격을 날려오는 것을!

콰앙!

폭음과 함께 그레이슨의 신형이 수십 미터나 날아가서 땅에 처박혔다. 하지만 그는 땅에 충돌했다 싶은 순간, 주먹으로 지면을 쳐서 폭발시키며 그 반동으로 허공으로 솟구쳤다. 허공을 딛고 선 채 그가 입가에 흐르는 피를 닦았다.

"젠장! 한 방 먹었군! 자신의 기격 영역 속에 본체와 똑같은 분신을 만들어서 다중합격을 가하는 기술이라니, 훌륭하다!"

"훗. 벌써 간파했나?"

발타르가 만족스러운 듯 웃었다. 그레이슨이 땅에 내려서며 물었다.

"그 기술은 뭐라고 하지?"

"그림자의 숲. 완성한 것은 바로 얼마 전이다."

그것은 자신이 기격으로 지배하는 영역 속에 분신을 만들어 내는 기술이었다. 그 분신은 단순한 허상이 아니라 목적을 수행하는 순간까지는 발타르와 동등한 존재감과 공격력을 가진다. 그렇기에 원하기만 하면 수십 미터의 거리를 격해서 또 다른 자신을 여럿 투영해서 필살의 일격으로 합공을 가하는 터무니없는 일이 가능해지는 것이다.

'그놈한테는 정말 아무리 감사해도 아깝지 않구먼.'

발타르는 샤디카를 떠올렸다. 그 일전이 아니었다면 그는 공간 절단을 얻지 못하는 것은 물론, 그림자의 숲 역시 완성하지 못했을 것이다.

"그렇군. 훌륭해."

솔직하게 찬사를 보낸 그레이슨은 강체력을 이용해서 내상을 다스리고, 입에 고인 피를 퉤 뱉었다. 그리고 오른팔을 들어

올리더니 스파이럴 스트림을 가속시키면서 크게 휘두르기 시작했다.

후웅, 후웅, 후우우우…….

천천히 휘휘 돌려지던 팔이 점점 빨라졌다. 열 바퀴 정도 돌았을 때부터 점입가경으로 빨라지더니 어느 순간 아예 팔의 형체조차 알아볼 수 없을 정도가 되었다. 그리고…….

후우우우우우우!

팔이 휘둘러지는 궤도를 따라서 투명한 빛의 소용돌이가 일어났다. 성인 장정 서넛을 통째로 삼켜 버릴 수 있을 것 같은 굵기의 그것은 극한까지 가속시킨 스파이럴 스트림을 몸에서 분리한 것이었다.

"답례를 하지! 이것은 나의 비기 용오름이니라!"

거대한 빛의 소용돌이가 살아 있는 것처럼 꿈틀거리며 발타르를 맹습했다. 발타르가 경악했다.

"스파이럴 스트림을 이런 식으로?"

이것은 마치 거대한 뱀 같지 않은가? 발타르는 그렇게 생각하며 그 공격을 피했다.

콰콰콰콰콰콰!

용오름이라 불리는 빛의 소용돌이가 땅을 치자 지면이 박살나면서 대량의 토사가 그 안으로 빨려 들어간다. 발타르가 그 앞에 분신을 구현, 화염의 발차기를 날렸다.

"라이징 스톰!"

촤아아아아!

하지만 발타르가 기대하던 결과는 벌어지지 않았다. 용오름은 화염의 라이징 스톰을 맞고 흩어지기는커녕, 그 힘을 고스란히 흡수하는 게 아닌가? 심지어 그의 분신마저도 휘말려서 끌려 들어가더니 산산조각 나고 말았다.

그레이슨이 사악하게 웃었다.

"이게 발차기 한 방으로 분쇄할 수 있는 시시한 기술이라고 생각하면 섭섭한데?"

"젠장!"

콰콰콰콰콰!

용오름이 살아 있는 괴물처럼 꿈틀거리며 쫓아오자 발타르는 정신없이 쫓겨 다녔다. 분신을 이용해서 계속 공격을 가해 봤지만 용오름은 꿈쩍도 하지 않는다. 오히려 그 에너지를 흡수해서 점점 더 규모가 커져 가고 있었다. 이제는 산 능선을 타고 달려가고 나니 산봉우리 하나가 통째로 깎여 나가 버린다.

"스파이럴 스트림을 이런 괴물로 만들다니!"

주변의 물질도, 그리고 공격하는 에너지도 모조리 빨아들여서 무한히 커져 가는 빛의 소용돌이! 그레이슨의 의념으로 조종되는 그것은 이미 살아 있는 괴물과도 같았다.

"하나 더 간다!"

그 뒤쪽에서는 그레이슨이 이번에는 왼팔을 휘둘러서 또 하나의 용오름을 만들어내고 있었다. 그것을 본 발타르가 이를 갈았다.

"위력은 인정하지! 하지만……!"

정신없이 밀려나던 그의 움직임이 느려졌다. 동시에 그의 주변 풍경이 기묘하게 일그러지며 흔들렸다.

"허공진격(虛空眞擊)— 라이징 스톰!"

외침과 함께 발차기가 용오름을 측면에서 후려갈겼다. 지금까지와 똑같은 형국이다. 분신이 아니고 본체로 가한 공격이라는 것이 다를 뿐.

하지만 그 결과는 그레이슨을 경악케 했다.

콰아아아아아!

발타르의 발차기가 닿은 궤도에 존재하던 모든 것이 깨끗하게 지워져 버렸다. 흙도, 나무도, 그리고 용오름을 구성하는 빛의 선조차도!

아무리 큰 힘으로 공격을 해봤자 용오름에게 먹힐 뿐이라는 것을 깨달은 발타르는 결국 아껴두고 있던 공간 절단의 힘을 드러낸 것이다. 공간 그 자체를 절단해 버리니 모든 에너지를 흡수하는 용오름조차도 버티지 못하고 흐름이 끊어졌다.

"호오! 저건 뭔가 또?"

막 또 하나의 용오름을 만들어낸 그레이슨이 감탄했다. 저 것은 그조차도 이해할 수 없는 현상이었다.

"오라, 용오름!"

발타르의 공간 절단에 맞은 용오름은 앞쪽의 회전축이 날아가면서 흩어지기 직전이었다. 하지만 그레이슨의 외침과 함께 덩치가 3분의 1 이하로 수축하더니 다시 맹렬하게 회전하면서 허공으로 날아올랐다.

"흐으으으읍!"

그 종착점에서 기다리고 있던 그레이슨이 왼팔을 크게 당겼다. 그러자 거대한 용오름이 그의 왼팔을 휘감은 스파이럴 스트림 속으로 빨려 들어갔다.

콰콰콰콰콰콰!

막대한 에너지를 우겨넣은 스파이럴 스트림이 당장에라도 폭발할 듯이 요동친다. 자칫 실수했다가는 반동으로 자기 자신조차 날아가 버릴 수도 있는 상황이었다.

"하하하! 발타르, 그럼 이걸 받아봐라!"

동시에 스톰 브링거의 궁극 진화형, 오더 시그마 알라움 계파 최강의 학살기라 불리는 스톰 브레이커가 발동했다. 극한까지 응축되어 가속한 에너지를 또 다른 에너지 응집체와 충돌시킨다. 그리고 서로 반발하며 폭발하는 에너지를 리버스 도메인을 이용해 한 방향으로 방출한다!

그것을 본 발타르는 용오름의 진정한 존재 의미를 깨달았다.

"처음부터 필살의 일격을 위한 양분으로 만들어진 기술이었단 말인가?"

모든 에너지를 집어삼키면서 확산되는 재앙 같은 기술, 용오름.

그것은 분명 놀라운 기술이긴 했지만 높은 경지에 이른 자들이 보기에는 낭비가 많았다. 자신이 발휘할 수 있는 한계 규모 이상의 현상을 일으킬 수 있는 것은 좋지만, 유지하고 제어하기 위해 막대한 강체력을 필요로 하는 것이다. 게다가 규모가 크긴 해도 그만큼 굼뜨기 때문에 공격을 피하면서 파고들어가는 것도 가능하다.

그런데 설마 그것이 진짜 일격을 최고의 위력으로 발휘하기 위한 양분이었을 줄이야!

"용오름 연계— 스톰 브레이커!"

그것은 사람의 손으로 폭풍을 깨부수고자 하는 광기가 이루어낸 일격.

그레이슨의 주먹이 허공의 한 점을 치는 순간, 그로부터 천지를 집어삼키는 섬광이 뻗어나왔다. 시야에 존재하는 모든 것을 불태우면서 거대한 빛의 마수가 포효한다. 그것은 정상적으로 시전되는 스톰 브레이커의 파괴력을 아득히 초월한, 수백 미터를 초토화시키면서 거대한 산조차 날려 버리는 재앙이었다.

'이런 말도 안 되는 위력을 내다니!'

발타르는 이 공격을 정면으로 받을 수 없다는 사실을 깨달았다. 굴욕스럽지만 여기서는 피하면서 충격을 최소화해야 한다. 그렇게 생각한 그가 도약하는 순간이었다.

쿠우우우우웅—!

갑자기 그의 체중이 수십 배로 늘어나면서 지면에 처박혔다.

"이, 이건……!"

이 순간, 발타르의 행동을 예측한 그레이슨도 아껴두고 있던 비장의 카드를 꺼내들었다. 그것은 바로 중력 제어였다!

"이 자식, 그레이스으으으으은!"

수십 배로 가중된 중력 속에서 발타르는 분노했다. 선택의 여지를 차단당한 그는 팔을 흔들어서 공간 절단을 발생시키면서 눈앞으로 덮쳐 오는 거대한 빛의 해일에 맞섰다.

쫘아아아아아아앙!

빛이 폭발하며 눈에 보이는 모든 것이 새하얗게 물들었다.

11

쿠구구구구…….

하늘 끝까지 일어 올랐던 흙먼지가 서서히 가라앉기 시작했다. 상공 100미터 지점에 떠 있던 그레이슨이 아래를 보며 턱을 쓰다듬었다.

"흠. 좀 심했나? 마을 주변에서 안 싸우길 천만다행이군."

그 말을 들은 루그는 어이가 없었다.

'아니, 이거 그냥 심한 정도가 아니거든요?!'

그 전까지 두 사람이 싸우면서 산봉우리 두 개가 깎였고, 마을 몇 개는 들어갈 법한 숲이 초토화되었다. 그걸로도 모자라서 방금 전의 일격으로 산봉우리 하나는 통째로 소멸하고 주변이 황량한 평지로 변하고 말았다.

〈파괴의 규모야 그렇다 치고… 저기에서 살아남은 놈을 보

고 놀라야 하지 않을까?〉

―뭐?

볼카르의 말에 루그는 깜짝 놀라서 시선을 돌렸다. 놀랍게도 서서히 가라앉는 흙먼지 속에서 발타르가 걸어나오고 있었다. 그가 한 걸음 내딛을 때마다 주변에 광풍이 휘몰아치면서 흙먼지가 흩어진다.

"제기랄! 정말 저승 구경할 뻔했군! 요즘 들어서 사신이 나를 끌고 가고 싶어서 안달이 난 모양이야?"

발타르는 피투성이가 된 채 말했다. 하지만 놀랍게도 치명상은 하나도 없고 전부 피부가 찢기면서 난 상처뿐이었다.

그레이슨이 땅에 내려서면서 웃었다.

"슬슬 패배를 인정하는 게 어떠신가? 그 공격을 버텨낸 건 놀랍지만 부상이 꽤 심한 것 같은데?"

"흥! 웃기는 소리!"

발타르가 코웃음을 쳤다.

실제로 그의 부상이 심한 것은 사실이었다. 피부가 찢겨서 난 상처뿐이라곤 해도 워낙 출혈이 커서 일반인이라면 벌써 실신했을 수준이었고, 내상도 상당했다. 하지만 발타르는 놀랍도록 섬세한 강체술로 그것을 다스리면서 몸의 컨디션을 싸울 만한 수준으로 유지하고 있었다.

발타르가 주먹을 들어 보이며 말했다.

"방금 전 건 꽤 놀라웠다. 하지만 나도 아직 네놈을 놀라게 할 기술이 남았지."

"그렇다면 구경할 수밖에 없군. 와라, 용오름!"

그 말에 발타르의 눈이 크게 떠졌다. 그레이슨의 뒤쪽, 허공을 날아다니고 있던 또 다른 용오름이 그레이슨에게 날아오고 있는 게 아닌가? 아까 전에 만들어두었던 또 하나는 소멸하지 않고 대기 중이었던 것이다.

"이익!"

발타르는 즉시 분신을 만들어서 그레이슨을 공격했다. 하지만 그레이슨은 이미 그림자의 숲이라는 기술의 요체를 파악한 상태였다. 분신을 형성해서 다중적인 공격을 가한다면 어려움을 겪을 수밖에 없으나, 분신이 형성된다는 것만 알고 있다면 그 움직임은 간파할 수 있다.

"꿇어라!"

그레이슨이 왼팔을 내밀어 손바닥을 아래로 향했다. 그러자 중력 제어가 시전되면서 수십 배의 중력이 발타르를 내리눌렀다.

쿠우우우우웅!

"빌… 어먹을……! 이건… 도대체 뭐야?"

아무리 발타르라도 체중이 갑자기 수십 배로 늘어나는 데야 대책이 없다. 그가 급격한 중력 변화에서 스스로를 지키느라 주춤하는 순간, 또 다른 용오름이 그레이슨의 오른팔로 빨려 들어갔다.

콰콰콰콰콰콰!

"어디 보여봐라, 네놈의 마지막 카드를!"

그레이슨은 외침과 함께 뛰어들었다. 동시에 발타르도 움직였다. 수십 배의 중력 속에서도 모든 힘을 오른발에 집중시키며 기격의 실을 사방으로 뿌려낸다.

중력 제어에 당해서 움직임이 극단적으로 느려진 발타르에게 그레이슨이 궁극의 파괴기를 전개했다.

"용오름 연계―"

그 앞에서 발타르가 움직였다. 무려 여섯 명의 분신이 그레이슨이 뛰어드는 공간을 에워싸고 출현, 발타르와 똑같은 자세를 취했다. 그것을 본 그레이슨이 눈을 부릅떴다.

'이건 설마!'

그리고 발타르가 기다렸다는 듯 공간 절단을 일으켰다. 그의 발차기가 주변을 한 바퀴 휘 돌면서 공간을 도려내자 그를 짓누르던 중력 제어의 힘이 통째로 갈라져 버렸다.

"이 순간을 기다렸다!"

이것은 그레이슨의 실수였다.

발타르는 아까 전에 그레이슨의 중력 제어에 붙잡힌 채로 스톰 브레이커를 버텨내야 했다. 그 압도적인 파괴에서 살아남기 위해 그가 선택할 수단은 오로지 공간 절단과 리버스 도메인의 연계뿐이었다. 그리고 그 과정에서 그는 공간 절단을 통해서 중력 제어에서 벗어날 수 있다는 사실을 알게 된 것이다.

그렇기에 발타르는 중력 제어에 속수무책으로 당하는 척하면서 카운터를 노렸다. 현재의 그가 발휘할 수 있는 궁극의 기술, 여섯 분신과 동시에 쓰는 드래곤 라이징으로!

이미 모든 힘을 폭발시키며 카운터 영역으로 뛰어든 그레이슨에게 선택의 여지는 없었다. 죽기 살기로 같이 쳐 버릴 뿐!

"―데들리 스톰!"

용오름의 힘을 집어삼킨 데들리 스톰이 폭발했다. 극초음속으로 가속된 힘이 공간을 꿰뚫고 튀어나가고, 그리고……!

"드래곤 라이징 템페스트!"

동시에 그를 포위한 일곱 명의 발타르가 완벽하게 교차하는 궤도로 발차기를 내질렀다.

고작 한 인간을 파괴하기에는 지나치게 많은 에너지가 교차했다. 그리고…….

두 사람은 공격을 교환한 채 잠시 동안 움직이지 않고 서 있었다.

콰콰콰콰콰콰!

멈춰선 그들의 뒤쪽에서 광포한 힘이 폭발했다.

그레이슨의 뒤쪽에서 일어난 폭발은 수백 미터나 달려가면서 그 궤도에 있던 모든 것을 초토화시키고 나서야 그쳐 들었다. 폭발이 발생시킨 막대한 열기가 주변의 대기를 미쳐 날뛰게 했다.

발타르의 뒤쪽에는 마치 거대한 손톱으로 대지를 길게 할퀸 것 같은 자국이 길게 나 있었다. 도랑처럼 보이는 그 자국은 지면을 뜯어내면서 달려가서 산봉우리의 옆을 크게 관통, 무게를 버틸 수 없게 된 산봉우리가 뒤쪽에서 서서히 무너져 내린다.

쿠르르릉……!

동시에 그레이슨의 머리를 묶었던 끈이 끊어지면서 왼쪽 어깨와 옆구리에서 피분수가 솟구쳤다.

푸화아악!

"큭……!"

그레이슨이 강체술로 상처를 지혈하면서 뒤로 물러났다.

발타르 역시 무사하지 못했다. 그도 왼쪽 어깨에서 피분수를 뿜어내면서 뒤로 물러났다.

그레이슨이 말했다.

"내가 좀 손해 봤군. 설마 중력 제어를 깰 수 있었을 줄은 몰랐는데?"

"나도 해보기 전에는 몰랐지. 중력 제어라고 했나? 그거 엄청 치사한 기술이군."

발타르가 코웃음을 쳤다.

필살의 일격이 교차하는 순간, 그레이슨은 생각지도 못한 방법으로 발타르의 공격을 비껴냈다. 그것은 바로…….

"무겁게 짓누르는 것뿐만 아니라 가볍게 해서 타점을 빗나가게 할 수도 있었단 말이지?"

발타르가 공격을 가하는 순간, 본체와 분신 모두에게 각자 다른 위력의 중력 제어를 사용한 것이다. 일곱 개의 목표에 각자 다르게 중력을 적용시킴으로써 어떤 곳은 철근보다 무거워지고, 어떤 곳은 깃털보다 가벼워지고, 어떤 곳은 아주 미세한 정도의 변화만 일어나게 하니 발타르조차도 어긋난 감각을 순식간에 맞출 수가 없었다.

원래대로라면 일곱 발의 드래곤 라이징이 완벽하게 한 지점으로 집중되면서 전무후무한 파괴력을 일으켰을 것이다. 하지만 중력 제어로 타점이 빗나가는 바람에 일곱 발이 전부 다른 궤도를 그리며 그레이슨을 비껴갔다. 덕분에 그레이슨은 최소한의 타격으로 위험을 넘길 수 있었다.

그레이슨이 말했다.

"공간을 통째로 도려내서 중력 제어로부터 벗어날 줄은 생각지 못했다. 대단하군. 하지만 네가 본대로 중력 제어의 진정한 위력은 그저 무겁게 짓누르는 것만이 아니지."

"하지만 그 힘을 어떻게 응용해도 한계는 명확하지. 이 승부는 내가 이겼다, 그레이슨."

"왜 그렇게 생각하나?"

"너도 알고 있을 텐데? 넌 이미 비장의 무기였던 용오름을 다 썼다. 다시 발생시킬 틈은 주지 않아. 그리고……."

그 말과 함께 그레이슨의 주변을 포위하며 여섯 명의 발타르가 나타났다.

"난 아직 같은 기술을 몇 번이나 시전할 여력이 남았지. 과연 이번에도 빠져나갈 수 있을까?"

그림자의 숲으로 구현하는 분신이 발하는 공격은 발타르의 본체가 발하는 것과 동등한 위력을 자랑한다. 그만큼 강체력의 소모도 극심하긴 하지만, 아직 발타르는 그레이슨을 외통수로 몰아넣고 결정타를 때릴 만한 여력이 남아 있었다.

하지만 그레이슨은 조금도 기죽지 않고 미소 지었다.

"어디 한번 시험해 보시지."

그 말에 발타르는 눈살을 찌푸렸다.

'허세인가? 아니면 아직 뭔가 남겨둔 한 수가 있나?'

용오름과 중력 제어는 정말 놀라웠다. 그런데 아직도 비장의 카드를 남겨두고 있단 말인가?

다른 놈이라면 모를까, 그레이슨이라면 충분히 그럴 수 있다. 발타르는 경각심을 돋우었다.

"간다."

동시에 구현되었던 여섯 분신이 홀연히 사라졌다. 그 직후 그레이슨에게 공격이 닿을 거리에서 셋이 출현하며 공격을 퍼부었다.

"음……!"

그레이슨은 세 명의 발타르가 연계하여 퍼붓는 공격에 정신없이 밀려났다.

이 분신들은 장시간 구현될 수 없다. 어디까지나 발타르가 부여한 에너지를 소진할 때까지 그의 의도대로 움직일 뿐이다. 하지만 그 정밀도는 발타르 자신이 싸우는 것과 똑같아서 그레이슨이라고 해도 셋의 맹공에서 빠져나갈 수 없었다.

'세 명으로 충분하다. 이번에는 허공진격을 더해서 끝을 내주지!'

허공진격, 즉 공간 절단은 꽤나 난이도가 높기 때문에 일곱 분신으로 동시에 공격을 퍼부을 때 동시적으로 구현하는 건 무리였다. 지금의 발타르에게는 분신 두 개와 함께 사용하는 게 고작이다. 화력 면에서는 여섯 분신과 연계하는 것에 훨씬 못 미치지만, 적의 움직임을 묶고 날린다면 공격이 닿는 범위에서는 절대적인 파괴력을 자랑한다!

발타르는 쉴 새 없이 분신을 구현하고 해제하길 반복하면서 그레이슨을 몰아붙였다. 그리고 자기 자신도 중력 제어에 당하지 않도록 엄청난 속도로 위치를 바꿔가면서 찬스를 노렸다.

두근!

점점 그레이슨을 외통수로 몰고 가던 발타르는 문득 자신의 감각을 자극하는 뭔가를 느끼고 움찔했다.

'이건 뭐지?'

그레이슨은 정신없이 밀리고 있다. 직접 공격을 가하기는커녕 기격으로 수를 써볼 여유도 없어 보인다.

그런데 갑자기 압도적인 위압감이 발타르를 자극하고 있었다.

'이건 기격을 걸어오는 게 아니야. 그냥 발산되고 있는 거다.'

발타르는 금세 위압감의 정체를 간파했다. 그것은 바로 그레이슨이 발산하는 이미지였다. 그 이미지를 떠올리는 힘이 너무 강렬해서 기격을 타고 발산, 발타르에게까지 전달되고 있는 것이다.

'이건…….'

한 남자의 등이 보였다.

믿을 수 없을 정도로 크고, 강건해 보이는 남자의 등.

터무니없이 넓고 큰 등을 가진 남자는 그 어떤 고난이 닥쳐와도 이겨내고 굳건히 서 있을 것만 같았다. 태양을 마주한 채 돌아서 있는 그 남자의 이미지가 비정상적으로 부풀어 오르며 발타르의 정신을 압박했다. 그 존재감이 너무 강렬해서 기격을 조종하는 발타르의 이미지가 무너질 것만 같았다.

"이 자식, 무슨 짓을 하는 거냐!"

발타르는 노성을 지르며 그레이슨이 발하는 이미지에 저항했다. 동시에 그레이슨을 몰아붙이던 분신들이 사라지고 대신 두 개의 분신이 나타나며 발타르와 함께 필살의 일격을 날렸다.

'외통수다!'

아무리 중력 제어로 감각을 비틀어봤자 공격이 빗나가지 않는, 필살의 타이밍을 잡았다. 이것으로 끝이다!

"허공진격— 드래곤 라이징 템페스트!"

3면을 포위한 채 발타르가 공격을 날렸다. 그리고 그 순간 그레이슨이 눈을 빛냈다.

"심상 구현— 기간틱 폼!"

쿠우우우우우웅!

굉음과 함께 거대한 어둠이 출현했다. 앞을 가로막는 모든 것을 지워 버리는 그레이슨의 공격을 집어삼키면서!

"이럴 수가!"

발타르가 비명을 질렀다.

갑자기 나타난 이 어둠은 대체 무엇이란 말인가? 분명히 그레이슨을 관통해야 했을 그의 공격이 완벽하게 가로막혔다. 무엇이든 소멸시키는 공간 절단의 힘이 흔적도 없이 소멸하면서 단단한 것을 걷어찬 묵직한 반동이 느껴졌다.

"하하하하하하!"

그리고 천둥 같은 웃음이 들려왔다.

발타르는 고막을 찢을 듯한 웃음에 깜짝 놀라서 고개를 들었다. 그리고 깨달았다.

자신이 어둠이라고 생각했던 것은, 갑자기 출현한 거체가 드리운 그림자였다는 것을!

"이, 이런 말도 안 되는……!"

경악한 발타르가 눈을 부릅떴다. 지금껏 보았던 그 어떤 인간형 생명체보다도 거대한, 무려 30미터에 달하는 거인으로 화한 그레이슨이 그를 굽어보고 있었다. 산처럼 거대한 육체를 감싸고 강맹한 기운이 퍼져 나가면서 광풍이 휘몰아치기 시작했다.

'분신도 아니고 허상도 아니야! 실체다! 어떻게 이럴 수가 있지?'

이해할 수 없는 현상을 맞이했을 때, 발타르는 곧바로 분석에 들어갔다. 자신이 기격을 이용해서 실체와 동일한 힘을 발휘하는 분신을 만들 수 있음을 감안할 때, 그레이슨이 비슷한 방법을 써서 거체를 만들 수 없으리란 법은 없다. 하지만 저것은 아무리 봐도 인간의 육체 그 자체였다.

그레이슨이 천둥 같은 목소리로 말했다.

"잘 봐둬라. 이것이 바로 심상 구현의 경지다!"

"뭐라고?"

발타르의 눈이 부릅떠졌다. 지금 자신이 들은 것을 믿을 수가 없었다.

그레이슨이 말했다.

"솔직히 네 실력에는 감탄했다. 내가 이룩한 것과는 다르지만, 6단계를 넘어서 6.5단계에 도달했을 줄은 몰랐지. 나도 도달한 지가 얼마 안 되는 경지이거늘. 하지만 아직 마지막 일곱 번째 문은 열지 못한 모양이군."

"으읔……."

발타르가 주춤거리며 뒷걸음질 쳤다. 너무 놀라워서 할 말이 떠오르지 않았다. 이런 때는 차라리 현실을 부정할 수 있다면 편할 텐데, 발타르는 본능적으로 저것이 스스로가 아직 닿지 못한 경지에서 이루어진 현상임을 이해하고 있었다. 그러한 깨달음 때문에 전율이 일어난다.

그레이슨이 서서히 주먹을 들어 올렸다.

"간다. 살아남아 봐라, 발타르!"

동시에 압도적인 힘이 퍼져 나간다. 조금 전까지와는 비교도 할 수 없는 기격이 퍼져 나가서 반경 2킬로미터 이상을 지배했다. 마치 그레이슨의 강체력을 커진 덩치만큼 증폭시켜

놓은 것 같은 상황에 발타르가 경악했다.
 '터무니없는! 덩치가 커진다고 기격도 그만큼 강해진다니, 어떻게 이럴 수가!'
 놀라는 그의 눈앞에서 그레이슨이 오른팔에 스파이럴 스트림을 둘러서 가속시켰다.
 후우우우우우!
 그저 그뿐인데도 무지막지한 용권풍이 일어나서 주변을 휩쓸었다. 그리고 그레이슨이 주먹을 뻗었다.
 "스톰 브링거!"
 외침과 함께 거대한, 너무나도 거대한 주먹이 날아든다. 마치 거대한 바위가 다가오는 듯했지만 문제는 그것이 명확한 파괴 의지를 갖고 초음속으로 날아든다는 것이다.
 콰아아아아앙!
 잠시 발타르의 시야가 검게 물들었다가 회복되었다.
 발타르는 자신의 의식이 아주 잠깐 동안 끊어졌다는 사실을 깨달았다. 그레이슨의 공격은 30미터라는 덩치를 감안하면 믿을 수 없을 정도로 빨랐지만, 그래도 인간보다 훨씬 거대하기 때문에 그 조짐이 드러나는 것은 어쩔 수 없었다. 그래서 발타르는 공격의 궤도를 사전에 읽고 그 바깥쪽, 공격 직후에 사각이 될 지점을 향해 날았다. 그런데······.
 '어째서 내가 이렇게 날아가고 있는 거냐?'
 분명히 피했는데 왜 잠깐 의식이 끊어지고, 원래 도약했던 방향에서 튕겨 나와서 산을 향해 낙하하고 있단 말인가?

그 대답은 금세 알 수 있었다. 그레이슨의 앞쪽, 그가 주먹을 뻗은 방향에 있던 산봉우리 하나가 통째로 사라져 버렸다. 그저 스톰 브링거를 한 대 갈겼을 뿐인데 그런 결과가 나온 것이다.

'어떻게 이런 위력이… 정말로 모든 게, 강체력이고 뭐고 죄다 커진 덩치만큼 증폭되었단 말인가?'

말도 안 되는 일이다. 그건 마치 1의 힘으로 10 이상의 결과를 내는 셈 아닌가? 그것도 하나의 기술에서만이 아니고 모든 행동에서!

이건 이미 효율성 문제가 아니다. 세상의 법칙 그 자체를 무시하는 일이다!

투학!

그때 그레이슨이 기격으로 발타르를 공격했다. 발타르가 기격 방어로 자신을 지켰지만, 워낙 출력의 차이가 압도적이라 쳐 날려지는 것은 어쩔 수 없었다.

동시에 그레이슨이 몸을 날렸다. 키 30미터의 거인이 땅을 박차고 날아오른다니, 그 자체로 현실성이 실종되는 광경이었지만 그는 아주 자연스럽게 그런 행동을 하고 있었다.

쿠우우우웅!

날아올랐던 그가 착지하자 충격으로 지축이 뒤흔들린다. 그레이슨은 절벽에 처박힌 발타르를 보며 씩 웃었다.

"오랜만에 정말 즐거웠다."

"심상 구현… 그게 이런 것이었나? 자신의 심상으로 세계의 법칙을 바꾸다니……."

"그래. 역시 너는 이해하는군. 일곱 번째 문 앞에 선 자만이 이것의 진정한 의미를 이해할 수 있겠지."

인간이 품은 근본 심상을 현실로 끄집어내어 세계의 규칙조차 바꿔 버린다.

인간의 기술이라기보다는 차라리 신의 권능이라고 불러야 할 가공할 힘이었다.

"다음번에는 네놈의 심상 구현을 볼 수 있으면 좋겠군. 기대하마, 발타르."

자신을 향해 주먹을 들어 올리는 그레이슨을 보며 발타르가 이를 갈았다.

"이대로는 끝나지 않아. 반드시 도달해 주겠다… 반드시!"

그리고 그레이슨의 주먹이 작렬하며 발타르의 의식이 어둠으로 떨어졌다.

12

"세상에……."

루그의 의식이 자신의 몸으로 돌아왔을 때, 아스탈 백작령에서 이 대결을 지켜본 이들은 다들 경악에 빠져 있었다. 자신이 본 것을 믿을 수 없다는 표정이었다.

'나도 마찬가지지만.'

설마 둘의 전투가 이런 말도 안 되는 수준일 줄은 몰랐다.

그레이슨도 그렇지만 발타르도 루그와 싸웠을 때하고는 비교도 안 될 정도로 강해진 것 같았다.

백작이 혀를 내둘렀다.

"사람이 저런 힘을 낼 수 있다니, 믿을 수가 없군. 기격의 경지 따윈 갓난아기의 걸음마 같지 않은가?"

"어떻게 저럴 수가 있지? 저게 말이 돼?"

마빈도 몸을 덜덜 떨고 있었다. 자기가 본 것을 도저히 믿을 수가 없었다.

영상은 아직도 끊어지지 않았다. 놀랍게도 코번이 이 둘의 격돌에 휘말리지 않은 채로 통신기를 들고 있었던 것이다.

통신기가 비추는 주변의 풍경은 그야말로 처참했다. 본래 그곳은 마물들이 득시글거려서 사람의 발길이 닿지 않는 비경이었는데, 지금은 반경 수 킬로미터가 완전히 황야로 변해 있었다. 숲을 이루고 있던 나무들이 모조리 꺾이고 부서지고, 산봉우리조차 몇 개나 깎여 나간 이 참상을 보고 누가 고작 두 사람의 싸움 때문이라고 생각하겠는가?

에리체가 눈을 휘둥그레 뜬 채 중얼거렸다.

"발타르 아저씨는 그렇다 치고, 루그님의 스승께서는 정말로… 무신(武神)이시네요."

"그러게. 정말로 심상 구현의 경지라는 게 실존했구나……."

바리엔도 믿을 수 없다는 표정이었다.

볼카르가 말했다.

〈그레이슨의 심상 구현은 전과는 비교할 수 없을 정도로 완

성도가 높아졌군.〉

―그렇지? 기감이 없는 상태로 봐서 확신은 못하겠는데, 움직임에 이전 같은 부자연스러움이 없어졌어. 게다가 크기도 이전보다 더 커졌는데?

〈방식의 차이다. 이전보다 훨씬… 재수없는 방식으로 바뀌었군.〉

―응?

뜬금없는 표현에 루그가 의아해했다. 볼카르가 투덜거렸다.

〈이전에 그레이슨이 거인체, 즉 기간틱 폼을 구현하는 방식은 발타르 그 악마의 종자가 분신을 만드는 방식과 비슷했다.〉

레비아탄 기즈누와 싸웠을 당시, 그레이슨은 기격을 이용해서 자신의 근본 심상을 끄집어내어 20미터의 거체를 구현했다. 그것과 발타르의 분신이 다른 점은 하나뿐이다. 그쪽은 놀랍게도 그레이슨 자신의 육체도 분해한 뒤 기격으로 구현한 거체와 융합시켰던 것이다.

―어, 네가 전에 그렇게 말했었지. 스스로를 정보화해서 의념으로 제어하는 에너지와 융합시킨 거라고 했었나?

〈그렇다. 그리고 그 방식은 현재와 비교할 때 굉장히 에너지 손실이 크다. 자신의 근본 심상을 현실에 투영하는 과정에서 현실적 제약 때문에 이상이 반 이상 깎여 나가는 셈이랄까?〉

―그럼 지금은?

〈현재 그레이슨의 기간틱 폼은… 신들이 화신을 만드는 방식과 똑같다. 이데아를 이용하고 있지.〉

─이데아? 영원불멸의 절대형상계?

지금까지 워낙 많은 마법 교육을 받은 덕에 루그도 이제 웬만한 전문용어는 척척 알아들었다.

이데아.

그것은 마법사들에게는 세계의 근본, 결코 변화하지 않는 뿌리라고 일컬어진다.

이 세계는 인간의 의념에 의해 변화한다. 강한 의념이 세계를 침식하여 변화를 이끌어내고 마법 역시 그러한 법칙을 이용한 기술이다.

하지만 그런 세계의 이면에는 결코 변질되지 않는 절대형상이 존재하고 있었다. 모든 물질은 무게를 갖는다. 그리고 모든 물체는 중력의 방향대로 낙하한다. 그러한 기본적인 법칙을 포함, 어떤 방법으로도 변하게 할 수 없는 것들이 모여 있는 영역이 바로 이데아다.

드래곤들이 시공의 변화에 영향을 받지 않는 것도 스스로의 정보를 이데아에 보존하고 있기 때문이다. 또한 세상을 마음대로 주무를 수 있는 권능을 가진 그들이 드래곤의 신세에서 벗어날 수 없는 것도 신들과의 맹약이 이데아에 각인되어 있어서다.

〈신들은 세계를 이루는 토대이면서도 인격을 갖는 존재들. 그렇기에 자신의 근본을 이데아에 두고 화신을 투영함으로써 세계 어디에나 존재하지. 그들은 어디에나 있고, 동시에 어디에도 없다. 그들의 토대는 삼라만상을 구성하는 절대요소지만, 그들의 인격은 의지가 향하는 곳에만 출현하기 때문이다. 그리고 화신으로 나타나는 순간, 그들은 자신의 법칙을 증거하는 존재가 되지.〉

그레이슨이 기간틱 폼을 구현하는 방식은 신들이 화신을 구현하는 방식과 똑같다.

자신의 근본 심상을 이데아에 둠으로써 무엇에도 침범당하지 않는, 결코 오염되지 않는 절대형상으로 만들고 그것을 현실에 투영한다. 근본 심상은 그레이슨의 내면에만 존재하는 세계의 형상이기에 실제 현실과는 다른 법칙을 가진다. 그 결과 이데아에서 현실에 투영된 그레이슨의 존재는 자신만의 법칙을 휘두를 수 있는 것이다.

〈…인간이 이런 경지에 도달할 수 있다니 정말 어처구니가 없군. 역시 강체술이라는 것은 인간이 신에 도달하기 위한 기술인가?〉

—네 말을 듣고 보니 정말 그럴지도? 근데 마법도 기본적으론 비슷하지 않나?

〈다르다! 마법은 세계를 구성하는 온갖 요소들, 규칙들을 이해하고 그것을 다룸으로써 결과적으로 신의 영역에 도달하는 것이지 처음부터 신의 영역에 도달하는 것을 목적으로 삼지 않는다.〉

—그게 그거 같지만… 뭘 말하고 싶어하는지는 알겠다. 무

엇보다 널 미치게 하는 건 그거지?

〈뭐가 말인가?〉

―스승님이 이데아가 뭔지도 모르면서 그냥 거기에 도달해서 저러고 계시다는 거.

〈크윽…….〉

정곡을 찔린 볼카르가 신음했다.

확실히 강체술이라는 기술이 그를 미치게 하는 부분이 그것이다. 아는 것, 이해한 것만을 이성적으로 치밀하게 계산해야만 결과를 낼 수 있는 마법에 비해 대충대충, 그냥 자기 감각을 믿고 따라가면 결과가 나온다는 것. 마법의 종사인 그의 입장에서는 정말 용서가 안 될 정도로 극단적인 차이라고나 할까?

―어쨌든 정말 대단한 구경을 했군. 실마리도 하나 잡았고…….

〈실마리?〉

―응. 뭐 그건 나중에 몽상 세계에서 이야기하지. 어차피 너한테 도움을 받아야 할 부분이니까…….

루그는 그렇게 말하고는 다른 사람들을 바라보았다. 볼카르와 대화를 나누느라 생각에 잠겨 있는 기색이던 그가 고개를 들자 마빈이 뭐 마려운 강아지 같은 표정으로 물었다.

"루그! 너, 너도 저런 거 할 수 있는 거야?"

"뭘? 거대화? 당연히 불가능하지. 심상 구현 가려면 난 아직 멀었……."

"아니, 그건 못하는 거 당연히 알고! 저런 거 있잖아. 이렇게 하면 저 멀리 떨어진 데가 폭발하고 그런 거!"

"…표현을 해도 꼭 애 같이 하긴. 그러면 누가 알아듣겠어?"

"아, 표현할 말이 안 떠오르는데 어떡해! 저런 건 생전 처음 봤다고!"

"그야 그렇겠지만… 뭐, 어쨌든 나도 처음 보는 기술들의 향연이라서 따라할 수 있는 것은 거의 없……."

"루그! 혹시 네 스승이란 분을 나중에 우리 영지로 초대할 수 없겠느냐? 한 번이라도 좋으니까 제발……."

백작도 흥분한 기색으로 물었다. 강체술사로서 궁극의 경지에 이른 존재를 보니 가슴이 두근거려서 주체가 안 되는 모양이다. 루그가 쓴웃음을 지었다.

"그건 안 돼요. 스승님은 저길 떠나실 수 없는 사정이 있어서… 뭐, 마빈을 데리고 가보는 것 정돈 괜찮을지도 모르겠네요."

"끄응. 그럼 나는?"

불만 가득한 백작의 물음에 루그는 어이가 없었다.

"…아니, 아버지는 영주로서 영지를 지키셔야죠."

"여, 영지야 마빈도 이제 많이 크고 했으니 마빈에게 영주 대행을 맡기고 다녀오면……."

"마빈 아직 열여섯 살이거든요?"

"작년에 성인식도 했는데 무슨 상관이냐! 마빈은 이미 당당한 후계자의 자격을 갖췄다! 그러니까……."

참고로 탈린 왕국의 성인식은 열다섯 살 생일 때 치러진다.

루그는 달라붙는 백작을 억지로 떼어내며 소리쳤다.
"나잇값 좀 하세요, 제발!"

13

불카누스는 파티장 한가운데를 거닐고 있었다.
수많은 인간 귀족들이 자리한 파티였다. 현재 탈린 왕국의 내전에서 왕도 바탈리스를 차지하고 있는 드린자드 왕자파에서 결속을 다지기 위해 연 호화로운 자리다.
한창 내전이 진행 중인데도 이렇게 그저 보여주기 위해 막대한 돈을 낭비하는 짓거리는 불카누스로서는 이해하기 어려웠지만, 그렇게 비이성적이고 허세로 가득 찬 부분이 바로 인간다움일 것이다. 그는 이런 걸 볼 때마다 한 번에 치워 버리고 싶은 충동에 사로잡힌다.
와장창창!
그는 그런 기분을 참지 않았다. 가볍게 마법을 사용하자 창문 밖에서 느닷없이 광풍이 휘몰아치면서 테이블 위에 놓여 있던 음식들과 장식물들이 일거에 쓰러졌다. 사람들이 아우성치면서 우왕좌왕했다.
불카누스는 그런 그들을 경멸하면서 걸었다. 누구보다도 눈에 띄는 용모를 가진 그였지만, 왠지 아무도 주목하고 있지 않았다. 아무도 보지 못하는 유령이라도 되는 것처럼.
"이런 자리는 기분 나쁜가 보구려."

아리따운 귀족 여인들을 끼고 있던 지아볼이 말을 걸어왔다. 그 말은 그에게 달라붙은 여자들에게는 들리지 않았다. 그들은 드렌자드 왕자에게 전폭적인 지지를 받는 미남 마법사가 자신들에게 상냥한 위로의 말을 들려주는 환영을 보고 있었다.

"불쾌하다."

"모처럼인데 즐기면 좋을 텐데. 난 꽤 마음에 드오. 마치 역사의 현장 속에 있는 기분이거든."

"넌 이 세계의 모든 것을 그런 관점에서 즐기는군? 마치 학자 같은 태도로."

"어떤 의미에서는. 언제나 말하지만 이 모든 것이 내게는 기적과 같다오. 아마 우리 세계의 학자들을 이 자리에 데려다놓으면 신나서 어쩔 줄을 모르겠지. 이곳에 자리한 이들의 옷차림 하나하나, 행동 하나하나를 분석하면서 거기에 어떤 의미가 있는지를 따져 가면서 천일 밤낮이라도 토론하며 즐길 수 있을 거요."

"실로 쓸모없는 지적 에너지의 낭비로군. 그런 행위에 무슨 의미가 있지?"

"당신은 유구한 세월을 홀로 살아가며, 자신의 역사가 시작이며 끝인 존재이기에 그런 말을 하는 거요. 유한한 존재는 그런 식으로 사고하지 않는다오."

"유한한 존재라……."

그 말은 불카누스에게 묘한 감흥을 주었다.

그는 불카누스로서 깨어난 이후 지금까지 한 번도 자신이 무한히 살아가는 존재임을 실감해 본 적이 없었다. 아직은 그가 살아온 시간이 인간의 일생과 큰 차이가 없기 때문인지도 모르겠다.

하지만 지금, 지아볼의 말을 듣고 나니 자신과 인간은 시간에 부여하는 의미가 완전히 다르다는 것을 알 수 있었다. 그는 자신의 존재가 시간의 흐름에 마모되어 사라질 것을 걱정하지 않는다. 그러나 인간은 언제나 그것을 걱정하며, 무언가를 남기고 싶어한다. 또한 과거의 흔적으로부터 의미를 찾아내지 못해 안달한다.

지아볼이 미소 지었다.

"지난번에도 말했지만, 나는 이곳의 문물을 접할 때마다 마치 시간을 거슬러서 과거로 온 기분이라오. 아직 우리 세계에 생명이 가득하고, 우리가 세계에 대해서 모르던 시절… 갓 문명의 불길이 세상을 밝히던 그런 시절로."

"시간을 거스른다고?"

두근.

그 말이 이상할 정도로 불카누스의 신경을 거슬렸다. 그러고 보니 지난번에 로키한테도 비슷한 이야기를 들은 적이 있다. 왜 이 표현이 이렇게 의미심장하게 다가오는 것일까? 이유를 생각해 봐도 답이 나오지 않는다.

"이상하군."

문득 불카누스가 고개를 들며 중얼거렸다. 그의 시선이 건물 밖, 먼 곳을 향하자 지아볼이 물었다.

"왜 그러시오?"

"불온한 존재감이 느껴진다. 불쾌함의 원인은 이것 때문인가?"

"흠. 나는 잘 모르겠구려. 근방에 설치해 둔 감시 마법에는 아무것도 걸려들지 않는데……."

지아볼이 고개를 갸웃했다. 그와 불카누스는 왕성에 강력한 마법적 감시망을 구축해 놓고 있었다. 이곳을 지키는 경비병들이 커버하지 못하는 사각까지 촘촘하게 훑고 있는 그 감시망에는 아직 아무런 이변이 감지되지 않는다.

문득 그의 곁에서 익숙한 목소리가 들려왔다.

"지아볼이 감지할 수 없는 것도 당연하지. 이건 너만이 느낄 수 있는 존재감이니까."

불카누스가 움찔했다.

슬그머니 불카누스의 어깨에 팔을 걸치며 나타난 것은 마치 거울을 보는 듯이 그와 똑같이 생긴 붉은 머리칼의 청년이었다. 스스로를 로키라 칭하는 불카누스의 또 다른 인격이다.

"걱정하지 않아도 된다. 나는 너의 내면에만 존재하니까. 누구도, 마왕 지아볼이라고 하더라도 나를 알아챌 수 없지."

확실히 지아볼은 의아한 표정으로 불카누스를 바라볼 뿐, 로키의 존재를 알아차린 기색이 전혀 없었다. 마치 환영 마법에 걸려서 불카누스를 인식하지 못하는 인간들 같은 태도에 묘하게 유쾌한 기분이 든다.

지금까지 지아볼은 불카누스가 알 수 없는 꿍꿍이를 갖고 그를 자극해 왔다. 그런데 이제는 지아볼이 인식할 수 없는 로키의 존재가 불카누스에게 심리적 우위감을 부여했다.

불카누스가 말했다.

"난 이만 가보도록 하지. 천천히 즐기도록."

"그러겠소."

누구의 눈길도 받지 않고 파티장을 빠져나온 불카누스가 말했다.

"아무래도 넌 내 의지로 불러낼 수는 없는 모양이군."

"유감스럽게도."

로키가 어깨를 으쓱했다. 비아냥거리는 듯한, 밉살스러운 느낌이 드는 행동이었지만 불카누스는 묘한 친근감을 느끼고 있었다. 그것은 아마도 불카누스의 존재가 로키에게서 기인했기 때문일 것이다.

로키와 처음 접촉한 후, 불카누스는 몇 번이나 그를 다시 불러내고자 시도해 보았다. 하지만 스스로에게 작용하는 정신계 마법까지 사용해 보았는데도 그를 불러낼 수가 없었다.

로키가 말했다.

"내가 네 앞에 나타나는 것은, 아마 네가 기억을 각성하기 위한 토대를 어느 정도 쌓았을 때만일 거다. 나와 만나서 정보를 얻을 수 있는 조건… 즉, 봉인된 기억과 연관된 키워드들이 충분히 모여야만 한다는 거지."

"볼카르의 봉인이 문제인가?"

"그렇다. 빌어먹을 정도로 탁월한 봉인 때문이지."

"흥. 지금 내가 어렴풋이 느끼는 이 불온한 존재감은 대체 뭐지?"

불카누스는 왠지 모르게 위험이 다가오는 것을 느끼고 있었다. 그에게 위협이 되는 존재가 접근해 오고 있다는 확신이 든다.

"네 감각에 집중해 봐라, 불카누스. 네게 위협이 되는 존재가 누구일까?"

"루그……?"

불카누스는 자연스럽게 그 이름을 떠올렸다.

사사건건 블레이즈 원이 하는 일을 방해하고, 유능한 부하들을 배신하게 만들었으며, 그의 외유용 그릇을 한 번 파괴하기까지 했던 인간.

로키가 말했다.

"그래."

"루그가 오고 있다는 건가? 그리고 내가 그걸 느끼고 있다고?"

"답은 너도 잘 알고 있겠지. 하지만 중요한 것은 그게 아니다. 불카누스, 너는 루그라는 인간이 왜 네게 위협이 되는지… 그리고 왜 너와 같은 용제의 힘을 가졌는지를 알아야 한다. 지금의 너라면 그 해답에 도달할 수 있을 것이다."

"그놈의 정체를 추론하기 위한 근거는 너무 빈약해."

"아니, 중요한 퍼즐은 이미 모여 있다. 아무리 황당한 가설이라도 좋아. 너는 온갖 가능성을 추론할 능력을 가졌다. 그리고 그것이 아무리 말도 안 되는 것처럼 보여도, 네 본능이 그게 진실이라고 말한다면 그게 답이다. 오늘 내가 해줄 수 있는 말은 여기까지인 것 같군."

"로키?"

의아해하는 불카누스의 눈앞에서 로키의 모습이 사라졌다.

싸늘한 왕궁의 복도에 홀로 남겨진 불카누스는 곰곰이 생각에 잠긴 채 중얼거렸다.

"내 본능이 진실이라고 말하는 것이 답이라? 하지만 아무리 그래도 그건……."

폭염의 용제

1

 탈린 왕국의 왕가에는 세간에 알려지지 않은 왕자가 있었다.
 세이람 드가 람바스 탈라니오스.
 서열상 셋째 왕자에 해당하는 그 왕자의 존재가 사람들에게 알려지지 않은 이유는 간단했다.
 태어나면서부터 신체에 장애를 갖고 태어났기에, 그가 아직 어렸을 때 국왕이 그 존재를 은닉하고 왕궁 밖으로 내보냈던 것이다. 그 전에 한 번도 사교계에 데뷔한 적이 없었기에 세이람의 존재를 아는 이는 극히 소수에 불과했다.
 국왕은 세이람을 왕궁에서 내보내긴 했어도, 배려없이 내쫓은 것은 아니었다. 평생 안락하게 살아갈 수 있도록 지방에 넉

넉한 기반을 마련해 주고 다수의 고용인들과 호위 병력까지 붙여주었다.

세이람은 특별히 아버지인 국왕을 원망하지 않고 자랐다. 그리고 자신을 거부한 왕실에 대한 동경도 없이 평온한 삶을 살아왔다.

하지만 인간은 좀처럼 혈통의 속박에서 벗어날 수 없는 것일까? 그가 열다섯 살이 되고 성인식을 치른 올해에, 국왕이 서거하고 왕좌를 둘러싼 내전이 벌어지면서 그가 누리던 모든 평온이 파괴되었다.

어두운 골목길을 세 명의 남녀가 달리고 있었다.

아니, 정확히는 달리고 있는 것은 두 명이다. 단단한 근육질의 몸을 가진 중년의 남자와 10대 중반 정도로 보이는 금갈색 머리칼의 소녀. 그리고 소녀의 등에는 그녀보다 두어 살 정도 어려 보이는 금발 소년이 업혀 있었다. 그들은 구불구불한 골목길을 쉬지 않고 달려갔다.

"하아, 하아, 하아……."

남자의 호흡이 안정되어 있는데 비해 소녀의 호흡은 조금씩 거칠어지고 있었다. 자기보다 별로 작지도 않은 소년을 등에 업고 달리니 당연했다. 아니, 애당초 그러고 뛸 수 있다는 것 자체가 비정상적인 것이다. 그녀가 어려서부터 강체술을 연마하지 않았다면 절대 불가능한 일이다.

소년이 말했다.

"미안해, 아이나. 내 눈이 보이기만 했어도……."
"걱정 마세요, 전하! 전 튼튼한 것만은 자신있으니까요!"
소녀, 아이나가 애써 활달하게 대답했다.

아이나의 등에 업힌 소년은 탈린 왕국의 알려지지 않은 왕자, 세이람이었다.

남자는 세이람의 신변을 경호하는 기사 할스였으며 아이나는 그의 딸이었다. 내전이 벌어지고 세이람의 존재가 왕권을 두고 싸우는 자들에게 밝혀졌을 때, 할스는 동료들과 함께 그곳을 탈출해서 왕도로 향했다.

그리고 지금, 왕도에 도달한 세 사람은 흉흉한 추적자들로부터 도망치고 있었다. 사로잡을 의지도 없이 그저 발견하자마자 살해하려는 목적을 품은 추적자들에게 잡힌다면 그 순간 모든 것이 끝장이었다.

'이대로는 힘들겠어. 이놈들은 뭘 하고 있는 거지? 벌써 접선 구역에 들어온 지 한참인데!'

할스는 딸의 체력이 떨어지는 것을 알아차리고는 입술을 깨물었다. 마음 같아서야 그가 업고 달리고 싶었지만, 그는 돌발 상황에서 둘을 지켜야 하는 입장이다.

"저쪽이다!"

그때 추적자들이 외치는 소리가 울려 퍼졌다. 멀리서 들려오는 그 목소리에 남자의 가슴이 철렁 내려앉았다.

'어떻게 이렇게 쉽게 우리를 찾는 거지? 마법사가 있나?'

추적자들 사이에 마법사가 있다면 흩어진 동료들이 쉽게 잡혀서 죽은 것도, 그리고 자신들의 위치가 발각된 것도 이해할 수 있다. 마법사 중에는 특정한 조건을 설정해서 표적의 위치를 파악할 수 있는 자도 있고, 그게 아니면 멀리 떨어진 곳에서도 대상을 생생하게 잡아내는 멀리보기 마법을 사용하는 자도 있으니까.

그렇다면 정말 최악의 상황이다. 어쩌면 목적지까지 도망간다고 하더라도 소용이 없을지도 모른다.

그때 앞쪽 골목에서 누군가가 나타났다. 할스는 반사적으로 검을 빼 들었지만, 상대는 적의가 없다는 듯 양손을 들고 있었다.

"기사 양반, 이쪽으로 오시오!"

"자이르 네거슨의 부하요?"

"맞습니다. 서둘러요. 젠장, 댁들 도대체 뭘 달고 온 겁니까?"

남자가 초조한 듯 주변을 둘러보며 말했다.

자이르 네거슨.

그는 왕도 바탈리스의 암흑가에서 강력한 세력을 자랑하는 인물이다. 고작 2년 전에 왕도에 나타나서 엄청난 수완으로 경쟁 조직들을 쓸어버리며 바탈리스 암흑가의 신성(晨星)이라고 불리고 있었다.

왕실기사인 할스가 그런 수상쩍은 인물의 손을 빌리게 된 것은, 그가 예전부터 전 국왕의 지시에 따라서 어둠 속에서 암약하던 인물이었기 때문이다. 할스는 긴급 시에는 암흑가의 힘을 빌리는 것이 가장 효율적임을 알고 있었다. 그렇기에 전 국왕도 그에게 세이람의 안전을 맡긴 것이다.

할스가 물었다.

"당신들 실력으로도 따돌릴 수 없나?"

그것은 암흑가 사람의 자존심을 건드리는 질문이었다. 과연 남자는 발끈했지만, 그것도 잠깐이었다. 남자는 긴장한 얼굴로 고개를 끄덕였다.

"이상한 놈들입니다. 아무래도 떳떳한 일을 하던 놈들만 모여 있는 게 아닌 것 같아요. 우리랑 같은 물에서 놀던 놈들도 상당수고, 아무래도 비상한 실력의 마법사가 같이 있는 것 같습니다."

"크악!"

그때 이들이 달리고 있던 길 앞쪽 골목에서 비명이 울렸다. 남자가 깜짝 놀랐다.

"이런!"

"무슨 일이지?"

"탈출로를 확보해 놓고 있던 동료가 당했소! 젠장, 어떻게 여기까지 안 거지? 빨리 빠져나가야……."

순간, 할스가 남자의 어깨를 붙잡더니 뒤로 휙 밀쳐 버렸다. 남자가 갑자기 무슨 일이냐고 항의하려는 순간, 눈앞에서 쇳소리가 울려 퍼졌다.

파밧!

할스가 휘두른 검에 화살이 걸려들어 두 동강 났다. 그걸 본

운명의 교차점 217

남자는 간담이 서늘해졌다.

"기사가 있다! 소년, 소녀도 발견!"

건물 지붕에서 석궁을 쏜 적이 외쳤다. 동시에 다수의 병력이 앞뒤를 포위하고 나타났다.

'포위됐다!'

할스는 심장이 철렁 내려앉았다. 적들은 마치 그들의 도주 루트를 완전히 꿰고 있었던 것처럼 이곳에 포위망을 형성했다. 게다가 그들 중에는 상당한 실력의 기사도 섞여 있는 것 같았다.

"놀랍군."

병력들 사이로 한 남자가 걸어나왔다. 그가 든 검에는 아지랑이 같은 기운이 맺혀 있어서 강검의 경지에 오른 강체술사임을 알려주었다.

"모든 게 그놈들 말대로라니, 무서울 정도야. 우리 측 손실은 거의 없이 처리하게 해주겠다더니 설마 이렇게까지……."

"무슨 소리지?"

할스가 물었다. 남자가 씩 웃었다.

"알 것 없다. 전 왕실기사단 소속 기사 할스 경."

"나에 대해서도 알고 있었나……."

"모든 걸 다 알고 있지. 마르테인, 드라노, 바스탄 이 세 명은 이미 죽었다."

"……."

할스는 눈을 질끈 감았다. 그 세 사람은 미끼가 되어 흩어진 동료 기사였다.

남자가 말했다.

"순순히 항복해라. 그럼 목숨을 보장하지."

"그 말을 믿으라는 거냐?"

"나도 기사다. 나 자울이 명예를 걸고 당신과 딸의 목숨을 보장하겠다."

"그 말은 세이람 전하의 목숨은 보장해 줄 수 없다는 거군?"

"그것만은 어쩔 수 없다."

"그럼 협상은 결렬이다."

할스는 결연한 의지로 자울을 노려보았다. 그때, 아이나의 등에 업혀 있던 세이람이 그녀의 어깨를 두드렸다.

"아이나, 내려줘."

"전하, 죄송하지만 지금은……."

아이나가 긴장한 목소리로 대꾸했다. 하지만 세이람은 고개를 저었다.

"괜찮아. 내려줘."

아이나는 어쩔 수 없이 그의 말에 따랐다. 조심스럽게 땅으로 내려온 세이람이 앞으로 나섰다.

"잠깐."

모두의 시선이 그에게로 쏠렸다.

올해로 열다섯 살이 된 세이람은 짙은 금발 곱슬머리의 수려한 소년이었다. 이런 상황에서도 그의 눈은 차분하게 감겨 있었는데, 그것은 그가 시력을 잃은 맹인이기 때문이었다.

창백한 푸른빛을 띤 눈동자는 날 때부터 시력이 극도로 약했고 성장하는 동안 완전히 멀어버렸던 것이다. 그 때문에 국왕은 그의 존재를 감추고 왕실 밖으로 내보내는 조치를 취했다.

세이람은 자율의 목소리가 들려온 곳으로 얼굴을 향하면서 말했다.

"내가 바로 너희들이 찾고 있는 세이람 드가 람바스 탈라니오스다. 자율 경이라고 했나?"

"그렇소."

선왕의 혈통이며, 죽음을 눈앞에 둔 상황에서도 침착해 보이는 세이람의 태도에 자율 역시 최소한의 예의를 갖춰주기로 했다. 세이람이 말했다.

"내가 따라갈 테니 이 두 사람의 목숨을 보장해 다오. 너희들의 주인도 나를 여기서 죽이는 것보다는 자신의 눈앞에서 죽음을 확인하고 싶어하겠지."

"전하!"

"왕자님!"

할스와 아이나가 깜짝 놀라서 세이람을 붙잡았다. 하지만 세이람은 쓴웃음을 지으며 말했다.

"이게 최선이야. 두 사람은 나를 위해 헌신해 주었다. 같이 죽게 하고 싶진 않아."

세이람은 조심스러운 손길로 아이나의 얼굴을 쓰다듬어주었다. 아이나는 세이람보다 두 살 많았지만 어려서부터 소꿉 친구처럼 자란 사이였다. 지위상으로는 그를 시중드는 시녀에 불과했지만, 세이람은 그녀를 좋아했다. 그런 그녀가 자신 때문에 죽는다니, 그런 일은 결코 용납할 수 없다.

"전하……."

"괜찮아."

울먹거리는 아이나를 달래는 세이람의 목소리는 떨리고 있었다. 할스와 아이나는 그제야 세이람이 두려워하고 있다는 사실을 알아차렸다. 침착해 보이는 태도는 필사적인 연기였을 뿐, 그도 무서워서 견디기 어려웠던 것이다.

자울이 한숨을 쉬더니 입을 열었다.

"당신이 순순히 따라와 주신다면 그 정도는……."

그때였다. 갑자기 자울의 가슴을 날카로운 칼날이 뚫고 나왔다.

푸확!

"커… 헉……?"

자울은 눈을 부릅뜬 채 뒤를 돌아보았다. 이 상황을 이해할 수가 없었다.

그 순간, 그의 몸이 휙 돌아가더니 그 사이에서 병사 하나가 튀어나왔다. 그리고 경악한 주변의 인물들이 정신을 차리기도 전에 무시무시한 기세로 검을 휘둘렀다.

푸화아아아악!

강검의 힘이 실린 검이 폭풍처럼 질주하면서 다섯 명의 목숨을 앗아갔다. 병사는 투구를 벗어서 던지면서 할스가 있는 곳으로 뛰어들었다.

"기사 양반! 뚫어!"

"자, 자이르?"

할스가 눈을 크게 떴다.

적 병사로 위장했던 것은 20대 후반 정도로 보이는 남자였다. 아무렇게나 자란 붉은 머리칼에 크게 뜨지 않으면 눈동자가 잘 보이지도 않는 가느다란 눈을 가진 그가 바로 바탈리스 암흑가의 신성이라 불리는 자이르 네거슨이었다.

"크아아아악!"

그때 적들의 뒤쪽에서도 비명이 울려 퍼지기 시작했다. 뭔가 자이르가 손을 쓴 모양이었다.

자이르가 외쳤다.

"빨리! 다른 놈들이 더 모여들고 있어! 그 전에 빠져나가야 해!"

"알겠다! 아이나!"

그 말에 할스도 퍼뜩 정신을 차리고 움직였다. 아이나는 아버지의 부름을 듣는 순간, 세이람을 번쩍 들어 올리더니 등에다 업었다.

"우, 우와아아! 아이나!"

"왕자님! 가만히 있으세요!"

동시에 자이르와 할스가 무시무시한 기세로 적들을 베어넘기며 길을 뚫었다. 자이르는 암흑가의 범죄자인 주제에 강검의 경지에 오른 강체술사인지라 병사들은 속수무책으로 쓰러져 갔다.

순식간에 전방의 포위망을 돌파하고 나자 그 뒤쪽에는 인간들의 시체를 밟고 선 오크 세 명이 보였다. 할스가 놀라서 공격하려고 하자 자이르가 손을 들었다.

"우리 편이다."

"…오크가?"

"내 제자들이야. 이놈들 없었으면 거기 갇혔을걸. 따라와, 마법사의 눈으로도 쫓을 수 없는 곳으로 간다."

"그런 곳이 있나? 적들의 마법사는……."

"피할 수 있어! 이놈들이 내 부하들도 엄청 죽였으니 그냥은 못 넘어가지. 어이, 왕자님!"

"으, 응?"

아이나의 등에 업혀 있던 세이람이 움찔했다. 항상 주변 사람들의 배려를 받으며 자란 세이람은 누군가 자신에게 거친 말투로 말하는 것에 익숙하지 않았다. 하지만 자이르는 그의 어깨를 툭툭 두드리며 웃었다.

"아까 꽤 멋있었어. 그리고 이번에 보수 좀 두둑히 부탁하오."

"그, 그러겠소."

세이람이 얼떨결에 고개를 끄덕였다.

할스는 자이르의 격의없는 말에 눈살을 찌푸렸지만, 이런 때 그걸 따지고 있을 정도로 꽉 막히진 않았다. 자이르와 세 명의 오크를 포함한 부하들, 그리고 세이람 일행은 골목을 돌아서 빈 집으로 들어가더니 거기에 있는 비밀통로로 들어섰다.

구불구불한 비밀통로를 지나서 피신처로 들어서는 순간, 짙은 피냄새가 확 풍겼다.

"어……."

앞장섰던 자이르가 당황했다. 대담무쌍하게 세이람 일행을 구출한 그조차도 예상치 못한 상황이 벌어졌다.

피신처 안쪽에는 두 명의 그림자가 있었다.

"이런이런. 역시 인간들한테는 뭘 믿고 맡길 수가 없다니까. 하나부터 열까지 이길 수밖에 없는 조건을 다 갖춰줬는데도……."

그렇게 말한 것은 벽에 기대어 선 키가 큰 남자였다. 아니, 단순히 키가 큰 정도가 아니라 기대어 서 있는데도 자이르보다 머리 하나는 더 크다. 비쩍 마른 주제에 저렇게 크다니?

"…트롤?"

자이르가 아연해하며 중얼거렸다.

2

비밀통로를 막고 선 두 명은 트롤이었다. 한 명은 마법사처럼 로브를 입고 후드를 쓰고 있었고, 한 명은 양손에 하나씩 크게 휘어진 곡도를 들고 있었다.

마법사 트롤이 히죽 웃었다. 원래부터 무시무시해 보이는 얼굴로 어둠 속에서 이빨을 드러내며 웃으니 그야말로 공포다.

"유창하게 말하는 트롤은 처음 보나? 뭐, 그러니까 놀라는 거겠지? 마음껏 놀라두도록 해라. 여기가 너희들의 무덤이니까."

파사삭!

마법사 트롤이 손가락을 튕기자 그들이 온 비밀통로 입구가 부서져서 무너져 내렸다. 그리고 전사 트롤이 움직이기 시작했을 때, 일행은 모두 놀랄 수밖에 없었다.

"이 자식, 팔이 넷이잖아?"

구부정하게 서 있던 전사 트롤이 상체를 세우자 키가 2미터 30센티에 달했고, 길쭉한 팔은 네 개나 되어서 거기에 네 개의 곡도가 들려 있었다. 쌍검술도 아니고 사검술을 사용하는 트롤이라니 상상도 못해본 상대다!

"하늘을 뛰노는 벼락의 아이여, 내 동지의 검에 깃들라."

파지지지직!

트롤 마법사의 주문과 함께 트롤 전사의 곡도에 뇌격이 맺혀 푸른 스파크가 튀기 시작했다. 그리고 인간에 비해 비정상적으로 긴 팔이 검을 휘둘렀다.

차차차차차창!

자이르와 할스, 그리고 세 명의 오크 전사들이 경악하며 물러났다.

분명 트롤 전사와 그들 사이에는 5미터 가까운 거리가 있었다. 그런데 트롤 전사는 한 걸음 내디디으면서 검을 휘두르는 것만으로도 그들을 사정거리에 둔 것이다. 워낙 키가 크고, 구부정하게 서 있으면 손이 발목에 올 정도로 팔이 길기 때문에 가능한 일이다.

'이놈 엄청 강해! 강체술사도 아닌데!'

마법적인 개조를 받은 트롤 전사의 힘은 강체술사 이상이었다. 그 힘과 속도만으로도 환장할 노릇인데 칼날에 뇌격까지 실려 있으니 공격을 받아내기도 힘들다. 무시무시한 위력을 발휘하는 사검술 앞에 일행은 목숨의 위협을 느꼈다.

트롤 전사는 강하고 빠를 뿐만 아니라 네 개의 곡도를 동시에 쓴다는, 누구도 생각해 본 적 없는 스타일로 싸웠다. 그러다 보니 기존의 경험과 지나치게 이질적인 적의 공격을 따라가기가 어려운 것이다.

'여기 좀 좁게 만들걸! 괜히 욕심 부렸어! 도망칠 때까지 무슨 부귀영화를 누리겠다고!'

자이르가 과거의 자신을 원망했다.

피신처는 아주 넓고 호화롭게 꾸며져 있었다. 왕도 암흑가에서 세를 불리면서 돈을 잔뜩 번 그가 좀 욕심을 부려서 쾌적한 환경으로 만들어둔 것이다.

그런데 그 쾌적함이 적이 실력을 완벽하게 발휘할 수 있는 환경이 되어주고 있다. 좀 좁아터진 곳이었으면 트롤 전사는 제대로 실력을 발휘하지 못했을 텐데!

"나도 잊으면 섭하지?"

파지지지직!

그때 섬뜩한 속삭임과 함께 오크 전사 하나가 뇌격을 맞고 경직되었다. 트롤 전사가 그 틈을 놓치지 않고 그를 곡도로 갈라 버렸다.

"크어억!"

"타툰! 제기랄!"

자이르가 비명을 질렀다. 오크에게 강체술을 전수해서 키우느라 얼마나 애를 먹었는데 저렇게 쉽게 당해 버린단 말인가!

"뭐, 자네도 남 걱정할 처지는 아닌데. 여유가 넘치는군?"

트롤 마법사가 히죽 웃더니 자이르를 손으로 가리켰다. 자이르는 강체력을 끌어올려서 마법에 대응했지만 왠지 아무런 공격도 오지 않는다. 대신…….

"앗!"

그의 발목이 뭔가 잡혀서 균형이 무너졌다. 땅바닥에서 괴이한 손이 솟구치더니 그를 붙잡은 것이다. 완전히 허점투성이가 된 자이르를 향해 트롤 전사가 성큼 다가오면서 곡도를 휘둘렀다.

카앙!

"크억!"

그 공격을 아슬아슬하게 막아낸 자이르가 신음을 토하며 쓰러졌다. 겨우 막아내긴 했는데 강맹한 일격을 불완전한 자세로 받아내다 보니까 내상을 입어버렸다. 그는 죽음을 각오했다.

'이렇게 죽다니! 젠장! 바탈리스 암흑가의 제왕이 되는 게 멀지 않았는데! 사상 최연소로 왕도 암흑가를 제패하고 떵떵거릴 수 있었는데 이렇게 어이없이!'

참 세속적인 미련으로 분통을 터뜨리는 그의 머리 위에 트롤 전사의 마무리 일격이 떨어져 내렸다. 그리고,

쾅!

폭음과 함께 트롤 전사가 날아가 버렸다.

"…엥?"

자이르는 물론 다들 어이가 없어서 동작을 멈췄다. 그들의 시선이 한 곳으로 향했다. 열린 문으로 느긋하게 걸어 들어오는 존재가 있었다.

"흠. 타이밍 한번 예술이로군."

"그러게요. 거 참. 여기 대기하고 있으면 딱 걸릴 거라더니 어떻게 이리도 예측대로 들어맞나?"

모습을 드러낸 것은 놀랍게도 인간이 아니었다. 인간의 옷을 입고 있긴 했지만 머리가 황갈색 비늘을 가진 뱀이다. 무서운 뱀의 눈으로 자신들을 바라보며 혓바닥을 날름거리는 그를 본 이들이 다들 흠칫했다.

그리고 그의 말에 맞장구를 친 것은 검을 든 인간 청년이었다. 청년이 말했다.

"처음 보는 얼굴도 많은데 일단 같은 편이니까 긴장 푸셔도 됩니다. 여기 제이언 공께서는 이래 봬도 마음씨는 비단결이

십… 컥!"

"쓸데없는 소리는 하지 말게, 다림 경."

뱀 인간, 정확히는 바이퍼로이드라는 종족명을 가진 용족 제이언이 청년의 옆구리를 팔꿈치로 쳐서 말을 막았다. 그는 뱀의 머리에 비늘을 가졌지만 머리를 제외한 실루엣은 인간과 거의 흡사했다. 본래는 사막지대에서 사는 용족이었는데 웬일인지 이곳에 모습을 드러냈다.

자이르가 눈을 크게 떴다.

"당신들……."

그때 바이퍼로이드 제이언의 옆쪽, 허공에 둥둥 떠 있던 사람 몸통만 한 유리판이 빛을 발하며 누군가의 모습을 비추었다. 자이르가 그것을 제대로 알아보기도 전에 혀를 차는 소리가 들려왔다.

"쯧쯧. 그러게 진즉 우리 도움 받으라니까 잘난 척 고집을 피우더니 결국 이렇게 됐구만. 우리가 블레이즈 원 친구들 상대로는 전문가지."

"첫 만남이 별로 좋지 않았으니 믿고 부탁하고 싶지 않았겠지, 알더튼 공."

제이언이 말했다.

유리판에 비춰진 것은 붉은 비늘과 닭벼슬 같은 하얀 털을 가진 드래고닉 리저드, 블레이즈 원에 맞서는 조직 아쿠아 비타의 2인자 알더튼이었다.

인간 청년, 로멜라 왕국의 청년 기사 다림이 토를 달았다.

"출범한 지는 얼마 안 됐으니 전문가니 뭐니 하는 건 좀……."

"무슨 소릴! 우리 아쿠아 비타는 유일무이한 대 블레이즈 원 대응의 스페셜리스트! 열심히 광고를 하고 다녀도 모자랄 판에 초를 치면 어떡하나? 그리고 내 말에는 한 점 거짓도 없다!"

"그렇긴 합니다만."

"크워어어!"

느긋하게 떠들고 있는 그들에게 트롤 전사가 달려들었다. 트롤 전사는 몸통이 움푹 함몰되는 중상을 입었으면서도 금세 재생한 것이다.

"위험해!"

할스가 비명을 질렀다. 트롤 전사의 공격은 너무 갑작스러웠고 제이언과 다림은 완전히 무방비 상태로 보였다.

하지만 그때 제이언이 눈을 부릅떴다.

"음!"

놀랍게도 그저 바라보는 것만으로도 강력한 마력이 발현되면서 트롤 전사의 몸이 굳어버렸다. 바이퍼로이드는 스네이크 아이즈라 불리는, 보는 것만으로도 상대를 돌처럼 굳게 만드는 마안(魔眼)을 가졌던 것이다.

파지지지지직!

그 직후 무시무시한 뇌격이 트롤 전사를 휘감았다.

"트롤을 이 정도로 강력하게 개조해 놓다니 놀랍군."

"그래 봤자 트롤이기는 해도 진짜 대단한데요? 마법은 보면 볼수록 무섭다니까."

다림은 코웃음을 치면서 검을 휘둘렀다. 강검의 기운이 서린 검이 가차없이 트롤의 목을 잘라 버렸다. 솟구치는 피가 제이언이 쳐 둔 투명한 결계에 막혀서 증발하는 것을 본 그가 트롤 마법사를 노려보았다.

제이언이 알더튼에게 물었다.

"저놈은 어쩌는 게 좋겠소?"

"당연히 사로잡아야지! 되도록 사지도 붙여놓게."

"그럼 저는 놀아도 되겠군요."

알더튼의 대답을 들은 다림이 고개를 끄덕이고는 검을 집어넣었다. 전의를 상실한 그 행동에 다들 의아함을 느꼈고, 그것은 트롤 마법사도 마찬가지였다. 그리고 제이언이 스네이크 아이즈를 발동시키면서 트롤 마법사를 노려보았다.

"큭, 마안을 가진 건가? 하지만 이 정도로는……."

트롤 마법사는 제법 수준이 높은지라 방어 마법으로 스네이크 아이즈의 효과를 막으려고 들었다. 하지만 그 순간 제이언이 손가락을 한 번 튕겼다.

파지지지지직!

"카아아악! 어, 어떻게 내 방어 마법을 이렇게 쉽게……!"

트롤 마법사도 상당한 실력자였지만 제이언은 격이 달랐다. 그는 스네이크 아이즈로 트롤 마법사의 주의를 끌면서 그의 방어 마법을 침식했던 것이다. 강인한 육체와 재생력까지 갖춘 트롤 마법사도 심장이 터질 것 같은 뇌격에 버티지 못하고 살이 타는 냄새를 내며 쓰러졌다.

털썩!

알더튼이 말했다.

"잘했소. 역시 일 처리가 깔끔하시군, 제이언 공."

"용족이 없어서 상황이 쉬웠을 뿐이다."

제이언은 겸손하게 말한 뒤 다림에게 지시했다.

"그럼 저놈은 구속구 채워두게. 나중에 심문하지."

"네."

다림은 미리 챙겨두었던 마법사용 구속구를 꺼내서 트롤 마법사의 팔다리를 구속했다. 그것을 보며 알더튼이 말했다.

"제이언 공, 통신기 좀 저쪽으로 돌려주시오."

어디까지나 통신기를 이용해서 원거리에서 말하는 거다 보니까 통신기가 비추지 않는 곳은 볼 수가 없다. 통신기를 마법으로 띄워둔 제이언이 그 말에 따라 세이람과 자이르가 있는 곳으로 옮겨주었다.

"자이르 네거슨, 자네에 대해서 하나 궁금한 게 있는데 대답해 주겠나? 뭐, 목숨도 구해줬는데 설마 야박하게 굴진 않겠지?"

"날 죽이려고 했던 게 바로 그저께 일인데 참 뻔뻔하시군. 뭐, 은혜를 입은 건 사실이니 대답할 수 있는 거라면 대답하지."

알더튼은 호기심 어린 눈으로 그를 바라보며 물었다.

"자네, 마스터… 아니, 루그 아스탈님과는 대체 무슨 관계인가?"

"뭐?"

그 말에 자이르의 눈이 휘둥그레졌다.

3

그레이슨과 발타르의 대결이 있은 후, 아쿠아 비타의 정보를 기다리는 것 말고는 별달리 할 일이 없는 루그는 오랜만에 충실한 훈련의 나날을 보냈다. 가장 신경 쓴 것은 마빈을 기격의 경지로 이끄는 것이었다.

"될 듯 말 듯한데 잘 안 되네."

하지만 금방이라도 기격의 경지로 올라갈 수 있을 것 같았던 마빈은 의외로 정체되어 있었다. 기격을 감지하는 것은 점점 예민해져 가는데 스스로 기격을 구현하는 것은 아직 요원했다.

"그, 그렇게 말하고 넘어갈 문제냐?"

마빈이 바닥에 쓰러진 채 부들부들 떨었다. 루그가 온갖 기격의 향연을 퍼부어준 덕에 그는 한 대도 안 맞았는데도 반쯤 지옥에 발을 담근 것 같은 상태가 되어 있었다.

루그가 혀를 찼다.

"쯧. 이게 다 너를 기격의 경지로 이끌기 위함이니라. 은혜를 베풀면 고마워할 줄 알아야지."

"이런 은혜 필요없… 꾸어어억!"

반박하려던 마빈은 갑자기 물속 깊숙이 빠진 감각을 기격으로 선물 받고는 비명을 질렀다. 괴로움에 몸부림치는 마빈을 보면서 루그가 투덜거렸다.

"이건 역시 차근차근 하는 수밖에 없나? 마빈, 좀 더 기격이 네 감각에 작용하는 과정에 집중해 봐. 널 위해서 최대한 다양한 감각을 생생하게, 그리고 천천히 구현하고 있는 내 고생도 좀 생각해 봐라."

"너, 너… 즐거워하고 있지? 즐거워하고 있는 거지?"

마빈이 부들부들 떨면서 물었지만 루그는 무시했다.

비록 기격의 경지로 가는 길은 험난했지만, 마빈의 성장 자체는 순조로웠다. 혼돈의 비약으로 얻은 힘에 익숙해지면서 실력이 부쩍 늘었다. 이젠 벌써 큰 힘에 휘둘려서 동작의 절도가 무너지는 일은 없어졌고, 자신의 힘을 잘 파악해서 그것을 여러 상황에 응용하는 요령도 늘었다.

"하앗!"

기격 훈련(?)이 끝나고 나자 마빈이 기세 좋게 루그에게 달려들었다. 루그는 여전히 쌍검을 든 채 마빈을 상대해 주고 있었다.

채채채챙!

검이 닿는 거리에 들어오는 순간, 루그의 쌍검이 변화무쌍한 궤도로 마빈을 공격해 들어간다. 기세 좋게 돌진해 오던 마빈이 주춤하면서 금세 수세로 전환했다.

하지만 그것도 잠시, 마빈은 선이 굵은 일격으로 쌍검의 궤도를 어긋나게 하면서 옆으로 돌았다. 그리고 루그가 자세를 바로잡기 전에 하단 돌려차기를 날린다. 루그가 발을 들어 그것을 막는 순간, 그 틈을 타고 검을 찔러 들어갔다.

차앙!

우검으로 그것을 걷어낸 루그가 좌검으로 반격하려고 한다. 하지만 마빈은 검격이 막히는 순간, 애써 검의 궤도를 유지하려고 발버둥치는 대신 그대로 뛰어들었다. 몸을 회전시키면서 그대로 어깨로 루그를 쳐서 밀어내고 다시 옆으로 돌아가면서 검을 내리쳤다.

어깨치기 때문에 자세가 무너진 루그로서는 받아낼 수 없는 일격이다. 이번에야말로 제대로 들어간다!

"아."

순간 마빈의 혀끝에 황홀할 정도로 강렬한 자극이 강림했다. 마빈의 표정이 확 풀어지면서 일순간 검끝이 흔들렸다. 그 틈을 타서 루그의 검이 마빈의 검을 쳐냈다.

"이익… 반칙이야! 기격은 안 쓰기로 했잖아!"

마빈이 항의했다. 완전히 다 잡았다고 생각한 순간에 루그가 기격으로 빠져나가니 분통이 터진다.

루그가 어이없어하며 중얼거렸다.

"이것 참. 진짜 네 미각은 어떻게 생겨먹은 건지 모르겠다."

〈그러게 말이다. 어떻게 저럴 수가 있지?〉

볼카르도 혀를 찼다.

방금 전, 루그는 거의 반사적으로 비약 맛 기격으로 마빈을 공격해서 허점을 만들었다. 하지만 마빈은 괴로워하기는커녕 오히려 '너무 맛있어서' 잠시 동안 허점이 발생했던 것이다. 허점을 만든다는 당초의 의도가 먹혀 들어가긴 했는데 실로 미묘한 기분이다.

마빈이 코웃음을 쳤다.

"졌으면 졌다고 해. 변명하기는."

"아, 그래. 내가 졌다. 너의 미각에는 손발 다 들었다. 대단해. 마빈, 네가 최고다."

"…지금 인정해야 할 패배는 그 패배가 아닐 텐데?"

마빈이 투덜거렸다. 루그가 어깨를 으쓱했다.

"뭐 지금 건 상당히 좋았어. 슬슬 속도를 한 템포 늘려야겠군."

"아직도 많이 봐주고 있다 이거야?"

"당연하지. 분하면 좀 더 내 전력을 끌어내 보라고. 난 기격도 일체 안 쓰고 있으니 최소한 내가 쌍검을 버리고 맨손을 쓰기 전에는 대등한 수준으로 싸울 수 있어야지?"

"보통은 그 반대라고 생각하는데 말이지."

루그는 마빈의 연습을 위해 상당히 봐주면서 대련을 하고 있었다. 하지만 마빈의 실력이 놀라운 속도로 늘면서 점점 봐주는 정도가 약해졌다.

성과가 뚜렷해지자 루그가 으스댔다.

"정말 많이 늘었어. 이게 다 내 교육법이 좋아서지."

"좋긴 개뿔! 내가 도대체 하루에 몇 번이나 죽어야 하는 거야!"

마빈이 버럭 소리를 질렀다.

대련도 대련이었지만, 역시 마빈이 짧은 기간 동안 급성장한 것에는 가상현실을 통한 훈련이 큰 영향을 끼쳤다. 실로 악취미적인 가상현실 속에서 온갖 지옥 같은 상황을 겪어본 마빈은 웬만큼 힘든 상황에는 동요조차 하지 않을 정도로 강인해졌고 실력이 크게 늘었다. 하지만 훈련 때마다 이를 갈게 되는 것만은 어쩔 수 없었다.

그에 비해 아스탈 백작의 경우는 루그가 딱히 열심히 가르칠 필요도 없었다. 그저 하루에 한 번씩 대련하고, 마빈과 함께 가상현실에 던져 놓고 한층 더 힘든 상황을 겪게 만들어주는 걸로 충분했다.

"이건 루그한테 고마워해야 할 것 같다만? 그야말로 실전 같은 연습이지 않느냐? 게다가 우리 영지에서는 구경도 못해 볼 강력한 마물들에 용족하고도 싸워볼 수 있다니 그것만으로도 멋진 일이다!"

아스탈 백작의 경우는 오히려 가상현실에서 지옥 같은 상황을 겪는 것을 달가워했다. 가상현실 속에서 그는 대등한 경지의 전사나 강력한 마법을 사용하는 용족과도 싸워볼 수 있었던 것이다. 한번 목숨을 걸고 승패를 겨룰 때마다 스스로를 좀 더 진보시킬 수 있는 실마리를 얻을 수 있었다.

마빈이 혀를 내둘렀다.

"전 못해먹겠다고요! 언제까지 이렇게 살아야 해요?"

"일생 동안 이 짓을 하라면 못하겠지만 루그가 있는 동안만이지 않느냐? 정말 귀중한 기회니 좀 더 정진하도록 해라. 루그도 다 넘은 단계일 것 아니냐."

그 말에 루그가 한숨을 쉬었다.

'넘기는요. 전 그 짓 벌써 3년째 하고 있거든요? 그것도 열 배로 뻥튀기해서?'

두 사람이 당하는 일은 루그가 당하는 일에 비하면 약과다. 워낙 몽상 세계에 익숙해져서 뭔 짓을 당해도 그러려니 하게 된 자신이 싫다.

그렇게 아스탈 백작과 마빈이 발전하는 동안, 루그도 스스로 갈고닦기를 게을리 하지 않았다.

특히 마법사로서의 성장은 슬슬 목표가 가까워지고 있었다. 그동안 통합시켜 온 피코 엘레멘탈의 수는 벌써 700개체를 돌파했다. 피코 엘레멘탈을 통합하면 통합할수록 마력의 총량이 늘어나기 때문에 하루에 통합시킬 수 있는 수도 점점 불어났던 것이다. 지금 루그의 마력은 상위 용족과 비교해도 밀리지 않는다.

〈이대로라면 2단계 종료까지는 12일이면 되겠군.〉

볼카르가 정확한 계산을 내놓았다. 물론 이대로 아무 일 없이 영지에서 놀고먹으면서 훈련만 한다는 계산하에서였지만…….

"슬슬 3단계가 현실로 다가오는 건가? 3단계는 도대체 뭐야?"

〈2단계의 목표였던 천 개의 피코 엘레멘탈 통합을 완료하고 나면, 그후에는 그것을 이용한 마력의 흐름 그 자체를 개조하는 작업에 들어간다.〉

"마력의 흐름을 개조한다니?"

지금까지 볼카르의 마법 교육 제3단계에 대해서 명확한 설명을 들어본 적이 없는 루그가 눈을 휘둥그레 떴다. 마력의 흐름 그 자체를 개조한다니, 무슨 의미인지 이해할 수가 없다.

〈현재 네 마력은 뼈와 피코 엘레멘탈에 축적되고 있다가, 뼈를 중심으로 공명해서 전신 감각으로 퍼져 나간다. 즉, 피코 엘레멘탈에 있던 마력도 뼈를 거쳐야만 사용이 가능하고 이 과정에서 손실이 일어나지. 마력 그 자체만이 아니라 시간적으로도.〉

"그야 뼈가 인간이 마력을 축적하고 발현하는 마력 기관이니 어쩔 수 없는 문제잖아? 드래코니안이나 드라칸처럼 다른 부분들을 마력 기관으로 삼을 수 없으니… 설마 너 내 몸을 개조하겠다는 거야?"

루그가 거부감을 드러냈다. 지금까지 루그는 다른 건 다 받아들여도 육체를 개조하는 것에는 거부감을 드러내 왔다. 안 그랬으면 그의 몸은 반쯤 용족이 되어 있었을지도 모른다.

〈그거야 몇 번이나 확인해 온 문제인데 새삼스레 의심하기는. 걱정 마라. 피코 엘레멘탈을 통해서 엘레멘탈 콜로니를 구축한 것은 너를 인간인 채로 용족 이상의 수준에 도달할 수 있게 하기 위해서였으니까.〉

"어떤 방법을 쓰는 건데?"

〈그건 미리 알면 재미없으니, 일단 2단계를 종료한 후에 하지.〉

"언제나 생각하는 거지만 재미있고 없고의 문제가 아니잖아?"

〈재미없을 뿐만 아니라 의미도 없지. 미리 안다고 한들 달라지는 게 있나?〉

"그, 그야 그렇지만······."

마법에 관해서는 그저 볼카르의 교육을 닥치는 대로 따라갈 수밖에 없다. 빌어먹을 주입식 교육에서 벗어나고 싶은 마음은 굴뚝같지만 볼카르가 말하는 '기초'의 수준이 너무 높은지라 그런 날은 평생 가도 오지 않을 것 같았다.

〈지금의 너는 마력이 상위 용족만큼 클 뿐, 마력의 활용도 면에서는 그들에게 못 미친다. 하지만 3단계로 들어가면 그 문제도 해결될 거다.〉

용족은 그저 마력이 인간보다 큰 것만이 아니라, 그것을 활용하기 위한 기반 역시 압도적으로 뛰어나다. 뼈 외에도 다양한 마력 기관을 가져서 보다 다채로운 마력 운용이 가능하니까.

"뭐, 일단은 천 개체를 채우고 나서 생각할 일이군."
루그는 한숨을 쉬며 피코 엘레멘탈 통합 작업을 계속했다.

4

그런 루그에게 기다리던 연락이 도착한 것은 그레이슨과 발타르의 대결이 있은 지 열흘가량 지난 후였다. 알더튼에게서 직접 통신이 들어왔다는 사실을 안 루그는 곧바로 통신기가 있는 곳으로 향했다.

"알더튼, 실마리가 잡혔나?"

"물론이오. 내가 누구요? 마스터의 충실하고 유능한 종 알더튼이지 않소?"

"사설은 됐고. 정보나 말해봐."

"일단 마스터가 찾으라고 하셨던 자이르 네거슨이라는 양반을 찾았소."

"자이르를? 그놈 이 나라에 있었나?"

"왕도 암흑가의 신성이라고 불리고 있더구려. 2년 전쯤에 부하들 끌고 암흑가에 데뷔한 후 다른 조직들을 이간질시켜 서로 싸우게 하면서 그 틈을 타 착착 세력을 불리더니 지금은 대적할 조직 찾기가 어려울 지경이라고 하오."

"…그놈은 예전이나 지금이나 하는 짓이 어쩜 그리도 똑같나."

루그가 혀를 내둘렀다. 알더튼이 요약해서 들려준 이야기는 자이르가 시공 회귀 전에 했던 짓과 똑같았던 것이다. 그때는 암혹가로 기어 들어가기 전에 팔루카 도적단에서 설치고 있었는데, 이번에는 루그한테 깨지는 바람에 곧바로 암혹가로 직행한 모양이다.

알더튼이 피식 웃었다.

"재미있는 친구였소. 마스터 이름을 대니까 덕분에 산적질은 비전이 없다고 판단하고 암혹가로 들어가서 사업을 벌이게 됐다고 하더구려."

"산적질이든 암혹가에서 놀든 범죄라는 건 똑같은데 뭔 얼어죽을 비전?"

"그렇긴 하오만. 어쨌든 나도 블레이즈 원에서 일할 당시에 암혹가에 관여할 일이 많아서 이쪽 생리는 잘 아는 편인데……."

"어땠는데?"

"그러니까……."

알더튼이 자이르에 대한 자료를 읽어주었다.

아쿠아 비타의 조사에 따르면, 자이르는 왕도 바탈리스의 암혹가에서 자신이 차지한 구역의 군소조직들을 싹 하나로 통일해서 조직을 일원화했다. 그래서 구역 내 항쟁을 없애고 조직 관리를 훨씬 원활하게 만들었다고 한다. 또한 사업도 주먹구구식으로 관리하던 것에서 벗어나서 꽤 효율적인 관리 방식을 도입해서 많은 이익을 올리고 있었다.

"암혹가에서 이 짓 하고 있기에는 아까운 인재라고나 할까?

뭐 어차피 개자식이고 우리 입장에서는 암흑가에 이런 협력자가 하나쯤 있으면 좋지만 말이오."

"확실히 쓸 만한 개자식이지."

루그가 코웃음을 쳤다. 시공 회귀 전, 자이르의 조직은 암흑가의 일개 조직이라고 하기에는 조직력이나 무력이 너무 탁월했기 때문에 이전에 으르렁거리던 걸 잊고 블레이즈 원과 싸울 때 협력관계를 구축할 수 있었던 것이다. 다른 놈들은 아예 협력할 가치조차 없었다.

알더튼이 말을 이었다.

"그리고 이게 가장 재미있는데… 본인이 강체술사라는 점을 이용, 무려 오크들을 조직원들로 영입한 뒤 강체술을 가르쳐서 병력으로 삼았더구려. 다른 조직을 빠른 시간 내에 제압한 것에는 이게 가장 크게 적용됐소. 그 덕분에 우리 실행부대가 실수로 쳐 죽일 뻔하기도 했지만."

"응? 그건 무슨 소리야?"

"오크에게 강체술을 가르쳐서 병력으로 써먹는다, 이거 솔직히 우리가 보기에는 딱 이놈들 블레이즈 원이다! 라고 생각할 수밖에 없는 조건이잖소? 그래서 더 이상 자세히 탐색해 볼 것도 없다고 생각하고 쳐들어갔는데……."

"…알고 보니 오해였다 이거군. 그래도 용케 안 죽이고 멈췄네?"

"그쪽 현장에 있는 게 신중한 성격의 제이언 공인 데다가 자이르 그 양반이 말을 좀 잘하긴 하더구려. 당장 칼이 날아오는 상황에서도 혀는 참 잘 굴러가더라고. 덕분에 지금은 오히려 구명의 은인 입장에서 협력관계를 체결했소."

"구명의 은인이라니 그건 또 무슨……."

루그가 어이없어했다. 이건 새로운 사실이 나올 때마다 이야기를 따라가기가 힘들어진다.

알더튼이 킬킬 웃었다.

"잠깐만 참을성있게 들어주시오. 이 모든 게 하나로 연결되어 있으니."

"알았으니까 계속해 봐."

"일단 마스터도 아시다시피 탈린 왕국의 내전이 블레이즈 원의 소행이라는 것은 의심의 여지가 없소. 하지만 이게 참 재미있는 게… 블레이즈 원의 공작으로 분열된 두 파 말고도, 이 상황에 종지부를 찍을 수 있는 인물이 하나 있었던 거요."

"누군데?"

"그건 바로 탈린 왕국 왕가의 숨겨진 왕자, 세이람 드가 람바스 탈라니오스요. 그리고 그는 내전을 일으키는 세력들에게 쫓기다가 지금은 자이르의 곁에 있지. 고로 우리는 그를 도와서 왕권을 회복하기만 될 것 같소."

거기까지 들은 루그의 눈이 휘둥그레졌다.

"뭐? 어쩌다가 상황이 그렇게 된 거야?"

"훗. 내가 워낙 유능하다 보니 그리 되었소. 아, 이 넘치는 유능함이란. 마스터, 날 살려둔 게 정말 잘한 일이었다는 생각이 꽉꽉 들지 않소? 혹시라도 거기서 그냥 죽이기라도 했어봐. 이 상황을 어떻게 수습할 수 있었을까?"

"우와, 아니꼽긴 하지만 이거 잘난 척할 만한데?"

"그렇게 생각하시면 부디 유능한 수하를 위해 조속한 시일 내로 참한 처자 한 명만……. 난 그저 마스터만 믿고 있다오. 아무렴."

"……"

갑자기 알더튼을 보는 루그의 눈이 무진장 안쓰러워졌다.

알더튼이 징징거렸다.

"블레이즈 원 지부를 찾아서 족치다 보면 한두 명 정돈 있지 않을까 했는데 죄다 트롤이니 오크니 하는 놈들뿐이었단 말이오. 흑흑. 드래고닉 리저드는커녕 용족 여자도 없어! 트롤 여자 따윈 필요없다고!"

"아, 그러니까… 흠흠, 아쿠아 비타에는 용족 많잖아? 그중에 괜찮은 여성은 없었어?"

"우리 조직 내에 용족이 많기는 하지. 여성도 제법 있소."

"근데?"

"나랑 동족 여성은 없단 말이오! 용족 많은 동네로 오면 그래도 동족 여성이 하나는 있을 줄 알았는데, 왜 다들 시커먼 남자뿐이란 말인가! 현재 아쿠아 비타에 협력하는 드래고닉 리저드가 무려 열한 명인데 죄다! 하나도 빠짐없이 남자란 말이오! 이게 말이 된다고 생각하시오, 마스터? 우리 종족의 운명은 어쩌면 이리도 가혹하단 말인가?"

열변을 토하는 알더튼을 보며 루그는 슬쩍 볼카르에게 말했다.

—야, 볼카르. 새삼 생각하는 건데 너 진짜 해도 해도 너무한다. 저러다가 '조물주의 악의'라는 제목으로 장대한 서사시 한 편 쓸 기센데?

〈으음. 아니 뭐, 난 그저 드래고닉 리저드라는 종족을 생존시키기 위해 최선의 선택을 했을 뿐이다. 예전에는 남녀성비도 많았고 엄청 잘 나가는 종족이었지만 그놈의 신들이 이건 안 된다고 항의하는 바람에 어쩔 수 없었다. 다 신들 때문이다.〉

이쯤 되면 볼카르도 죄책감이 생기긴 하는지 변명을 늘어놓았다. 물론 불쌍한 알더튼은 그 사실을 알 수 없었지만.

알더튼의 푸념이 계속되었다.

"게다가 아무리 열심히 일해도 조직 내에서는 왕따 당하기나 하고. 다들 무슨 행사가 있어도 자기들끼리만 모여서 놀고 나는 상대도 안 해주니 정말 힘드오. 흑흑."

"그건 무슨 소리야? 너 아쿠아 비타에서 왕따 당하고 있어?"

루그가 깜짝 놀라서 물었다. 칼리아에게 전권을 위임받은 알더튼은 사실상 아쿠아 비타의 전략적인 움직임을 결정하는 2인자다. 그런데 따돌림을 당하고 있단 말인가?

알더튼이 한숨을 푹 쉬었다.

"뭐, 일할 때 불협화음이 생기진 않소. 이런 거 해달라고 하면 해주고, 저렇게 해달라고 해도 잘 해주지. 일리지스 대공께서 뒤를 받쳐 주시기도 하고, 업무적으로는 다들 능력을 인정해 주는 분위기요."

"그럼 뭐가 문젠데?"

"사교적인 관계의 문제지. 어쨌든 이 나라의 용족들이 볼 때 나는 용서할 수 없는 범죄자니 푸대접받는 것도 할 수 없긴 하오."

"아……."

루그는 그제야 알더튼이 겪고 있는 문제를 깨달았다.

비록 지금은 아쿠아 비타에 투신해서 유능함을 발휘하고 있다고 하나, 그는 로멜라 왕국에 잊을 수 없는 겁화를 일으킨 장본인이었다. 두 번이나 왕태자를 암살하려고 했고 그 과정에서 엄청난 수의 사람들을 죽고 다치게 만든 것이다.

불카누스에게 지배당해서 어쩔 수 없었다, 지금은 마음을 바꿔먹고 그들을 위해 열심히 일하고 있다, 이런 변명은 통하지 않는다. 다들 알더튼이 한 짓을 잊지 않고 용서할 수 없는 죄인을 보듯이, 사소한 잘못이라도 저지른다면 곧바로 성토하기 위해 차가운 눈으로 지켜보고 있을 것이다. 그가 아무리 유능함을 보이며 성과를 내더라도 그것은 죄과를 갚는 일일 뿐, 그 자신에 대한 칭송으로 이어지진 않는다.

'메이즈와 다르칸의 경우만 생각하고 너무 안이했어.'

메이즈와 다르칸도 블레이즈 원을 배신한 이들이고, 알더튼도 그 점은 마찬가지다. 그래서 별로 그의 입지를 심각하게 여기지 않았다.

하지만 메이즈, 다르칸과 알더튼의 입장은 완전히 다르다. 메이즈와 다르칸이 블레이즈 원에 속해 있었다는 것도, 마음을 고쳐먹고 루그의 편이 되었다는 것도 로멜라 왕국과는 상관없는 곳에서 일어난 과거다. 그리고 둘이 로멜라 왕국과 관계를 맺었을 때는 그들을 위해 목숨을 걸고 싸우는 영웅이었다.

그에 비해 알더튼은 로멜라 왕국과 관계를 맺는 그 순간부터 최악의 범죄자였다. 그러니 그가 백안시되는 것은 지극히 당연한 결과였다.

루그의 표정이 어두워지자 알더튼이 씩 웃었다.

"이런이런. 그렇다고 걱정할 건 없소, 마스터."

"하지만 너는 그러면 너무……."

"마스터에게는 언제나 감사하고 있소. 이렇게 푸념을 늘어놓긴 해도 난 지금이 예전보다 좋거든. 이러니저러니 해도 일리지스 대공하고 하라자드 공은 나를 알아주기도 하고 말이오."

"음……."

"그럼 왕도에 도착하면 다시 보기로 하고, 혹시 거기서 참한 드래고닉 리저드 처자 발견하면 꼭 부탁하오."

"꼭 잡아두지."

너스레를 떠는 알더튼을 보며 루그는 쓴웃음을 지을 수밖에 없었다.

5

"정말 괜찮겠어?"

루그가 물었다. 마빈이 결의를 단단히 굳힌 표정으로 고개를 끄덕였다.

"당연하지! 다른 일이라면 모를까, 어떻게 이런 일에 빠질 수 있겠어? 귀족가의 자식으로 태어나 평생 한 번 맞이할 수 있을까 의심스러운 상황 아냐?"

"그야 그렇긴 한데… 으음."

루그가 걱정스러운 눈으로 마빈을 바라보았다.

알더튼에게 정보를 제공받은 루그는 곧바로 떠날 것을 결의했다. 그리고 상황을 아스탈 백작과 마빈에게도 설명했는데, 이야기를 들은 마빈이 펄쩍 뛰면서 자기도 따라가겠다고 나섰던 것이다.

아스탈 백작이 말했다.

"블레이즈 원이란 놈들과 싸우는 것뿐이라면 모르겠지만, 정당한 혈통의 왕에게 왕권을 쥐어드리는 일이라면 이 나라의 영주로서 마땅히 해야 할 일이다. 내 대까지는 우리가 힘도 없고 가난한 시골영지의 귀족에 불과했지만, 마빈에게는 명예를 구할 기회가 주어져도 좋지 않겠느냐? 사실 나도 같이 가고 싶을 지경이란다."

아스탈 백작은 피가 끓는 것을 느꼈다. 하지만 지금 아스탈 영지는 워낙 처리할 일들이 많은지라 도저히 자리를 비울 수가 없었다.

루그가 한숨을 쉬었다.

"그야 그렇지만… 위험하다고요."

"위험하기야 어디든 마찬가지지. 루그, 네가 우리와는 전혀 다른 영역에서 전설 같은 강대한 괴물들과 싸워왔다는 것을 잘 안다. 하지만 그렇다고 해서 우리가 언제까지나 네가 보살펴 줘야 할 연약한 아이 같은 존재인 것은 아니란다. 네가 스스로의 운명을 결정했듯이, 마빈도 그럴 자격이 있지 않겠니?"

그 말에는 루그도 반박할 말이 없었다. 오히려 자신이 그들을 대하는 태도에 문제가 있다는 사실을 깨달았다.

지금까지 루그는 가족들을 물가에 내놓을 수 없는 어린애처럼 보듬어안으려 했다. 인간의 한계를 초월한 힘을 갖고 블레이즈 원과 세계의 운명을 걸고 싸우는 입장이기에, 그리고… 시공 회귀 전에 한 번 그들의 파멸을 지켜본 입장이기에 더욱 조심스러울 수밖에 없었다.

하지만 아스탈 백작의 말이 옳다. 그들은 자신의 운명을 결정하고, 그 결정에 책임을 질 수 있는 존재들이다.

"그렇군요."

루그는 쓴웃음을 지었다.

백작이 씩 웃으며 루그의 어깨를 두들겨 주었다.

"그리고 마빈이 죽어도 우리 집안엔 아직 라딘이 있으니 대가 끊길 염려는 없지 않느냐? 정 안 되면 또 하나 낳으면 되고."

"아버지! 그게 지금 목숨 걸고 싸우러 가는 아들 앞에서 할 소리에요?"

마빈이 어처구니없어하며 소리쳤다. 그러자 백작이 대답했다.

"그러니까 말해두는 거지. 후계자 자리 빼앗기기 싫으면 무사히 살아서 돌아오려므나. 지금까지 고생한 게 아까워서라도 어떻게든 살아 돌아오겠다는 의지가 샘솟지 않느냐?"

"쳇. 말도 안 되는 소리예요."

마빈이 입술을 삐죽였다.

그렇게 마빈도 일행에 합류하여 왕도로 향하게 되었다. 루그, 메이즈, 다르칸에 에리체와 바리엔, 그리고 마빈까지 여섯 명의 인원이었다.

"이렇게 우르르 몰려다니는 것도 오랜만인데?"

짐을 싸서 집합한 일행을 보며 루그는 신선한 감각을 느꼈다. 시공 회귀 후에는 이렇게 많이 몰려다닌 경험이 없다 보니 고작 여섯 명인데도 굉장히 많은 것처럼 느껴진다.

문득 루그가 마빈을 보며 물었다.

"근데 마빈, 너 그건 왜 끌고 나오냐?"

"응? 그야… 왕도로 간다며? 말은 아버지가 내주신댔어."

마빈이 의아해하며 반문했다. 그는 여행에 필요한 짐들을 자신의 말에 싣고 있었던 것이다.

루그가 한숨을 쉬었다.

"우린 말 안 탄다."

"그게 무슨 소리야?"

"시간 없어 죽겠는데 말 타고 언제 왕도까지 가? 그렇게 느릿느릿하게 갈 정도로 여유가 넘치질 않아."

"마, 말을 타고 가는 게 느리다니. 아, 물론 너야 6단계 강체술사니까 그럴지도 모르겠지만 다른 사람은 장비랑 짐 다 지고 달려서 가는 건 무리……."

"마빈 씨, 그럴 필요 없어요."

메이즈가 쓴웃음을 지으며 끼어들었다. 그리고 마빈의 짐에 손을 대고 가볍게 마법을 사용했다.

기기기기기깅!

아공간이 열리더니 마빈의 짐이 순식간에 그 속으로 빨려들어갔다.

"마빈 씨의 짐은 스스로 불러내고 다시 수납할 수 있도록 주문을 지정해 드릴게요. 장비는 어차피 아공간 수납 상태니까 따로 손댈 필요 없고……."

"……."

그러고 보니 이놈들 굉장한 마법사였지? 어안이 벙벙해져 있던 마빈이 퍼뜩 정신을 차리고 따졌다.

"지, 짐이랑 장비는 그렇다고 쳐! 하지만 아무리 그래도 달려가는 건 좀 그렇지 않아? 전원이 마법사인 것도 아니고, 비행 마법이라는 게 그렇게 빠르진 않잖아? 지형을 무시하고 직진할 수 있다는 거야 큰 장점이긴 해도……."

"말로 백 번 설명하는 거보다 한 번 경험하는 게 낫겠지?"

루그가 손을 뻗어서 마빈의 팔을 턱 잡았다.

"놀라서 혀 깨물지 마라."

"어, 어?"

아직도 다르칸에게는 익숙해지지 못한 마빈이 움찔하는 순간, 루그가 땅을 박차고 하늘로 날아올랐다.

"우와아아아아앗!"

순식간에 아스탈 백작성 상공 100미터까지 상승한 루그가 마빈의 손을 놓았다. 정신을 못 차리고 있던 마빈은 순간 아찔한 공포에 휩싸여서 비명을 질렀다.

"으아아악! 루그 너……!"

이런 높이에서 떨어지면 죽는다! 그렇게 생각하고 겁에 질렸던 마빈은 순간적으로 그 생각이 틀렸다는 사실을 깨달았다.

'아, 그러고 보니 지금은 아니지?'

혼돈의 비약을 섭취하고 강체력이 대폭 증가했고, 그것을 활용하는 기술도 발전한 지금이라면 100미터 정도의 높이에서 떨어지는 것을 두려워할 이유가 없다. 평정을 되찾고 허공을 박차려던 마빈은 뭔가 상황이 이상하다는 사실을 깨달았다.

"…어?"

분명히 루그가 손을 놨는데도 마빈의 몸은 허공에 둥둥 떠

운명의 교차점

있었다. 루그가 피식 웃었다.
"거 설마 내가 널 여기서 떨어뜨려서 죽이기라도 할까 봐? 당연히 동반 비행을 하려고 그런 거지."
"설명을 해줘야 할 거 아냐!"
"백 번 설명하는 것보다 한 번 체감하는 게 낫다니까? 그럼 어느 정도 속도로 날 수 있는지 보여주지."
"자, 잠깐… 으아아아아아아!"
루그가 고속 비행 마법을 발동, 본격적으로 날기 시작했다. 한순간에 화살보다 빠른 속도로 가속하더니 아스탈 백작성 주변을 아찔할 정도의 낙차를 그리면서 난다. 100미터 상공에서 자유낙하를 하는 것보다도 세 배는 빠른 속도로 지상이 가까워지자 마빈은 기겁했다.
"자, 간다!"
루그는 사랑스러운 동생을 위해 서비스 정신을 발휘, 아스탈 백작성의 성벽으로 돌진했다. 전속력으로 성벽 난간에 들이받는가 싶더니 채 1미터도 안 되는 간격을 두고 급커브, 전신의 피가 한쪽으로 확 쏠리는 듯한 중압이 몸에 걸리면서 방향이 확 꺾여서 성벽을 스치듯이 상승한다.
"그만해! 그만하라고오오오오오!"
"오! 역시 재미있어서 미치겠지? 한 번 더 간다!"
"이 미친놈아아아아악!"
마빈의 비명이 어찌나 요란했는지 성에 있던 사람들이 죄다 나와서 웅성거렸다.

잠시 후, 루그가 마빈을 데리고 지상으로 내려섰다. 마빈은 안색이 파래져서 비틀거리다가 그 자리에 주저앉았다.

"이, 이 악마 같은 자식… 차라리 날 죽여라."

"훗. 어쨌든 말을 두고 가는 데는 이의가 없겠지."

"마음대로 해……."

마빈은 뭐라고 할 기력조차 없어서 다 죽어가는 목소리로 말했다. 루그가 생글생글 웃으며 말했다.

"알았어. 마음대로 할게. 그럼 출발할까?"

"응? 어이, 잠깐. 잠깐만 기다려 봐!"

"에리체 양, 바리엔 양, 잘 따라오세요."

루그는 마빈의 상태가 좀 가라앉기를 기다리지 않고 출발을 명했다. 루그, 메이즈, 다르칸이 고속으로 날아오르는 것과 동시에 마빈도 보이지 않는 손에 잡힌 것처럼 확 하늘로 끌려 올라갔다.

"으아아아아아……!"

순식간에 멀어져 가는 마빈의 비명을 듣고 있던 에리체가 말했다.

"루그님도 참. 동생분이 많이 귀여우신가 봐."

"귀여워하는 방식이 좀 지나치게 과격하신 것 같은데……."

바리엔은 왠지 자신의 과거가 마빈에게 겹쳐지는 걸 느끼며 얼굴을 감싸쥐었다.

곧 에리체가 바리엔의 손을 잡고 말했다.

"그럼 우리도 출발!"

"엄청 빨라서 놓칠지도 모르니까 방향이나 잘 지시해."
"걱정 마. 나는 루그님이 어디에 계시든 알 수 있거든!"
에리체가 한쪽 눈을 찡긋해 보이는 것과 동시에 두 사람의 모습이 공간 이동으로 사라졌다.

6

불카누스는 왕도 바탈리스의 왕궁 도서관에 들어와 있었다. 그는 인간 세상에 관여하기 시작한 이후로 그들이 쌓아올린 지식에 큰 관심을 갖고 있었다. 그런 의미에서 4천 권에 달하는 장서를 모아둔 왕궁 도서관은 지나칠 수 없는 장소였다.

그를 찾아온 지아볼이 혀를 찼다.
"매번 생각하는 거지만 왕궁 도서관이 이 정도라니 참 초라하구려."
"초라한가? 책이 4천 권이나 있는데."
불카누스가 의아해하며 물었다.

이젠 그도 제법 인간 세상에 대해 많이 알게 되었다. 웬만큼 장서를 갖췄다는 귀족들은 물론, 왕궁 도서관도 이 정도 규모를 갖추고 있는 곳은 흔치 않았다.

지아볼이 피식 웃었다.
"4천 권밖에 없다고 해야겠지. 하긴, 이곳의 문명 수준으로 볼 때 이 정도면 방대하다고 봐도 좋겠지만. 인쇄술의 보급도 그렇고 유통망도 그렇고 워낙 열악해서 책 자체가 사치품에 가까우니……."

별과 별 사이를 날아다니는 배를 건조해서 수백만 명을 태우는 문명에 도달한 세계에서 온 지아볼이 보기에 이 도서관의 정보량은 초라할 수밖에 없었다.

불카누스는 그 점에 대해서 더 따져 묻지 않았다. 이전에도 비슷한 이야기를 들은 적이 있기 때문이다. 그리고 실제로 그에게도 이 도서관의 장서는 그리 많은 편은 아니었다.

"확실히 책 한 권이 갖는 정보량은 적지. 4천 권을 통틀어 봐도……."

불카누스는 정보를 습득하는 속도와 이해력이라는 측면에서 인간을 아득히 초월한다. 그렇기에 그는 심심풀이로 한두 시간씩 이곳의 장서를 뒤적거리면서도 하루에 스무 권 이상의 책을 읽고 그 모든 내용을 기억하고 있었다. 인간의 관점에서 기록하고 해석한 역사, 문명의 디딤돌이 되는 지식들이 차곡차곡 그의 머릿속에 쌓여가는 중이었다.

지아볼이 책 한 권을 뽑아들고 말했다.

"하지만 필자가 직접 손글씨로 집필한 이런 책들은 존재 자체가 귀중하지. 아마 우리 세계에 이런 책 한 권만 들고 가도 천문학적인 가치를 인정받을 수 있을 거요."

"인쇄술을 통해 밀리미터 단위의 오차조차 없이 똑같이 만들어낸 책을 수만 권 단위로 만들어낼 수 있는 세계에서 말인가?"

"우리는 이젠 그러한 단계마저 넘어서 정보를 직접 가공한 것을 주고받으니 종이로 만든 책이라는 것 자체가 사치스러운 기호품에 불과하지. 중요한 것은 정보일 뿐, 그것을 즐기는 방식에 대해서는 굳이 귀중한 종이를 낭비하지 않아도 되니 말이오. 어쨌든 그런 시대이기에 더욱 더 이런 '낭비'가 소중한 거요."

지아볼은 페이지마다 유려한 필체로 적혀 있는 내용을 사랑스럽다는 듯 바라보며 말했다.

불카누스가 물었다.

"그런데 무슨 일로 내 독서를 방해한 거지?"

"드린자드 왕자가 요청을 해와서 말이오."

"무슨 일로?"

"세이람이라는 왕자를 잡는 일에 우리가 직접 나서줬으면 하더군."

"이미 부하들을 움직이지 않았던가? 그러고도 실패하다니, 세이람이라는 왕자를 지키는 놈들이 만만치 않았던 모양이지?"

불카누스는 지아볼을 통해서 탈린 왕국에 있는 블레이즈 원의 병력을 움직여 드린자드 왕자를 지원하도록 지시했었다. 블레이즈 원의 지부를 담당하는 간부급 병력들은 인간의 수준을 초월하는 능력의 마법사들이거늘, 그들의 지원을 받고도 실패했단 말인가?

지아볼이 대답했다.

"그보다는 상당히 신경 쓰이는 움직임이 포착되었소."
"어떤?"
"세이람 왕자 처단을 위해 투입되었던 우리 측 병력들이 전멸했소. 간부급을 포함해서. 그리고… 지부 중 두 개가 정체를 알 수 없는 놈들에게 급습당해서 궤멸."

지금까지 블레이즈 윙은 탈린 왕국에서 승승장구하고 있었다. 무슨 일이든 그들이 하고자 하면 안 되는 일이 없었고, 여러 계획들이 착착 성공해서 맞물려가며 지금의 상황을 만들었다.

그런데 마침내 그 상황에 제동이 걸린 것이다. 그것도 뻔히 보이는 인간들이 아닌, 정체를 알 수 없는 세력에 의해서.

그 말에 불카누스는 놀라지 않았다.

"아무래도 그놈이 온 것 같군."
"당신이 늘 말하던 루그라는 인간 말이오?"
"그래. 그놈의 존재감이 느껴진다."
"그놈의 정체가 도대체 뭐길래 당신이 그가 가까이 오면 존재감을 느낄 수 있을 정도인지 모르겠군. 자료를 봐도 도통 정체를 모르겠던데."
"글쎄. 하지만 분명한 것은 그놈이 내가 잃어버린 기억과 중요한 연결점을 가졌다는 것이지. 그놈을 잡아서 진실을 알아내지 않고서는 도달할 수 없는 지점이 분명히 존재하고 있다."

불카누스는 그렇게 단언하며 몸을 일으켰다. 지아볼이 물었다.

"직접 나서겠소?"

"세이람 왕자의 위치는 파악했나?"

"유감스럽게도 아직."

"그렇다는 건 우리 지부를 공격한 놈들과 세이람 왕자를 지킨 놈들이 같은 놈들이란 거군?"

"그렇소."

명쾌한 예측에 지아볼이 동의했다.

아예 소재를 모르는 존재라면 모를까, 블레이즈 원은 이미 한 번 세이람 왕자를 포착했었다. 한 번 포착했던 인물을 마법으로 추적하기는 그리 어려운 일이 아니다. 적어도 인간들은 그들의 추적망을 벗어날 수 없다.

그런데 놀랍게도 세이람 왕자를 지켜낸 이들은 완벽하게 블레이즈 원의 추적에서 빠져나갔다. 그렇다는 것은 상대측에 블레이즈 원의 간부급 이상의 실력을 가진 마법사, 즉 탈린 왕국 인간 마법사들의 수준을 훨씬 넘어서는 존재가 있다는 결론이 나온다.

블레이즈 원 지부의 궤멸과 세이람 왕자의 도주가 거의 같은 시기에 이루어졌음을 감안할 때, 이 두 사건을 일으킨 놈들이 서로 다른 놈들일 가능성은 희박하다. 블레이즈 원의 존재를 알고 거기에 대적하는 자들, 즉……

"루그, 혹은 그 동료들일 수밖에 없지. 세이람 왕자를 찾는다면 그놈을 만날 수 있을 것이다."

"그럴 수 있다면 좋겠군. 나도 그 인간은 한 번쯤 만나보고 싶었거든."

지아볼이 검은 머리칼 아래 붉은 눈동자를 요사스럽게 빛내며 웃었다.

7

요 며칠간 세이람은 편안한 시간을 보낼 수 있었다.

여전히 자신의 목숨을 노리는 이들이 있기야 했지만, 적 세력에게 집을 공격당해서 탈출한 이후로는 계속해서 추적을 걱정하며 쫓기는 생활만 했기 때문에 그런 걱정 없이 한 곳에서 머물 수 있다는 것이 너무나 고마웠다. 지하의 은신처라서 좀 답답하긴 했지만 편안한 잠자리와 식사가 보장된다는 것만으로도 불평하고 싶지 않았다.

하지만 그를 시중드는 아이나는 그리 마음이 편치 않았다.

'왕자님도 참 대범하시지. 어떻게 이런 상황에서 저리 순수하게 웃으실 수 있는지.'

세이람은 맹인이라 모르겠지만 그녀는 협력자를 자처하는 이들 중에 인간이 아닌 존재들이 섞여 있다는 것이 두려웠다. 집을 떠난 후로 칼을 들고 덤비는 이들에게도, 사람이 피를 뿌리며 죽어가는 모습에도 익숙해져서 여장부 소리를 들어도 될 정도지만 오크들이 자기들을 지키겠다고 어슬렁거리는 모습은 도무지 적응이 안 된다. 게다가…….

"왕자님께선 안에 계신가?"

"아, 네. 계세요."

정중한 말투로 묻는 제이언을 본 아이나가 움찔했다.

오크는 차라리 낫지, 바이퍼로이드인 제이언의 존재는 볼 때마다 겁에 질리게 된다. 그는 아무 생각 없이 무심한 시선으로 바라보면서 정중한 태도를 보이지만, 아이나의 입장에서는 가끔씩 혀를 날름거리는 그의 뱀머리를 마주보는 것만으로도 오싹한 공포에 시달렸다.

"왕자님, 제이언입니다. 실례하겠습니다."

"어서 오세요, 제이언 공."

하지만 세이람은 아이나와는 달리 제이언의 방문을 기꺼워했다. 시각적인 문제를 제외하고 보면 제이언은 웬만한 귀족 저리 가라 할 정도로 기품있고 예의가 바르다. 또한 언제나 희망적인 소식을 가져와서 이야기를 나누니 좋아할 수밖에 없었다.

제이언이 보고했다.

"할스 경의 말대로 제이든 후작과 요른 백작에게 연락을 취해보았습니다. 둘 모두 세이람 전하의 존재가 확인되기만 하면 기꺼이 협력하겠다고 합니다."

"정말인가요? 일을 잘 처리해 주셔서 정말 감사합니다."

"별말씀을. 준비가 완료되는 대로 왕도에서 탈출해서 그들을 찾아가 봐야겠습니다. 제이든 후작 말로는 전하의 존재를 밝히면 베사드 공작도 아마 설득이 가능할 거라고 합니다만,

이건 좀 더 상황을 분석해 봐야 답이 나올 문제로군요."

"베사드 공작은 왕이 되고자 하는 게 아니었나요?"

세이람이 의아해하며 물었다. 제이언이 고개를 저었다.

"정확히는 그가 내세운 명분은 '왕의 적자도 아닌 사생아 따위에게 왕권을 넘겨줄 수 없다'입니다. 사생아에게 넘겨주느니 왕실의 혈통을 짙게 이어받은 자신이 왕위에 오르겠다는 것이니, 왕의 적자이신 왕자님이 나타날 경우 그가 스스로 왕위를 노릴 명분은 희박해집니다. 제이든 후작의 말대로 그가 왕자님을 지지하고 나서는 것도 가능한 이야기입니다."

"그렇군요."

"하지만 야망이 큰 자라면 왕자님의 존재를 부정하고, 묻어 버리려고 할 수도 있습니다. 속단은 금물이지요. 당분간은 조심스럽게 움직이는 편이 좋을 것 같습니다."

"알겠습니다. 그러고 보니 지난번에 사로잡은 트롤 마법사는 어떻게 되었나요?"

"죽었습니다. 유감스럽게도."

"네?"

세이람이 깜짝 놀랐다. 제이언이 담담하게 설명했다.

"블레이즈 원의 정신적 금제가 우리가 알던 것보다 더 강하더군요. 어느 정도 정보를 뽑아낸 시점에서 발광하더니 죽어버리고 말았습니다."

"아……."

세이람이 할 말을 찾지 못하고 입을 뻐끔거렸다.

누군가가 죽었다는 사실을 이렇게 직접적으로 들어본 적은 처음이었다. 그는 얼마 전까지만 해도 평온한 삶을 살았고, 고향을 떠난 후에도 언제나 배려를 받으며 살았다. 주변 사람들은 언제나 그가 상처받을 것을 주의하여 조심스럽게 말했고, 알 필요가 없는 것은 감추려고 했다. 예를 들면 그를 위해 죽어간 사람들에 대한 것까지도.

'지누, 얼레이, 하젠, 마르테인, 드라노, 바스탄……'

하지만 영특한 세이람은 그들이 말해주지 않은 사실을 언제나 정확히 꿰뚫어 보았다. 자신을 위해 죽어간 사람들의 이름을 기억하고 괴로워했다.

그런데 제이언의 말에는 그런 배려가 없었다. 제이언은 아예 대답해 줄 수 없는 것은 그렇다고 말할 뿐, 대답해 줄 때는 사실을 아무것도 감추지 않고 말해주었다. 그러한 직설적인 화법이 세이람에게는 신선하고 충격적이었다.

"제이언 공."

"예."

"실례지만 제이언 공의 얼굴을 만져 봐도 될까요?"

"제 얼굴을 말입니까?"

그 말에 제이언이 움찔했다. 무심한 태도를 보이고 있었지만, 그도 이곳의 인간들이 보이는 반응을 민감하게 알아차리고 있었다. 세이람이 그들과 다른 반응을 보이는 것이 눈이 보이지 않기 때문이라는 것도.

세이람이 머뭇거리며 이유를 설명했다.

"보시다시피 전 눈이 이래서 다른 사람의 생김새를 알 수가 없습니다. 그래서 친한 사람들은 얼굴을 만져 보고 나서야 그 윤곽을 상상할 수 있었죠. 아, 물론 실례라는 건 알고 있어요. 제이언 공이 불쾌하시다면……."

"좋습니다."

"네?"

"좋다고 했습니다."

"아……."

제이언이 너무 쉽게 허락해서 세이람이 더 놀랐다. 제이언이 가까이 다가오자 세이람은 조심스럽게 그의 얼굴을 만져 보았다.

뱀의 얼굴을 가진 제이언의 얼굴 윤곽과 피부 질감은 세이람이 생각했던 것과는 전혀 달랐다. 비늘의 감촉에 살짝 소름이 돋았지만 세이람은 잠자코 그의 얼굴을 만져 보았다.

"제이언 공은 정말… 다른 종족이군요. 이제야 실감했습니다."

맹인인 세이람에게 제이언이 다른 종족이라는 걸 실감할 만한 요소는 다른 사람의 말을 듣고 상상하는 것 말고는 거의 없었다. 고작해야 말하는 중간에 혀를 날름거리는 소리가 들린다는 것 정도?

하지만 직접 만져 보니 알겠다, 그가 자신과는 완전히 다른 종족이라는 것을.

제이언은 신선한 기분에 사로잡혀서 세이람을 바라보았다.

"인간에게 그런 말을 듣는 건 처음이군요."

"그런가요? 제이언 공은 오래 사셨다고 들었는데……."

"올해로 209세가 됩니다."

"209세! 그럼 제 할아버지의 할아버지의 할아버지 때부터 사신 거네요?"

세이람이 입을 쩍 벌렸다. 209세라니, 고작 열다섯 살인 그의 입장에서는 상상조차 해보지 못한 나이다. 100년도 못사는 인간의 입장에서 보면 그야말로 살아 있는 역사와도 같지 않은가?

"인간의 기준으로 보면 그렇군요."

"용족의 기준으로는 안 그런가요?"

"제 종족, 그러니까 바이퍼로이드의 기준으로 보면 저도 노년이긴 합니다. 하지만 용족 전체로 보면 그렇게 나이가 많은 편은 아니지요. 상위 용족 중에서는 500년 이상의 수명을 가진 이도 많고, 예를 들면 우리나라의 하라자드 공이라는 분께서는 700년 이상을 살아오셨으니……."

"700년! 우리나라 건국보다도, 그 이전의 왕조보다도 더 이전이네요."

인간은 100년도 살기 힘들고 국가조차도 2, 300년 동안 유지되기 어렵다. 그런데 수백 년의 세월을 장생해 온 존재의 삶이란 도대체 어떤 것일까? 세이람은 그런 존재가 눈앞에 있다는 사실이 경이로웠다.

제이언이 말했다.

"그런데도 이런 일은 처음입니다."

"뭐가요?"

"인간이 저를 만져 보겠다고 하는 일 말입니다."

"아……"

"신선한 경험이었습니다."

"미, 미안해요."

"실례라거나 불쾌했다는 뜻으로 한 말이 아닙니다. 정말 신선했습니다. 용족에게 호의를 가진 인간은… 그래요, 적어도 나샤 삼국에는 많았지만 그들도 우리에게 경의를 표할 뿐 바로 곁으로 다가오지는 않았지요."

바이퍼로이드는 본래 사막지대에서 사는 용족이다. 제이언 역시 나샤 삼국과는 멀리 떨어진 사막 출신이며, 세상에 대한 호기심으로 밖으로 나와서 여행하다가 나샤 삼국에 도달하여 안주했다.

그동안 그는 수많은 인간을 만나고 그들의 반응을 보았다. 대부분은 자신을 두려워했고, 누군가는 까닭없이 악의를 품었으며, 이따금씩 호의를 갖고 다가오는 이들이 있었다. 그리고 나샤 삼국의 이들은 누구나 경의를 표하고 애정을 주었다. 하지만 그들 중에서도 세이람처럼 자신을 대한 이들은 없었다.

'맹인이기 때문인가?'

눈이 보이지 않는다. 그 사실만으로도 인간의 태도는 이렇게나 달라질 수 있단 말인가? 감각의 부재가 만든 편견없음이

운명의 교차점 267

제이언은 정말로 놀라웠다.

제이언이 물었다.

"하지만… 정말로 왕자님께는 제가 인간처럼 느껴졌습니까?"

"네. 가끔 혀를 날름거리는 소리가 들려오는 것 말고는. 그런데 인간도 특이한 버릇을 가진 사람들이 있거든요. 혀를 차거나, 코를 킁킁거리거나, 가슴이 답답하다고 끙끙거리는 소리를 내거나……. 그래서 그것도 별로 이상하다고 생각하지 않았어요. 제이언 공은 제가 아는 누구보다도 기품있고 지적으로 말씀하시는 분이고."

"으음……."

"제이언 공의 나라, 로멜라 왕국은 어떤 곳인가요? 그곳에는 제이언 공 같은 분이 많나요?"

"로멜라 왕국은……."

보이지 않는 눈으로 허공을 바라보는 세이람의 질문에, 제이언은 자기도 모르게 미소를 지으며 이야기를 시작했다.

그후로 며칠간 제이언과 세이람은 종종 이야기를 나누게 되었다. 할스가 바쁘게 움직이는 지금, 세이람의 말벗이 되어줄 사람은 아이나와 제이언 정도였다. 제이언도 여러 가지 일을 처리하고 있었지만 대부분은 알더튼을 통해 상황을 전달받고, 조직원들과 연락을 취하는 정도였기에 기꺼이 세이람을 위해 시간을 내주었다.

"언젠가……."

세이람이 말했다.

"이 모든 일이 끝나고 나면, 나도 제이언 공의 나라에 가보고 싶군요. 그곳은 정말 이곳과는 다른 세상 같아요."

"용족에게는 정말로 그렇게 느껴지는 곳입니다. 그곳의 사람들은 우리에게는 정말로… 다르지요."

"용족 분들이 그곳에서만 안주하는 건, 아마 사람들의 인식이 완전히 다르기 때문이겠죠. 그래서 우리나라에는 용족 분들이 모습을 드러내지 않는 거고……."

세이람은 제이언과의 이야기를 통해 나샤 삼국과 그 외의 나라들의 차이를 깨달았다. 그리고 설령 자신이 왕이 된다 한들 이 나라에서 용족들이 자유롭게 활동하게 만드는 것은 불가능하다는 사실도 알 수 있었다. 나샤 삼국 사람들의 인식이 근본적으로 다른 것은 그곳의 환경이 특수하기 때문이다. 폐쇄된 상황 속에서 오랜 시간 동안 용족과 함께 해왔기에 그러한 인식이 만들어진 것이다.

제이언은 나샤 삼국 말고도 용족들이 활동 중인 나라들에 대해서 이야기해 주었다. 하지만 그곳에서 용족은 특별한 대우를 받을지언정, 인간들에게 가까이 갈 수는 없었다.

"그럼 편히 쉬시길."

한동안 이야기를 나누던 제이언은 정중하게 인사하고는 물러났다. 그가 방에서 나가자 아이나가 길게 한숨을 쉬었다.

"하아아아아."

운명의 교차점 269

"괜찮아, 아이나?"

세이람이 쓴웃음을 지었다. 그는 아이나가 제이언을 무서워한다는 것을 잘 알고 있었다. 세이람은 제이언의 얼굴을 만져보고 그 생김새를 상상한 후에도 변함없는 호의를 품었지만, 아이나가 무서워하는 이유도 이해는 되었다.

아이나가 고개를 절레절레 저었다.

"몇 번을 봐도 적응이 안 되네요."

"겉모습이 무섭다고 해도 우리를 위해 애써주는 사람이잖아. 아이나가 무서워하는 건 이해하지만, 제이언 공 앞에서 직접 그런 태도를 보이는 건 삼가야 한다고 생각해. 태도로는 드러내지 않지만 제이언 공도 언짢게 여길 수 있잖아?"

"그치만… 뱀이라고요, 뱀!"

아이나가 몸을 부르르 떨었다. 오크한테는 당당할 수 있어도 뱀 인간 앞에서는 벌벌 떨게 되는 것은 역시 생리적 혐오감 때문일 것이다. 제이언의 모습을 머릿속으로 떠올리기만 해도 온몸에 소름이 돋았다.

"물론 내가 눈이 안 보여서 이렇게 말할 수 있는 거긴 해. 하지만 누군가 내가 눈이 안 보인다는 이유만으로 나를 싫어하고 멸시하는 태도를 보인다면 나는 상처받을 거야. 제이언 공도 그렇지 않을까? 서로의 입장과 이득 때문이라고 해도 제이언 공은 우리를 위해 피 흘려가며 싸우는 사람이야. 나는 아이나가 제이언 공을 좀 더 존중해 줬으면 좋겠어."

"왕자님……."

세이람이 손을 뻗어 아이나의 얼굴을 쓰다듬었다. 눈이 보이지 않는 그는 이렇게 손으로 친한 이들을 만져서 확인하는 것을 좋아했다. 그 손길은 아주 따뜻해서 아이나는 얼굴을 붉혔다.

"흠흠."

그때 누군가 어색하게 헛기침을 하는 소리가 났다. 세이람과 아이나가 화들짝 놀라서 떨어졌다.

헛기침을 한 것은 붉은 머리에 가느다란 눈을 가진 남자, 자이르였다.

"이거 좋은 시간 보내시는데 방해해서 미안하군요."

"그, 그런 거 아니에요!"

아이나가 당황해서 빽 소리를 질렀다. 자이르가 능글맞게 웃으며 말했다.

"뭐 그럼 됐고."

"무슨 일이죠, 자이르 씨?"

"자이르 씨라니… 매번 생각하는 건데 왕자님이 그렇게 불러주시니 참 어색하군요."

자이르가 쓴웃음을 지었다. 세이람은 왕실 밖에서 자라서 그런지 누구에게나 정중한 말씨를 썼다. 심지어 암흑가의 범죄자인 자이르에게도 말이다.

자이르가 말했다.

"갑자기 죄송한데, 움직여야 할 것 같습니다."

"움직이다뇨?"

"추적자들이 냄새를 맡았습니다. 일단 3중으로 미끼를 걸어 놨으니 찾는 데는 좀 시간이 걸리겠지만, 그렇게 여유있지는 않아요."

"또 드린자드 왕자 측에서 추적자를 보낸 건가요? 아니면 그… 블레이즈 원이라는 조직에서?"

"아마 둘 다겠죠. 지금은 일단 피해야 합니다."

"그럼 이번에는 어디로 갑니까?"

"제가 준비해 둔 은신처는 아직 많습니다. 그중 하나를 골라 가죠. 밖으로 드러나면 안 되니까 가는 길이 좀 힘들긴 하겠습니다만, 어쨌든 곧 떠나야 하니 준비를……."

"알겠습니다."

자이르가 물러나자 세이람은 한숨을 쉬었다. 며칠간 평온을 누린다 싶었더니 그것도 벌써 끝나는 모양이었다.

8

"설마 진짜 하루도 안 되어서 도착할 줄이야."

오밤중에 왕도 바탈리스에 들어선 마빈은 믿을 수 없다는 듯 중얼거렸다. 대낮에 아스탈 백작령에서 출발한 루그 일행은 해질녘이 되어서야 왕도에 도착할 수 있었다. 그것도 지형 지물을 다 무시하고 직선으로 날아왔으니 가능한 것이지, 일반적인 이동 수단을 사용해서 구불구불한 길을 탔으면 열흘은 걸렸을 것이다.

"그나저나 여기가 왕도구나……."

마빈은 입을 헤 벌린 채 주변을 두리번거렸다. 밤이라 눈요기가 덜 되긴 하지만 역시 한 나라의 수도답게 바탈리스는 마빈의 상상을 초월할 정도로 웅장한 규모를 자랑했다. 전에 집 나와서 돌아다닐 때도 어디나 아스탈 백작령보다는 번화해서 놀랐는데 그때 본 도시들을 다 합쳐도 왕도보다는 작을 것 같았다.

루그가 핀잔을 주었다.

"야, 촌놈인 거 티 난다, 티 나. 입 그렇게 벌리고 있다 파리 들어가겠어."

"흥. 나 촌놈 맞거든? 왕도는 진짜 크구나. 근데 분위긴 좀 썰렁하네? 밤이라 그런가?"

몰래 성벽을 넘은 그들을 맞이한 왕도는 확실히 한산한 분위기였다. 불은 여기저기 켜져 있는데 거리에 사람을 찾아보기가 힘들다.

루그가 말했다.

"그게 아냐. 지금 한창 내전 중이고 왕도도 언제 공격받을지 알 수 없는 상황이라고. 분위기가 썰렁한 게 당연하지."

"아, 그렇구나. 그럼 원랜 밤에도 사람이 많아?"

"온 거리에 다 많은 건 아니고, 밤에도 활기가 유지되는 구획들이 있지. 시장거리 같은……."

루그는 그렇게 말하면서 일행을 한쪽 골목으로 이끌었다. 저편에서 순찰을 도는 경비병들의 존재를 감지했기 때문이었다.

마법으로 주변을 살펴본 메이즈가 말했다.

"경비 병력이 꽤 많이 배치되어 있네. 전쟁 중이니 당연한 일이겠지만……."

"움직이기 좀 짜증나겠는데. 다르칸은 이번에도 하늘에서 대기시키는 수밖에."

"응. 어쩔 수 없지."

루그와 메이즈가 안쓰러운 눈으로 하늘을 올려다보았다. 불쌍한 다르칸은 왕도에 오자마자 모습을 감춘 채 하늘을 날고 있었다.

일행은 일단 약속 장소로 향했다. 아쿠아 비타의 인원들과 접선을 위해 왕도 중앙광장의 어떤 술집에서 만나기로 했던 것이다.

하지만 거기까지 가기도 전에 밤하늘을 밝히며 섬광이 날아들었다. 암호화된 마법 통신이었다.

"뭐지?"

루그는 그것이 자신에게 보내진 마법 통신이라는 것을 알고는 받아 들어서 암호를 해석했다. 수신자인 루그가 받아 드는 순간, 암호화된 정보가 풀려나면서 간략한 내용이 머릿속에 들어왔다.

―블레이즈 원의 공격을 받았음. 현재 이동 중. 구체적인 위치는 실시간으로 전할 테니 도착하는 대로 지원 바람.

"이런! 그새 발각된 건가?"

용족을 포함한 아쿠아 비타의 전력은 결코 블레이즈 원에 뒤지지 않는다. 아니, 상위 용족 간부가 나서지 않는 한 동일한 인원수로 싸우면 압도한다고 봐도 좋다. 아쿠아 비타의 요원들은 다들 수준급의 마법사이거나 강체술사이기 때문이다.

하지만 상위 용족 간부가 나선다면 이야기가 달라진다. 아직 정체를 알 수 없는 놈들을 포함, 이전 간부들 중에 생존자인 엘토바스나 티아나만 나서도 아쿠아 비타는 궁지에 몰릴 수밖에 없다.

마빈이 물었다.

"전투 준비를 해야 하는 거야?"

"그래. 다들 일단 장비를 장착해. 곧바로 싸우게 될 거야."

루그의 말에 다들 아공간에서 전투 장비를 소환해서 장착했다.

"볼카르, 혹시 마법의 기척을 찾을 수 있겠어?"

〈아직은 내 감지 범위에 들어오는 게 없군. 이동해 봐야 할 것 같다.〉

"한시가 급한 판에… 젠장!"

"아, 그건 제가 할 수 있어요."

그때 에리체가 손을 들며 말했다. 모두의 시선이 향하자 그녀가 배시시 웃었다.

"제가 능력을 개방하면 원하는 정보를 얻을 수 있으니까요. 그게 우리나라 사람들에 대한 거라면 어렵지 않을 거예요."

"에리체 양이 있어서 다행이군요. 부탁합니다!"

루그는 에리체의 손을 쥐면서 믿음직한 눈으로 바라보았다. 에리체는 얼굴이 빨개져서는 몸을 베베 꼬았다.

"아이 참. 전 루그님을 위해서라면 뭐든지 할 수 있는걸요."

"…지금 그런 말하고 있을 때가 아닐 텐데? 빨리 능력이나 개방해."

바리엔이 참 가증스럽다는 듯 그녀를 바라보며 말했다. 에리체는 입술을 삐죽이고는 눈을 부릅떴다. 그녀가 몸 안에 품고 있는 힘이 해방되면서, 보통 인간에게는 불가능한 방식으로 정보를 획득하는 마력장이 폭발적인 기세로 확장되어 갔다.

곧 에리체가 말했다.

"아, 저기에요! 폭발했어요!"

"네? 폭발이라뇨?"

루그가 영문을 알 수 없어서 물었다. 그런데 잠시 후 먼 곳에서 폭음이 울려 퍼졌다.

콰앙……!

"지, 진짜 폭발했네?"

메이즈가 깜짝 놀라서 에리체를 바라보았다. 에리체의 순간 예지 능력은 지금 일어나고 있는 일이 아니라, 몇 초 후에 일어

날 일을 예지한 것이다.

폭음이 들려왔다고는 해도 거리가 너무 멀어서 그런지 미약하게 들린다. 왕도는 대단히 큰 도시이기 때문에 반대쪽 끝단에 있는 일을 이곳에 선 채로 볼 수는 없었다.

에리체가 말했다.

"사람들이 쫓기고 있어요. 쫓기는 사람은 그리 많지 않은데… 이상하네요. 용족 분은 그렇다 치고 그중에 오크도 있고……."

"오크라면 우리 편 맞습니다. 저기로 가면 됩니까?"

"지하도에 생매장되었다가 나왔어요. 그곳은 온통 불타고 있어요. 일부러 불을 질렀어. 그리고 또 폭발이… 붕괴해서 도망칠 길이 막혔어요. 상당히 많은 인원이 포위망을 형성하고 좁혀가고 있어서 빠져나갈 길이 없고… 마법사들끼리 대치했어요. 폭발해요. 아주 큰 폭발……."

에리체가 이마를 감싸쥔 채 빠른 속도로 말했다. 순간 예지력은 두서없이 그녀에게 근소하게 앞선 미래의 일을 알려주고 있었다. 너무 많은 정보가 한꺼번에 쏟아져 들어와서 머리가 지끈거릴 정도였지만 그녀는 능숙하게 그 정보들을 말로 옮겼다.

콰과과과과과광!

먼 곳에서 어마어마한 폭발이 치솟았다. 도시 반대쪽 끝단에 있는 이곳에서도 알 수 있을 정도였다. 압도적인 규모의 흙먼지가 장대하게 일어 오르고, 진동이 미약하나마 여기까지 전해진다.

루그가 혀를 내둘렀다.

"이건 누구의 마법이지? 어마어마한데……."

"아직 싸움이 계속되고 있어요. 폭발은 용족 분이 일으켰어요. 뱀 같은 분… 하지만 당해요. 이길 수 없어요. 상대방의 얼굴이 보이지 않아요. 이상해. 하나인데, 저기에 있는데 여럿이에요. 여기에도, 저기에도……."

예지력에 집중한 에리체가 혼란스러워하며 도시 여기저기를 바라보았다. 아무리 봐도 전혀 다른 위치인데 같은 존재가 느껴진다.

루그가 물었다.

"그건 무슨 뜻이죠, 에리체 양?"

"모르겠어요. 저도… 분명히 같은 사람인데 여러 개의 시선을 가졌어요."

"마법으로 시선을 확보한 걸 겁니다."

"아니에요. 그건 절대로… 그는 여럿이에요. 하나지만 여럿……."

에리체는 자신도 의미를 알 수 없는 말을 하면서 혼란스러워했다. 예지의 힘은 그녀에게 사태의 본질을 알려주고 있었다. 하지만 그것을 해석하는 것은 인간으로서의 에리체가 가진 지성이다. 그녀는 지금 받아들이는 정보를 이해할 수가 없었다.

―마스터.

그때 하늘을 날고 있는 다르칸에게서 통신이 날아들었다.
―방금 전, 폭발 지점 주변에서 꽤 큰 화재가 일어나고 있소. 적이 설정한 전장인 것 같소만.
"곧장 그쪽으로 가! 나도 가겠어!"
―알겠소.
다르칸은 통신을 종료하고 폭발 지점을 향해 날아가기 시작했다. 일행도 서둘러서 달리기 시작했을 때, 에리체가 말했다.
"아, 안 돼. 그분이 죽어요."
"뭐라고요?"
"이길 수 없어. 아니, 이대로면 절대로 살아날 수 없는데… 안 되는데……."
그녀는 절망적인 상황을 보고 울먹이고 있었다. 너무 예지에 몰입해서 주변의 말이 들리지도 않는 것 같았다. 볼카르가 말했다.
〈에리체 메이달라의 예지와 현실의 오차는 7.2초다. 나쁜 일이 벌어지고 있다면, 이대로는 못 막는다. 서두르는 게 좋겠다.〉
"바리엔 양! 죄송하지만 저를 먼저 저곳으로 데려다줄 수 있겠습니까?"
루그는 바리엔에게 부탁했다. 바리엔은 흘끔 에리체를 바라보더니 고개를 끄덕였다.
"네. 그, 그럼 제 손을 잡으세요."
바리엔은 왠지 루그에게 손을 내미는 것이 어색해져서 슬쩍

운명의 교차점 279

시선을 돌렸다. 하지만 루그는 그런 그녀의 태도를 눈치채지 못하고 덥석 손을 잡아버렸다.
 "그럼 메이즈, 먼저 갈게."
 "주인님. 조심해. 금방 가겠지만 그 사이에 무슨 일이 있을지 모르니까……."
 "응."
 루그가 대답하는 것과 동시에, 그와 바리엔의 모습이 사람들 앞에서 사라져 버렸다. 그 직후 퍼뜩 정신을 차린 에리체가 볼멘소리로 말했다.
 "바리엔! 나는 같이 데려가야지!"
 하지만 루그와 바리엔은 이미 사라진 후였다.

9

자이르는 자기가 참 재수가 없는 편이라고 생각했다. 능력이 넘쳐서 어딜 가든 다른 경쟁자들 해치우는 건 쉬운데 꼭 말도 안 되는 사고가 터져서 말아먹다니, 어떻게 이럴 수가 있단 말인가?
 "큭… 이번엔 또 뭐야?"
 지하층이 있는 건물들을 이어서 만든 탈출로가 적들에게 가로막혀 있었다. 놀랍게도 적들은 자이르의 은신처를 파악했을 뿐만 아니라, 비밀리에 만들어둔 탈출용 통로까지 점거한 것이다.

"젠장! 이것들은 도대체 어떻게 우리 조직 정보를 이렇게 쉽게 터는 거야!"

자이르는 두 명의 오크 수제자와 함께 적들을 상대하며 욕설을 퍼부었다.

드린자드 왕자 일파를 지원하는, 블레이즈 윈이라는 비밀 조직의 일원들은 이번에는 노골적으로 모습을 드러내고 그들을 공격해 왔다. 그 일원들은 대부분이 마법으로 개조된 괴물들로 웬만한 강체술사에 맞먹는 수준이라 암흑가에서는 실력 있다는 소리를 듣는 자이르의 부하들도 추풍낙엽처럼 쓰러져 갔다.

"죽어라, 인간!"

트롤 전사가 긴 팔을 이용, 막아내기 까다로운 궤도로 휘어지는 검격을 날렸다. 검이 닿을지 어떨지도 알 수 없는 거리에서 공격해 들어오는데 한순간에 칼끝이 그의 목을 노리고 날아든다.

카앙!

"트롤이라면 이가 갈린다! 제기랄! 더러운 트롤 놈들! 난 트롤이 싫어!"

전에 상대한 트롤 마법사와 네 개의 팔을 가진 트롤 검사 때문에 자이르는 트롤의 얼굴만 봐도 경기를 일으킬 것 같았다. 이번에도 적의 추적자들 중에 다수의 트롤들이 섞여 있다는 것이 그를 미치게 만들었다.

"내 앞에서 꺼져 버려!"

자이르가 변화무쌍한 검술로 트롤 전사를 쓰러뜨렸다. 트롤은 웬만한 상처는 금방 재생해 버리기 때문에 쓰러지는 순간 심장을 꿰뚫고, 목을 잘라서 멀리 차버리는 것도 잊지 않았다.

"헉헉, 젠장. 돈 아깝다고 비약 안 처먹었다간 큰일 날 뻔했네."

루그 때문에 산적단이 와해된 후, 왕도 바탈리스의 암흑가에 입성한 그는 큰맘 먹고 거금을 투자해서 강체술의 비약을 구해서 먹었다. 암흑가의 유통망에 비약이 걸려들 때마다 사들여서 먹은 덕분에 강체력이 큰 폭으로 상승, 강검의 경지에 이르렀던 것이다.

마지막에 믿을 건 스스로의 무력뿐이라는 생각으로 한 짓인데, 안 그랬으면 벌써 시체가 되어서 누울 뻔했다. 그렇게 생각하니 과거의 자신이 발휘한 선견지명이 감탄스러웠다.

"왕자님! 그쪽은 무사한가?"

"무, 무사합니다."

세이람이 떨리는 목소리로 대답했다.

그는 아이나의 등에 업혀 있었고 그 곁을 할스와 아쿠아 비타의 청년 검사가 지키고 있었다. 두 사람도 이미 적지 않은 적들을 쓰러뜨려서 피를 잔뜩 뒤집어쓴 채였다.

바이퍼로이드인 제이언이 마법으로 주변을 살피며 물었다.

"무사한 인원은?"

"당신네들까지 합쳐서 아홉 명… 최악이군."

자이르가 이를 갈았다.

그의 부하들은 두 명의 오크 수제자와 측근 하나를 제외하곤 죄다 몰살당했다. 애당초 은신처에 많은 인원을 두진 않았지만, 탈출로까지 간파당한 걸로 볼 때 근방에 배치해 둔 조직원들도 다 당했으리라.

'아주 조직 기반을 통째로 날려먹네, 날려먹어. 빌어먹을. 이래서 이 왕자님이 잘 된다고 해도 본전치기나 할까?'

자이르는 조직원들에게 인간적인 정 따윈 느끼지 않는다. 그저 써먹기 좋은 말들일 뿐. 하지만 쓸모있는 놈들이 이렇게 쉽게 죽는 건 역시 조직의 장으로서는 뼈아프다.

아무리 봐도 이 일은 큰 손해다. 왕자를 숨겨주기만 하면 상당한 금액을 지불하겠다기에 받아들였는데, 이제는 아무리 많은 돈을 받는다고 해도 날린 만큼 회복할 수 없을 것이다.

'그렇다고 빠져나가기도 늦었고. 완전 엿 됐군.'

달리는 호랑이 등에 올라탄 셈이라고나 할까? 적들이 저런 괴물들의 집단이라는 것을 안 이상 빠져나갈 수도 없게 생겼다. 정체를 아는 것만으로도 무사하지 못할 것 같은 놈들이다.

'어째 이놈들한테서도 빠져나가기 힘들 것 같고.'

용족이 함께 하는 이국의 조직 역시 무섭기는 마찬가지다. 암흑가의 사나이들 하면 일반인들에게는 공포의 대상이지만, 이들은 이미 상식으로 감당할 수 있는 수준을 초월했다.

운명의 교차점

아무래도 발을 잘못 들인 것 같다. 이렇게 된 이상 자신이 탄 배가 침몰선이 아니길 바라는 수밖에.

할스가 물었다.

"아무래도 탈출로를 파악당한 것 같군. 다른 탈출로는 없나?"

"물론 있소. 하지만 거기도 발각되지 않았다는 보장이 없는데……. 젠장, 블레이즈 원이란 놈들은 도대체 어떻게 내 탈출로를 이렇게 쉽게 아는 거지?"

제이언이 심각한 표정으로 말했다.

"여태까지 우리가 수집한 정보로 볼 때 그놈들의 정보망이 당신들 이상으로 세심한 것 같지는 않은데… 아무래도 상위 용족 간부가 온 건지도 모르겠군."

현재 아쿠아 비타는 소수의 조직원들만이 왕도에 숨어들어서 활동 중이다. 그러다 보니 블레이즈 원의 움직임을 완전히 파악할 수가 없었다. 만약을 대비해서 용족인 제이언이 투입되었지만, 적측에서 상위 용족 간부를 투입했다면 아무리 그라고 해도 감당 못한다.

자이르가 의아해하며 물었다.

"그 상위 용족이란 놈이 오면 뱀선생 당신도 어쩔 수 없나?"

그동안 보아온 제이언의 힘은 상상을 초월했다. 첫 만남에서는 아쿠아 비타의 다른 조직원이 나설 것도 없이 다림과 단둘이서 자이르의 부하들을 장난감 무더기처럼 쓰러뜨리고, 비밀통로를 통해서 달아나던 자이르를 잡아냈다. 그리고 그후에는 블레이즈 원의 간부급 트롤 마법사조차 쉽게 생포하지 않았던가?

그런 제이언이 상위 용족 간부라는 말을 꺼낼 때는 두려운 기색을 보이고 있다. 자이르의 입장에서는 이해하기 어려웠다.

제이언이 움찔했다.

"뱀선생이라니… 정말 신선한 호칭이로군."

"그거 따지고 있을 때가 아닌 것 같은데. 솔직히 나는 당신을 제이언 공이라고 부르는 건 좀 닭살이……."

"아니, 불쾌했던 건 아닐세. 그냥 재미있어서."

제이언이 실소했다. 200년 넘게 살아온 그지만 살면서 이런 호칭으로 불려보기는 처음인 것 같다. 자이르만큼 겁없고 경망스러운 놈이 아니고서야 그를 그렇게 부를 엄두조차 내지 못할 것이다.

'정말이지 이곳에 와서 재미있는 경험을 많이 하는군.'

그동안 인간을 겪을 만큼 겪고 알 만큼 알았다고 생각했는데 그렇지도 않았던 모양이다. 세이람이나 자이르 같은 인간들이 있는 것을 보면.

"상위 용족은… 그 자체로 차원이 다른 존재라네. 유감스럽게도 내 힘으로는 그들과 맞설 수 없고."

"그런 놈들이 있는 조직이라니, 정말 세상도 멸망시킬 수 있겠군."

"애당초 그게 목적인 놈들이라고 했지 않나."

쿠과아아앙!

그때 멀리서 폭음이 울려 퍼지면서 주변이 뒤흔들렸다. 제이언이 깜짝 놀라서 외쳤다.

"이런! 연쇄 폭발로 우리를 생매장시키려고 하는 건가!"

"뭐?"

다들 놀라서 제이언을 바라보았다. 제이언이 외쳤다.

"모두 내 주변으로 모이시오! 빨리!"

제이언이 모든 인원을 자신의 곁으로 모이게 하고는 방어막을 펼쳤다. 그 직후 천장이 무너지면서 잔해가 쏟아져 내렸다.

쿠르르릉!

파르스름한 빛의 장막 너머로 잔해가 쏟아져 내린 게 보인다. 실로 아찔한 상황이었다. 할스가 중얼거렸다.

"생매장당할 뻔했군."

"아니, 지금도 마찬가지 상황인 것 같은데… 뱀선생, 이거 괜찮은 거요?"

자이르가 불안한 기색으로 물었다. 주변을 감싼 방어막 너머로 통로의 잔해가 빈틈없이 메꿔져 있었다. 이래서야 방어막을 거두는 순간 무너져 내리던가, 아니면 무너져 내리지 않는다고 하더라도 공기가 부족해서 질식하는 걸 걱정해야 할 판이다.

제이언이 말했다.

"빠져나갈 수 있으니 걱정 말게. 문제는 그후로군. 하긴… 생각할 시간도 길지 않은가."

"그건 무슨 뜻……."

쿠과아아앙!

자이르가 묻는 순간, 충격파가 터지면서 주변이 뒤흔들렸다. 폭음이 사그라지는 것과 동시에 제이언이 말했다.

"이런 뜻이지. 적과의 거리는 40미터가량인데, 아무래도 흙이나 암석을 매질로 진동을 전달하는 데 능한 마법사인 듯하군. 제2파가 오니까 다들 충격에 대비하게. 다림, 자네는 혹시 모르니 왕자님을 지키도록."

"알겠습니다."

청년 기사 다림이 세이람의 곁으로 이동했다. 그 직후 두 번째 충격파가 작렬했다.

쿠르르르릉!

방어막의 구성을 변화시켜서 충격파의 위력을 죽인 제이언은 그들과 지상 사이를 가로막고 있는 지층의 분석을 완료했다. 마법을 발동하기 직전, 그가 모두에게 말했다.

"지상에 나가자마자 북쪽으로 달리게. 적의 포위망이 완성되어 있겠지만 지금은 선택지가 없군. 적어도 마법사가 없는 쪽을 택하는 게 좋겠지. 다림, 왕자님을 부탁하네."

"뱀선생, 당신은?"

자이르가 물었다. 제이언이 쓴웃음을 지었다.

"적의 마법사가 있는 한 탈출은 요원하네. 뭐, 적당히 상대해 보다가 물러나서 따라갈 테니 걱정하지 말게."

그 직후 제이언의 마법이 발동했다. 그들의 머리 위를 짓누르던 잔해가 산산이 분해되면서 한데 뭉치더니 거대한 뱀처럼 춤추기 시작했다. 마치 사막의 모래 속을 헤엄쳐 다니는 괴물 샌드웜 같은 움직임이었다.

쿠구구구궁!

춤추는 흙더미가 거대한 구멍을 만들면서 지상으로 상승해 갔다. 그리고 일행 역시 그 구멍을 통해서 지상으로 향했다.

순식간에 지상으로 올라온 일행은 주변이 온통 불길에 휩싸인 것을 발견했다. 그리고 제이언은 다른 이들은 결코 알아차릴 수 없는 또 한 가지 사실을 깨달았다.

'방대한 환각 마법이군. 불길을 이용해서 인간들을 통제하고 있다.'

적들은 이 주변에 마법을 이용해서 대규모 화재를 일으키고, 그것을 이용해서 인간의 정신에 작용하는 환각 마법을 걸었다.

'이곳을 떠나야 한다. 이곳에 있다가는 죽는다', 그런 생각을 갖도록.

그래서 이 부근에는 인간의 기척이 없었다. 있는 것은 오로지 일행에 대한 적의를 불사르는 적들뿐이다.

제이언이 외쳤다.

"모두 북쪽으로!"

동시에 그가 전방을 향해 방어막을 펼쳤다. 간발의 차이로 허공에서 뻗어나온 뇌격이 작렬했다.

콰르르릉! 콰광!

방어막이 뒤흔들리며 제이언에게 충격이 전해져 왔다. 그는 경악했다.

'절연성은 부여하지 못했지만, 그래도 내 방어막을 뚫고 나한테까지 충격이 오다니?'

상대방이 마법을 사용하는 속도는 제이언조차도 직전까지 그 구성을 완벽하게 읽지 못했을 정도로 빠르다. 게다가 위력마저도 제이언의 수준을 초월하고 있었다. 이 일격으로 발생한 충격파가 주변을 휩쓸면서 불타고 있던 건물들을 대거 붕괴시켰다.

"역시 용족이 있었구려. 그렇지 않고서야 우리 조직원들이 이렇게 고생할 리가 없지."

웃음기 섞인 목소리가 들려왔다. 제이언은 흠칫 놀라며 목소리의 주인을 바라보았다.

불타는 건물들 사이에 한 남자가 서 있었다. 불어오는 열풍에 검은 머리칼을 휘날리며 그 아래 붉은 눈동자를 요사스럽게 빛내는 수려한 용모의 청년이었다.

"인간?"

제이언이 놀라서 중얼거렸다. 강대한 마력 파동을 발산하고 있는 청년은 놀랍게도 인간이었던 것이다.

10

인간 청년이 말했다.

"뭐, 이 몸은 확실히 인간이라오."

"마치 다른 몸이 있기라도 한 것처럼 말하는군. 인간 마법사여."

"그렇게 들렸나?"

콰광!

그때 뒤에서 폭음이 울려 퍼졌다. 제이언은 깜짝 놀라서 뒤를 돌아보았다. 길 양쪽의 건물들이 무너져 내리며 한참 도망치던 일행들을 가로막고 있었다. 그리고 그 잔해들 위에서 오크와 트롤, 고블린으로 구성된 블레이즈 원의 병력이 환상처럼 모습을 드러낸다. 은신 마법으로 모습을 감추고 허공에 떠 있다가 나타난 것이다.

붉은 눈동자의 청년이 어깨를 으쓱했다.

"쉽게 놔줄 수 있는 상황이 아니라서 준비를 좀 했다오. 그보다 그렇게 한눈팔고 있어도 되겠나? 순식간에 죽을지도 모르는데."

"음……."

제이언은 가슴에 돌덩이가 앉힌 것 같은 답답함에 신음했다. 이렇게 된 이상 최대한 빨리 눈앞의 인간 청년을 쓰러뜨리고, 다른 일행들을 도와 포위망을 돌파하는 수밖에 없다.

붉은 눈동자의 청년이 물었다.

"한 가지 궁금한 게 있는데… 용족이 왜 인간을 돕고 있는 것이오? 이건 어디까지나 왕권을 둘러싼 권력다툼인데?"

"너희들이 있기 때문이다."

"역시 우리를 알고 있는 거군? 혹시 귀공은 루그라는 인간과는 무슨 관계지?"

"알 것 없다."

"관계가 있긴 있나 보군. 뭐, 서로 목숨 걸고 싸울 사이니 통성명이나 하지. 나는 지아볼 발카스타, 당신이 아는 대로 블레이즈 원의 간부라오."

붉은 눈동자의 청년, 마왕 지아볼은 우아하게 팔을 안으로 굽히는 귀족식 인사를 했다. 제이언이 차갑게 대답했다.

"제이언. 그 이상은 말할 수 없다."

동시에 그가 마법을 발동시켰다. 고속으로 구성 완료된 마법이 지아볼을 향해 쏘아져 간다.

쿠구구구궁!

대지가 뒤흔들리며 지아볼이 발 딛고 서 있던 지반이 붕괴한다. 멀찍이 땅 밑으로 우회시킨 마법이 지아볼의 발밑에서 발동, 초진동파로 화해서 단단하던 땅을 한순간에 공허한 모래의 수렁으로 바꿔놓은 것이다.

"호오!"

하지만 지아볼은 곧바로 부유 마법을 사용해서 추락을 막았다. 동시에 제이언이 눈을 부릅뜨자 바이퍼로이드 특유의 마안, 스네이크 아이즈의 힘이 발동되면서 지아볼을 압박했다.

"종족 고유의 마안인가? 흥미로운 능력이구려!"

하지만 지아볼은 환영 마법을 응용해서 빛을 굴절시키고,

감각을 보호함으로써 마안의 힘을 버텨냈다. 하지만 제이언은 실망하는 기색없이 연속 공격을 가했다.

파아아아아앙!

지반이 붕괴되어 생성된 모래가 제이언의 의지에 따라 지아볼을 덮쳤다. 모래라고 해도 날카롭게 회전하면서 화살보다 빠르게 덮쳐 온다면 그건 이미 살상력 충만한 흉기다. 지아볼이 방어막을 펼쳐 그것을 막는 순간, 이번에는 제이언이 발로 땅을 굴렀다.

쿠우우우웅!

동시에 지축이 뒤흔들리며 흙먼지가 자욱하게 피어올랐다. 그리고 제이언이 손가락을 튕겼다.

"주변의 인간을 모두 물려준 것에 감사하지."

파앙! 파바바바방!

그 직후 지아볼의 주변에서 수십 번의 작은 폭발이 일어났다. 지아볼의 눈이 크게 떠졌다.

"이런… 너무 영리하군! 외통수인가?"

지아볼은 제이언의 의도를 꿰뚫어보았다. 이 정도의 작은 폭발 연타로는 그의 방어막을 뚫을 수 없다. 그러나 주변에는 흙먼지가 자욱하게 깔려 있었고 그것은 제이언이 재난에 가까운 파괴를 일으키기 위해 깔아둔 복선이었다.

콰과과과과과광!

공기 중에 자욱한 분진이 급격한 산화 반응을 일으키며 연쇄 폭발을 일으켰다. 본래 단순히 흙먼지가 자욱한 것만으로는 일어나지 않는 현상이지만, 제이언은 이미 흙먼지를 일으킴과 동시에 그 속에 마법을 깔아서 분진폭발을 일으킬 기반을 마련해 둔 상태였다.

꽈광! 꽈과과과광!

흙먼지 속에서 연쇄적으로 일어나는 폭발들이 상호작용을 일으키면서 어마어마한 규모로 번져 갔다. 불타고 있던 건물들이 일거에 박살 나면서 장대하기까지 한 흙먼지의 해일이 치솟았다.

본래 제이언의 마력만으로는 도저히 일으킬 수 없는, 수백 평방미터를 초토화시키는 폭발의 연쇄야말로 그가 숨겨두고 있던 비장의 한 수였다. 대군조차 일순간에 전멸시킬 수 있는 이 마법에 휩쓸린다면 상위 용족이라도 무사할 수 없을 것이다. 제이언은 본능적으로 지아볼이 감당키 어려울 정도로 위험한 존재라고 판단, 초장부터 최강의 카드를 꺼내든 것이다.

가공할 폭발이 지축을 뒤흔들자 다들 경악했다.

"이, 이건 뭐야?"

한창 블레이즈 원의 조직원들과 격투를 벌이던 자이르가 깜짝 놀랐다. 제이언이 폭발과 동시에 이쪽으로 오는 충격파를 확산시키는 결계를 쳤기에 망정이지, 그렇지 않았다면 몽땅 쓸려 버릴 뻔했다.

쿠구구구구…….

서서히 폭발이 잦아드는 가운데, 제이언은 긴장을 풀지 않고 전방을 주시했다.

상식적으로 생각하면 절대 막을 수 없는 공격이다. 제이언 자신이 걸려들었다고 하더라도 최소 중상을 입었을 것이다. 하지만 인간이면서도 용족에 필적하는 마력을 가진 상대의 실력이 제이언의 경각심을 자극했다.

'이 정도로 흙먼지가 자욱한 상황이면 광선 계통의 마법은 쓸 수 없다.'

기습에 가장 용이한 것은 역시 발사 속도가 빠른 광선이나 열선 계통의 마법이다. 하지만 이렇게 흙먼지가 자욱할 때 그런 마법을 써봤자 확산되어 버릴 뿐이다. 뇌격 마법 역시 마찬가지. 그렇다면······.

파앗!

제이언이 적이 쓸 수 있는 수를 고려하고 대비하려는 순간, 눈앞에 뭔가 번쩍했다. 그리고······.

"크아악!"

타는 듯한 격통이 전신의 통각을 자극했다. 제이언은 비명을 지르며 주저앉았다.

"어, 어떻게 열섬 마법을······."

방금 전, 한줄기 붉은 섬광이 그의 어깨를 관통했다. 한순간에 방어 마법을 찢어발기며 육체를 꿰뚫은 그것은 빛을 매개로 수천도의 열을 전달하는 열섬 마법이었다.

흙먼지 저편에서 지아볼의 목소리가 들려왔다.

"제대로 맞았나 보군? 하긴 방심할 만도 하지. 하지만 당신의 방어막 안쪽은 청정지역이라는 걸 망각한 모양이구려."

"내 마력장 안쪽을 침식해서 마법을 썼다고? 그런 말도 안 되는……!"

제이언이 눈을 부릅떴다.

모든 마법사는 자신의 마력으로 주변을 장악해 마력장을 형성하고, 그것은 마법사의 육체와 가까울수록 밀도가 높아진다. 따라서 마법은 자신의 몸과 먼 곳에서 발동시킬수록 난이도가 올라가며, 상대방의 마력장 안에서는 발동이 불가능하다.

상식적으로는 그렇다. 하지만 압도적인 실력이 있다면 상대방의 마력장을 은밀하게 잠식해서 마법을 쓰는 것도 불가능하지 않았다.

'상위 용족 이상의 실력이란 말인가?'

경악하는 제이언 앞에 나타난 지아볼이 씩 웃었다.

"유감스럽게도 귀공이 생각하는 그런 과정을 거쳐서 한 방 먹인 건 아니고……."

지징—

제이언은 여전히 펼쳐져 있는 자신의 방어막 안쪽에서 미세한 마력 파동을 느끼고 움찔했다. 동시에 다섯 줄기의 붉은 광선이 그를 관통했다.

"커억……!"

그 광선들은 땅에서 솟아나왔다. 간발의 차이로 반응해서 심장이 꿰뚫리는 것만은 피한 제이언은 그 순간 모든 것을 깨달았다.

'땅 밑에 광선을 발사하는 마법 도구가 있었나!'

이 공격은 지아볼이 직접 구성한 마법에 의한 것이 아니다. 원격으로 조종되는 도구가 쏘아냈기에 그 직전까지도 제이언이 감지하지 못한 것이다.

지아볼은 제이언이 했던 것처럼 지층을 초진동파로 헤치고 이동하는 '이동형 광선 발사기'를 갖고 있었다. 제이언과 마법전을 벌이는 동안 그것을 원하는 지점으로 이동시켰다가 원하는 순간 발사, 완전히 제이언의 허를 찔렀다.

'적이지만 훌륭하다. 인간이 어떻게 이런 마력, 이런 기량을 가진 거지? 단순히 천재라고 할 수 있는 수준이 아니다. 드래고닉 포스가 느껴지지 않는 것을 보면 용제도 아닌데 어떻게……'

인간을 얕봐서 하는 소리가 아니다. 다만 마법적인 측면에서 볼 때 인간은 너무나도 불리한 조건을 가졌다.

용족인 제이언은 마법을 터득하기에 인간보다 압도적으로 유리한 기반을 타고났고, 학습 환경 역시 비교를 불허한다. 용족에게 전수되는 마법의 수준은 인간의 그것을 훨씬 초월하기 때문이다.

그런 바탕 위에서 200년 가까이 마법을 연마해 온 제이언의 실력은 도저히 인간이, 그것도 저토록 젊은 인간이 따라잡을 수 있는 것이 아니다. 비상식적인 자질을 타고나는 용제가 아니고서야……

후두두둑.

제이언의 몸에서 핏방울이 쏟아졌다. 본래 열섬 마법으로 입은 상처는 그대로 익어서 봉합되어야 정상이다. 하지만 거기에 더해진 특수한 저주가 상처를 벌려서 출혈을 일으키고 있었다.

'이런, 하나부터 열까지 철두철미하군. 빠져나갈 수가 없어······.'

제이언은 절망했다. 그가 입은 부상은 인간이라면 죽었어야 할 중상이다. 용족의 뛰어난 생명력과 마법의 힘으로 목숨을 부지하고 있을 뿐이다. 출혈이 없더라도 생명 유지를 위해 할애하는 힘이 절반 이상인데, 이렇게 되면 마법사로서는 거의 무력화되고 만다.

"원래 트릭은 공개하는 법이 아니지만, 마법사로서 당신에게는 경의를 표하고 싶어서 말이오. 당신이 가진 정보는 우리 본거지에서 천천히 듣도록 하지. 당신이라면 그 정도 상처도 회복할 수 있겠지?"

지아볼은 제이언을 생포할 생각이었다. 불카누스의 지배가 든든 말든 상관없다. 정신을 건드려서 정보를 뽑아낼 방법은 얼마든지 있으니까.

그때 지아볼을 향해 단검 한 자루가 날카로운 기세로 날아들었다.

팍!

그러나 지아볼이 쳐 둔 방어막이 단검을 붙잡더니 막강한

운명의 교차점 297

압력으로 으스러뜨렸다.

"주제 파악을 못하는 인간이구려. 되도록 귀공 말고는 부하들에게 맡기고 싶었는데."

청년 기사, 다림이 질풍처럼 달려오고 있었다.

"이야아아아아아!"

적들의 피를 뒤집어쓴 다림은 귀신같은 기세로 달려들었다. 그는 로멜라 왕국의 기사. 누구보다도 강대한 마법사의 무서움을 잘 안다. 제이언을 쓰러뜨렸을 정도의 마법사라면 자신이 절대 감당할 수 없다. 그러나……

"다림! 물러나게! 자네가 감당할 수 없는 적이다!"

"제이언 공이야말로! 당신은 이런 데서 죽어서는 안 됩니다! 제기랄! 나 같은 놈은 발에 채일 정도로 많지만 당신은 아니라고요!"

다림은 지아볼의 방어막 위로 격렬한 검격을 퍼부으면서 말했다. 하지만 바위조차 베어버릴 공격을 연거푸 때려 넣는데도 지아볼의 방어막은 전혀 균열이 생기지 않았다.

콰직!

그리고 보이지 않는 힘이 작용, 다림의 팔에 막대한 압력을 가해서 부러뜨려 버렸다. 다림은 팔이 도저히 꺾일 수 없는 각도로 꺾인 것을 보며 눈을 부릅떴다.

쾅!

그 직후 폭음이 울려 퍼지며 다림이 날아가 버렸다. 땅에 처박혀서 나뒹구는 그를 보는 지아볼이 눈살을 찌푸렸다.

"이런. 그러다 죽을 텐데?"

그 말은 다림이 아니라 제이언에게 던진 것이었다.

방금 전, 제이언이 마법을 사용해서 다림을 구했다. 팔이 부러진 직후 가해진 공격은 다림의 몸을 산산조각 내고도 남았을 위력이다. 그러나 제이언이 방어 마법으로 그 충격을 흩어뜨렸던 것이다. 그 덕에 다림은 목숨을 부지했다.

제이언이 천천히 몸을 일으켰다.

"앞날이 창창한 젊은이가 나처럼 죽음이 눈앞인 늙은이보다는 가치있겠지. 나 같은 놈 때문에 저런 젊은이가 죽어선 안 된다."

제이언은 다림에게 들려주듯이 말하면서 한 걸음 앞으로 내딛었다.

방금 전의 마법 사용으로 생명 유지에 이상이 발생했다. 어차피 길게 버티기 어려운 몸이었지만, 이대로 마법을 사용했다간 한 시간도 살아 있지 못하리라.

'그것도 좋겠지.'

제이언이 손을 들었다. 그러자 아직도 주변을 휘돌고 있던 흙먼지가 춤을 추며 거인의 형상으로 변했다. 땅과 흙의 정령 랜다였다. 다수의 정령을 소환한 제이언은 그들을 조종해서 세이람과 자이르 일행을 공격하는 블레이즈 원의 병력에게 돌진시켰다.

"쿨럭."

그것만으로도 그의 생명 유지에 무리가 갔다. 울컥 피를 토하는 그를 보며 지아볼이 말했다.
"목숨 아까운 줄 모르는구려."
"난 어차피 여기서 죽는다."
"살 수도 있었소."
"내가 믿던 것들을 배신하고, 너희들에게 빌붙어서 말이냐? 그건 죽음이나 마찬가지다. 살아도 산 것이 아니지."
제이언은 결연한 표정으로 말했다. 그런 그를 보며 제이언이 쓴웃음을 지었다.
"생명이 넘치는 세계이기에… 당신들은 생명이 얼마나 귀중한지 모르는구려."
"의미를 모르겠군."
"아마 영원히 이해하지 못할 거요."
"살해하려는 놈에게 그런 소리를 듣다니, 웃기지도 않는군."
갑자기 차가운 목소리가 끼어들었다.

11

기척도 없이 들려온 목소리에 지아볼도, 제이언도 흠칫했다. 그리고…….
후우우우우우!
한 곳으로 고밀도의 마력이 집중되었다. 지아볼이 경악했다.

'이건 뭐지?'

마력의 크기가 놀라운 게 아니다. 뻔히 마법 구성이 이루어지는 걸 보면서도 상대방의 마법이 무엇인지 전혀 알아볼 수가 없다!

지아볼은 위협을 느끼면서 그 자리를 피하려고 했다. 하지만 그 순간 눈앞에 커다란 빛의 고리가 나타나서 그를 통과했다.

"아니?!"

지아볼은 경악했다. 광륜을 통과하는 순간, 그의 움직임이 극도로 느려지면서 동시에 마력의 흐름도 억제되었다. 그리고……

꽈과과광!

초음속의 섬광이 작렬했다.

검의 형상을 한 물체가 마법의 뇌광을 두르고 초음속으로 날아들었다. 겹겹이 둘러쳐 놓았던 물리적, 마법적인 방어 마법들이 일순간에 박살 나면서 그의 몸이 피투성이가 되었다.

'이, 이런 말도 안 되는 위력이 있다니! 이건 도대체 뭐지?'

제이언의 분진폭발을 이용한 마법까지도 받아냈던 방어 마법의 연계다. 그런데 일점 관통을 위해 집중된 이 공격은 그것을 종잇장을 겹쳐 놓은 것처럼 뚫어버렸다.

그리고 비틀거리는 지아볼의 눈앞에 한 남자가 모습을 드러냈다. 선명한 붉은색 코트를 휘날리는 그 남자를, 지아볼은 한 번도 본 적이 없었지만 아주 잘 알고 있었다.

"당신이 루그로군……!"

"그래."

루그는 차갑게 대답하며 그에게 다가갔다. 동시에 손을 들어서 손가락을 가볍게 튕긴다.

파바바바바바!

하늘에서 날카로운 섬광이 비처럼 쏟아져 내려서 주변을 강타했다. 놀랍게도 난사되는 것 같은 그 섬광은 모두 다 정확한 타점을 잡고 발사된 것이었다.

"어, 사, 살았어?"

자이르가 멍청하니 중얼거렸다. 섬광의 비가 쏟아진 직후, 그들을 죽이기 위해 몰아치던 블레이즈 원의 병사들이 모조리 쓰러져 버렸다. 그리고 그 위로 날개를 펼친 푸른 비늘의 드라칸이 날아 내려왔다.

"배신자 다르칸인가."

지아볼이 쓴웃음을 지었다. 설마 이들이 나타나자마자 이렇게 당해 버릴 줄이야. 기습을 당했다고는 하지만 경악할 만한 결과였다.

루그가 그를 보며 의아해했다.

"처음 보는 얼굴인데 우리를 아주 잘 아는군?"

"그럴 수밖에. 당신들은 나를 몰라도 나는 당신들에 대한 자료를 지긋지긋할 정도로 보았으니 말이오."

지아볼은 죽음을 앞두었으면서도 여유있는 태도로 대답했다. 마치 자신의 죽음 따윈 아무것도 아니라는 듯이.

그때 볼카르가 말했다.

〈루그, 이놈이 마왕 지아볼이다.〉

"뭐?"

순간 루그는 깜짝 놀랐다.

"이놈이… 마왕 지아볼?"

"음? 어떻게 날 아는 거요?"

그 말에 지아볼이 눈살을 찌푸렸다.

루그가 꿈을 통해 볼카르의 기억을 엿보았을 때, 지아볼은 항상 목소리만 들려오거나 아니면 이상한 옷으로 전신을 두르고 있어서 한 번도 얼굴을 본 적이 없었다. 하지만 잘 생각해 보니 지금 눈앞에 있는 인간 청년의 목소리나 말투는 꿈에서 들었던 것과 비슷하다.

"마왕이 왜 인간인 거지?"

루그는 지아볼의 질문에 대답하지 않고 중얼거렸다. 볼카르가 대답했다.

〈그야 외유를 사용하고 있기 때문이지. 지금 눈앞에 있는 건 본체가 아니다. 운용 방식을 보니 본체를 따로 두고 원격으로 조종하는 구조로군. 그 아레크스라는 놈처럼.〉

"짜증나는 놈일세. 죽여도 죽는 게 아니란 거잖아? 그래서 그렇게 태연하냐?"

"흠. 이것 참. 보는 것만으로도 다 알아버리는 건가? 당신 도대체 정체가 뭐요? 정말 궁금하군. 무엇보다 어떻게 나를 알지?"

지아볼이 혼란스러워했다. 루그는 몰랐지만 그가 이런 표정을 보이는 것은 이 세계에 온 이래 처음이었다. 불카누스가 보았다면 아마 퍽 신기하게 여겼을 것이다.

이 세계의 존재가 자신을 알고 있을 리가 없다. 불카누스 말고는 그 누구도 자신의 정체에 도달하지 못한다.

그래야 정상이었다. 그런데 루그는 마치 자신의 존재를 아주 정확하게 알고 있는 것처럼 말하지 않은가?

그의 반응에 루그도 움찔했다. 그제야 실수했다는 걸 깨달은 것이다.

〈바보 같으니. 너무 많은 정보를 줬다. 여기서 이놈을 죽여도 정보는 넘어간단 말이다.〉

ㅡ얼버무릴 방법이 없는 건 아니지.

루그는 속으로 구시렁거리면서 말했다.

"기즈누가 너에 대해서 알려줬지. '진짜 마족'이라고."

"호오. 하긴 그 레비아탄이라면 그럴 수도 있지. 불카누스의 지배를 피하기 위해 자살을 선택했으니. 사념을 읽어들이는 능력으로 내 정체를 읽었나?"

루그가 댄 핑계에는 지아볼도 납득했다. 루그는 속으로 안도의 한숨을 쉬며 말했다.

"또 보게 될 거라는 건 알지만, 일단은 끝장을 봐야겠다."

"어디, 그럼 나는 이 너덜거리는 몸으로 당신의 힘을 시험해봐야겠군."

지아볼이 마법을 이용, 몸의 컨디션을 최대한 정상치로 돌리면서 몸을 일으켰다.

 루그의 공격 마법, 샤이닝 노바의 축약판인 샤이닝 쉘에 저격당한 그의 육체는 이미 죽기 직전이었다. 부상도 부상이고 피를 너무 많이 흘렸다. 하지만 그는 곱게 죽어줄 생각이 없었다.

 〈인간의 몸으로 이상할 정도로 강한 마력을 가졌다 했더니, 마력을 저장하는 장치를 두고 아공간을 경유해서 연계하는 시스템을 완성했군.〉

 ―레비아탄 코어랑 비슷한 건가?

 루그는 대번에 볼카르의 설명을 알아들었다. 그것은 메이즈와 다르칸이 레비아탄 코어와 연결해서 마력을 증폭시키는 방식과 같다.

 〈그렇다. 다만 저놈의 마력 저장 장치, 편의상 마력 서버라고 지칭하지. 마력 서버는 다중 구성이라는 게 차이점이군. 아공간을 이용해서 거리 개념을 초월해 다수의 마력 서버를 연계시키고 공명시켜 그 힘을 증폭시키고 있다. 내가 생각하는 네 마력의 강화 시스템과 비슷하다.〉

 ―그게 3단계였어? 그럼 그냥 레비아탄 코어랑 연계하면 되잖아?

 루그가 눈을 크게 떴다. 지금까지 3단계의 전모를 알지 못했는데 그랬단 말인가? 볼카르가 구시렁거렸다.

 〈방식만으로 놓고 보면 비슷하지만 활용 목적이 다르다. 레비아탄 코어는 마력 서버 그 이상이 될 수 있는 존재지만, 내가 목표로 하는 시스템에는 합당치 못하다. 어쨌든… 불카누스도 이 시스템을 이용하고 있다면 골치 아프겠군.)

―그렇군.

불카누스는 봉인 때문에 마력이 극단적으로 제약되어 있다. 물론 그것만으로도 상위 용족조차 훨씬 초월하는 수준이지만, 드래곤일 때에 비하면 그야말로 좁쌀만 하다고 해도 과언이 아니었다. 그런데 지아볼이 쓰고 있는 마력 서버 시스템을 사용한다면 그런 약점을 보충할 수 있었다.

"자, 그럼 불카누스가 신경 쓰는 대적자의 힘을 보여주시오."

"보여주지."

루그가 주먹을 불끈 쥐고 앞으로 돌격했다. 이미 죽음에 가까이 간 놈에게 전력을 발휘할 필요는 없다. 정보를 너무 많이 주면 다음에 상대할 때 곤란하니 최대한 힘을 아끼고 쓰러뜨린다.

파바바바바!

달려드는 루그의 발밑에서 붉은 광선이 솟구쳤다. 제이언을 쓰러뜨렸던 한 수였다.

그러나 루그는 볼카르의 귀띔으로 그 존재를 알고 있었다. 사방에서 뻗어나와서 자신을 목표로 교차하는 광선들 사이를 춤추듯이 누비면서 지아볼에게 접근해 간다. 그리고 가속하는 스파이럴 스트림을 휘감은 주먹이 초음속으로 뻗어나갔다.

'스톰 브링거!'

콰아앙!

그 주먹을 받아낸 지아볼이 뒤로 주르륵 밀려났다. 약해져 있는 몸이 충격을 받자 울컥 피를 토한다.

하지만 지아볼은 정면에서 루그의 공격을 받아내는 데 성공했다. 한 점으로 집중시킨 다중 방어막이 스톰 브링거를 막아내고, 그 충격을 사방으로 분산시켰던 것이다.

"이 정도요?"

지아볼이 섬뜩하게 웃었다. 동시에 그의 손에서 붉은 섬광이 뻗어나왔다.

기기기기깅!

칼날의 형상을 띤 붉은 섬광이 가르는 공간이 뒤흔들린다. 루그는 한눈에 그것의 정체를 알아보았다.

"공간 절단!"

샤디카가 즐겨 사용했던 공간 절단의 마법을 지아볼이 쓰고 있었다. 그가 미소 지었다.

"이곳에는 물질의 물성조차 초월한 방어력을 형성하는 기술이 많더군. 그렇다면 공간을 파괴하는 정도는 기본 아니겠소?"

"그게 기본이냐? 기본이란 말의 뜻 정도는 제대로 알고 쓰시지?"

"물론 나도 기본으로 그칠 생각은 없소."

지아볼의 말과 동시에 공간 절단을 일으키는 붉은 섬광의 칼날이 그의 몸에서 분리되었다. 그리고 여러 개로 분화되더니 루그를 향해 날아든다.

―원격 조종? 이 자식, 샤디카 그놈보다 한술 더 뜨잖아!

〈이미 마법을 해석해서 자기 세계의 기술을 접목시켰군. 이 마법 수준은 네가 본 것 중에 가장 높다.〉

―그건 보기만 해도 알아!

공간 그 자체를 가르며 날아드는 공간 절단의 칼날이 루그를 아슬아슬하게 스쳤다. 원격 조종되는 속도가 아음속에 달하는 데다 궤도가 복잡해서 루그도 쉽게 피할 수가 없다.

"흠!"

하지만 어느 순간, 루그는 피하기를 그만두고 스파이럴 스트림으로 그것을 쳐냈다.

파바바바밧!

"공간 절단을 쳐내다니?"

지아볼이 깜짝 놀랐다. 루그는 놀랍게도 공간 절단의 칼날을 쉽게 쳐내면서 다가오는 게 아닌가?

"잠깐 당황하긴 했지만 이 정돈 이미 문제가 아니야!"

공간 절단은 이미 루그도 깊이 연구한 바 있는 기술이었다. 비록 그 힘을 강체술로 구현하는 데는 실패했지만, 대응책은 완성되었다. 샤디카가 쓰던 보이드 테일이나 발타르의 공격 정도면 모를까, 이 정도 위력은 공간의 간섭력을 강화해서 쉽게 막아낼 수 있었다.

쾅!

다음 순간 폭음이 울리며 지아볼이 튕겨 나갔다. 공간 절단의 칼날을 받아낸 루그가 거미줄처럼 펼쳐 둔 기격을 이용, 격공으로 지아볼을 쳤기 때문이었다.
 ―젠장. 이놈도 기격을 감지하는 마법을 쓰고 있잖아?
 〈샤디카의 기술은 이미 저놈 손바닥 안에 있다고 봐야겠군.〉
 지아볼은 루그의 기격이 어떻게 움직이는지를 보고 반응했다. 격공이 발동하기 직전, 충격을 흩어뜨리는 마법을 사용해서 받아낸 것이다.
 하지만 루그의 공격이 워낙 빨라서 반응이 약간 늦었다. 팔이 부러져서 덜렁거리는 걸 본 지아볼이 쓴웃음을 지었다.
 "이런. 인간의 몸은 너무 약하군. 반응속도도, 마력 발현도도……. 하지만 그래서 마음에 들었거늘."
 그런 그의 앞에 루그가 뛰어 들어오며 주먹을 내질렀다.
 "어디 다시 한 번 막아봐라!"
 다시 한 번 스톰 브링거가 작렬했다. 몸을 한 번에 내던지며 내지르는 일격이 지아볼의 방어 위를 거침없이 강타하자 빛이 폭발했다.
 "쿨럭."
 지아볼은 이번에도 스톰 브링거를 막아냈다. 그러나 한계에 달한 그의 육체가 피를 토했다. 그리고…….
 "죽어라."
 콰아아아아아앙!

그의 방어 위로 주먹을 대고 있던 루그가 몸을 비틀며 공격을 가했다. 한번 공격이 끝난 상태에서, 서로 접촉한 제로거리에서 가해지는 필살의 일격! 방어를 통과하는 패싱 임펄스가 에너지의 장벽 너머로 파괴력을 전달했다.

"아, 이런… 이곳의 기술도 상당히… 심오하… 군."

응축된 불꽃의 힘에 몸이 꿰뚫린 지아볼이 그렇게 말하며 쓰러졌다. 그리고 그가 중얼거렸다.

"곧 다시… 보도록 하지."

"음?"

루그는 지아볼이 마지막으로 남긴 말에 불길함을 느끼며 눈살을 찌푸렸다. 그때 볼카르가 말했다.

〈루그, 온다.〉

"역시."

루그는 누가 오는 건지 묻지 않았다. 그저 끓어오르는 전의를 죽이지 않고 다가올 전투에 대비하기 시작했을 뿐이다.

12

"제이언 공, 괜찮으신 건가요? 대답해 보세요. 제발……."

세이람은 쓰러진 제이언에게 달라붙어서 안타까운 목소리로 물었다. 아무것도 보이지 않는 그의 눈에 눈물이 그렁그렁하게 맺혀 있었다. 누구도 제대로 상황을 설명해 주지 않았건만, 그는 자연스럽게 제이언의 목숨이 경각에 달했다는 사실을 이해했다. 지금 그의 몸 어디를 만져도 피가 만져지는 것만으로도 알 수 있었다.

그때 눈을 감고 침묵하던 제이언이 입을 열었다.

"왕자님."

"제이언 공?"

제이언의 목소리는 놀랍도록 평온했다. 그가 물었다.

"다림은 무사합니까?"

"의식은 없지만, 무사합니다. 지금 응급처치 중입니다."

할스가 대답했다. 제이언이 웃었다.

"다행이군요. 깨어나면 부디… 목숨 좀 아끼라고 전해주십시오."

그것은 누가 들어도 유언이었다. 너무나도 평온한 어조 때문에 한순간 희망을 가졌던 세이람은 가슴이 무너지는 것 같았다.

"죽으시면 안 돼요. 이렇게, 이렇게 죽을 수는 없어. 용족은 강하잖아요. 200년이나 사셨잖아요. 그런데 어떻게……."

"누구나 언젠가는 죽습니다. 우린 오래 살뿐, 불멸이 아니지요."

제이언이 말했다.

"왕자님, 부탁이 있습니다."

"뭐지요? 뭐든지 말해보세요."

"왕자님의 얼굴을… 만져 봐도 되겠습니까?"

"아……."

그 말에 세이람이 당황했다. 그것은 자신이 제이언에게 했던 부탁과 똑같지 않은가? 제이언이 물었다.

"안 되겠습니까?"

"아뇨. 얼마든지."

세이람이 고개를 끄덕였다. 그러자 제이언은 조심스럽게 손을 들어서 그의 얼굴을 어루만졌다. 그의 손은 인간과 마찬가지로 다섯 개의 손가락으로 이루어져 있었지만 비늘로 뒤덮여 있었다. 인간의 손과는 전혀 다른 촉감의 손이 얼굴을 만지는 감각은 정말로 피부 위로 작은 뱀들이 기어가는 것 같다. 하지만 이상하게도 싫지 않았다.

"궁금했습니다."

"뭐가요?"

"왕자님이 내 얼굴을 만져 봤을 때는 어떤 기분이었는지, 알고 싶었습니다. 하지만 부탁하지 못했지요. 나는 한 번도… 인간을 이런 식으로 만져 본 적이 없었습니다."

"……."

수없이 많은 인간을 만났다. 그가 사랑하며 지켜주고 보살펴 주었던 인간들도 있었다. 하지만 누구와도 이렇게 자연스러운 행동을 나눠본 적이 없었다. 인간이 다가올 생각을 못했듯이, 그도 인간에게 다가가지 못했으니까.

"좀 더 빨리 해볼 걸 그랬군요. 생각보다… 기분 좋은 일입니다."

제이언이 웃으며 눈을 감았다. 주변 사람들이 헛숨을 삼키는 걸 들은 세이람이 제이언의 손을 꼭 쥐었다. 제이언이 눈을 감은 채로 말했다.

"왕자님, 부디 훌륭한 왕이 되시길. 당신이라면 눈 뜬 바보들보다 현명한 왕이 되실 수 있을 겁니다."

그것이 제이언의 유언이었다.

13

한동안 누구 하나 입을 열지 않았다. 제이언의 죽음 앞에서 세이람은 흐느꼈고 모두들 침울하게 그를 바라보고 있었다.

그 침묵을 깬 것은 루그였다. 그가 그들 사이에 있던 바리엔에게 말했다.

"바리엔 양."

"네."

참담한 심정으로 서 있던 바리엔이 퍼뜩 정신을 차렸다. 루그가 잔뜩 긴장한 표정으로 말했다.

"죄송하지만 지금 당장 이분들을 다른 곳으로 이동시켜 주시겠습니까? 되도록 멀리……."

"네? 하지만 따로 떨어뜨려 놨다가는 적들이 있을 수도 있어서 더 위험하지 않나요?"

바리엔은 당연히 루그가 이들을 다른 일행과 함께 데려갈 줄 알았다. 따로 떼어놓다니, 그랬다가 적들에게 발각되기라도 하면 더욱 곤란한 상황이 아닌가?

하지만 루그는 단호했다.

"유감스럽게도 그들을 지키면서 싸울 수 있는 상황이 아닙니다."

"그게 무슨……."

"녀석이 옵니다."

루그가 하늘을 올려다보았다. 동시에 압도적인 마력 파동이 뻗어나오기 시작했다.

"아……!"

바리엔은 순간 온몸의 솜털이 곤두서는 것 같았다. 마치 과시하듯이 뿌려대는 마력은 그녀가 지금껏 느껴본 그 누구의 것보다도 압도적이었다. 상위 용족 중에서도 손꼽히는 마력을 가진 하라자드조차도 훨씬 초월하다니, 이런 마력의 소유주가 세상에 존재한단 말인가?

화아아아악!

그리고 저편에서 불길이 일어났다. 처음에는 작아 보였던 불길이 삽시간에 커지더니 장대한 불의 해일이 되어 주변을 휩쓸었다. 겨우 꺼져 가는 화재를 집어삼키면서 확장되어 광활한 구획을 포위하는 장벽으로 화한다.

루그가 중얼거렸다.

"도망치게는 못 하겠다 이건가?"

이 화염 장벽의 의도는 분명하다. 이 안에 있는 자들이 밖으로 빠져나갈 수 없도록 하겠다는 것이다. 화염 장벽 위로 적의 병력이 집결하는 기척이 선명하게 느껴졌다.

"바리엔 양, 아직 당신의 존재가 알려지지 않았습니다. 혹시 모르니 빨리 가세요."

"하, 하지만 루그님."

"빨리!"

결국 초조해하던 루그가 소리를 질렀다. 깜짝 놀란 바리엔은 루그의 표정에 전혀 여유가 없다는 사실을 깨달았다.

'도대체 무엇이 오고 있기에?'

항상 강인해 보이던 루그가 이 정도로 절박한 표정을 짓는 것은 처음이다. 바리엔은 더 토를 달지 않고 세이람과 자이르 일행에게 다가갔다.

"죄송하지만 한 분씩 제 손을 잡아주세요."

"네?"

다들 어리둥절해했다. 자이르가 눈살을 찌푸리며 물었다.

"저기… 아가씨, 미안하지만 다시 말해줄 수 있을까? 못 알아들었어."

너무 갑작스러운 제안이어서가 아니다. 바리엔의 이곳 언어 발음이 너무 형편없어서 뜻을 알아들을 수 없었던 것이다.

"……."

얼굴이 붉어진 바리엔은 설명을 포기했다. 그대로 세이람의 손을 잡고 공간 이동한다. 갑자기 눈앞에서 두 사람이 사라지자 다들 깜짝 놀라서 헛숨을 삼켰다.

화아아아아악!

그 직후 최초에 불의 장벽에 솟구친 지점에서 그 원류가 되는 불기둥이 다가왔다. 빠른 속도로 대지를 가르며 달려오던 그것이 건물의 잔해를 잿더미로 만들어 버리면서 멈춰 섰다. 그리고······.

"오랜만이군."

불기둥이 좌우로 갈라지며 그 속에서 붉은 머리칼의 청년이 걸어나왔다.

불카누스였다. 검은 옷자락을 휘날리는 그의 홍옥 같은 눈동자를 마주하는 순간, 루그가 이를 갈았다. 그를 보는 순간 루그의 가슴 깊숙한 곳에서부터 시커먼 감정이 끓어오른다. 도저히 잠재울 수 없는 이 불길이야말로 루그를 움직여 온 원동력이었다.

"그래. 정말 오랜만이군, 불카누스!"

그 말에 불카누스가 미소 지었다. 루그는 그 미소를 보는 순간 흠칫했다. 언제나 분노와 악의에 차 있던 지금까지와 달리 너무나도 밝아 보이는 미소였던 것이다.

"죽 고민해 왔지."

불카누스가 천천히 걸어오면서 입을 열었다.

"네 정체가 도대체 무엇인지. 도대체 어떻게 나와 같은 용제의 힘을 갖고 나를 방해하는지."

"계속 궁금해하시지."

루그는 언제라도 공격을 가할 준비를 하면서 쏘아붙였다. 하지만 천천히 다가오는 불카누스에게서는 전혀 허점을 찾아볼 수 없었다.

"다시 한 번 말하겠다. 오랜만이군, 루그. 아니……."

어느 순간 불카누스가 걸음을 멈췄다. 그리고 그가 루그의 눈을 똑바로 바라보면서 말했다.

"또 다른 나, 볼카르여."

타오르는 불의 장벽 속에서, 루그의 심장이 거세게 고동쳤다.

『폭염의 용제』 제14권에 계속…

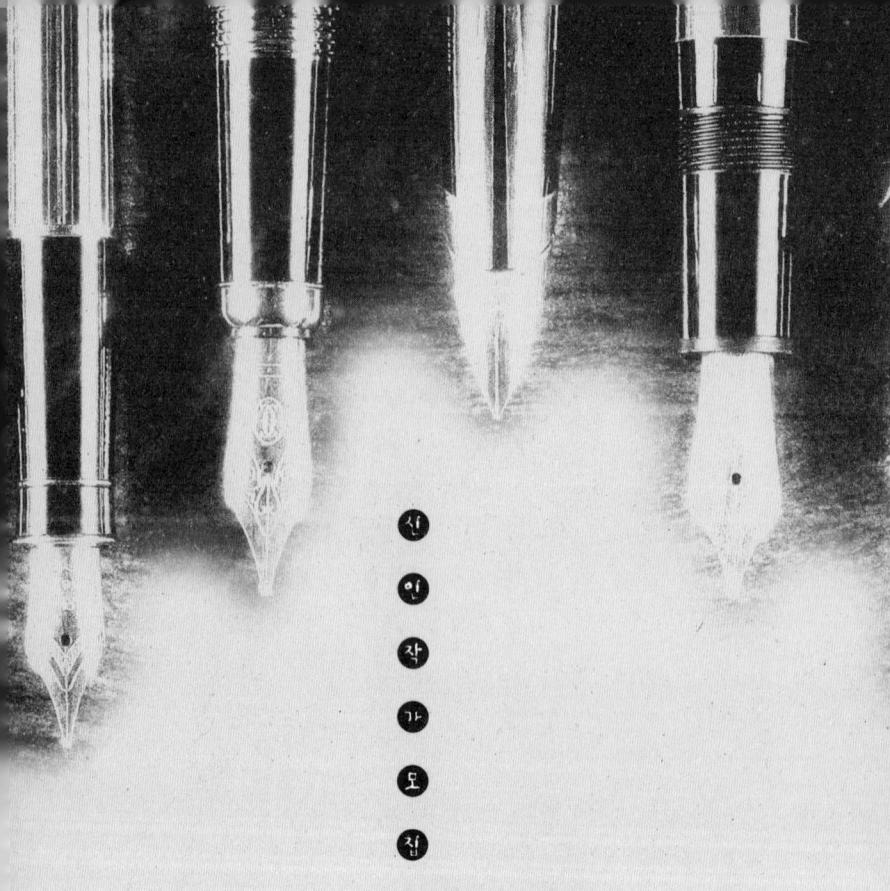

Book Publishing CHUNGEORAM

가즈 나이트 R

이경영 판타지 장편 소설

이제는 그 전설조차 희미해진 옛 신계, 아스가르드.
그 멸망한 신계의 전사가 새로운 사명을 품고 다시금 인간들의 곁으로 내려온다.

렘런트라는 이름의 적들, 되살아나는 과거,
그리고 가치관의 차이.
그 모든 것들과 맞서 싸우려는 그녀 앞에 신은 단 한 사람의 전우를 내려준다.

그는 붉은 장발의, R의 이름을 가진 남자였다!

초대작 「가즈 나이트」의 부활!
신의 전사들의 새로운 싸움이 지금 시작된다!

Book Publishing CHUNGEORAM    유행이 아닌 자유추구 -
WWW.chungeoram.com

Book Publishing CHUNGEORAM

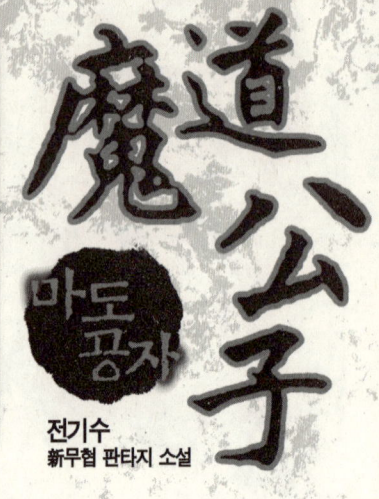

전기수
新무협 판타지 소설

2011년 새해 청어람이 자신있게 추천하는 신무협!

봉마곡에 갇힌 세 마두. 검마, 마의, 독마군.
몇십 년 동안 으르렁대며 살던 그들에게 눈 오는 아침, 하늘은 한 아이를 내려준다.

육아에는 무식한 세 마두에 의해
백호의 젖을 빨고 온갖 기를 주입당하면서 무럭무럭 성장한 마설천!

세 마두의 손에서 자라난 한 아이로 인해 이변이 일어나고,
파란이 생기고, 이윽고 강호에 새로운 바람이 불어온다!

**마도를 뛰어넘어 천하를 호령할
마설천의 유쾌한 무림 소요기!**

Book Publishing CHUNGEORAM   유행이 아닌 자유추구-
WWW.chungeoram.com

목염 新무협 판타지 소설
천하장주

따분한 일상에서 도망친 낭인왕 을지혁.
어린 시절 동생들과 나눈 약속을 지키기 위해
귀현상의 낡은 장원을 사들여 가꾸어가는데…….

내가 원하는 건 단란한 집인데 왜 이렇게 방해하는 이들이 많은가!

아무도 찾지 않는 귀현산 중턱의 낡은 장원. 그곳에서 천하를 뒤흔들 주인이 탄생한다!
나의 꿈을 방해하는 자, 그 목숨을 걸어라!

천하장주!

Book Publishing CHUNGEORAM

유행이 아닌 자유추구 -
WWW.chungeoram.com

1월 0일

진호철 장편 소설

살아진다고 사는 것이 아니다.
스스로 살아야만 진정한 삶이다!

우주의 법칙마저 뛰어넘은 미증유의 힘, 반물질과의 만남.

1월 0일, 운명이 격변하는 날!
오늘은 새로운 삶의 시작이다!

Book Publishing CHUNGEORAM

유행이 아닌 자유추구 -

WWW.chungeoram.com

돈빌려 드립니다

THE N 장편 소설

친구를 위해서 끌어다 쓴 사채. 그로 인해 죽음에 내몰린 남자.
절망의 끝에서 만난 신비로운 목소리가 그의 삶을 새롭게 이끄느니...

세상의 모든 더러운 돈과 전쟁을 선포한
가장 밑바닥에서부터 기어오른
한 사내의 이야기!

"그 돈, 제가 빌려 드리죠."

더러운 사채는 모두 사라져라.
이제 새로운 돈의 절대자가 탄생한다!

Book Publishing CHUNGEORAM
WWW.chungeoram.com

荒龍亂神
황룡난신

무황 新무협 판타지 소설

『무황학사』 일황 작가의
2012년 벽두를 여는 신작!

어백 년 만의 귀문. 그러나 그가 목도한 것은 폐허처럼 변해 버린 문파!
다시 돌아온 자운의 무공이 광풍처럼 몰아친다!

"누가 우리 황룡문을 이렇게 만든 것이냐!"

황룡문을 건드리는 자, 나의 검이 용서치 않을 것이다!

천하제일문 스승과 대사형의 꿈을 이루는 그날!
잠들었던 황룡이 다시 하늘을 뚫고 솟을지니.

부숴라, 답답한 지금을!
파괴하라, 앞을 막아서는 적들을! 날아올라라, 황룡이여!

Book Publishing CHUNGEORAM

유행이 아닌 자유추구 -
WWW.chungeoram.com